Polvere
Atto Primo

Carmen Laterza

POLVERE

Atto Primo

Il respiro della terra

LIBROZA

Titolo: **Polvere**
Atto Primo: Il respiro della terra

Libroza.com

Elaborazione grafica e impaginazione a cura di Libroza

Prima edizione: febbraio 2026

Questo romanzo è frutto dell'immaginazione dell'Autrice. Gli eventi storici e di cronaca, i luoghi e i personaggi realmente esistenti o esistiti, pur ispirandosi a fatti reali e a fonti dell'epoca, sono trasfigurati per scopi narrativi.

Presentazione

Friuli, 6 maggio 1976. È un giorno qualunque, di quelli che sembrano destinati a scivolare via senza lasciare traccia. Fa caldo, troppo caldo per essere maggio. Le strade di Gemona respirano lente: una madre discute con la figlia che vuole uscire, un bambino sogna avventure con un libro tra le mani, in Comune si lavora, in caserma si scherza, in piazza si ride, al cinema si aspetta che si spengano le luci.

Poi la terra comincia a tremare.

E in un minuto, il Friuli cambia per sempre.

Case che resistevano da secoli si sgretolano come polvere, famiglie intere scompaiono sotto le macerie, paesi interi vengono cancellati dalla geografia.

La Storia entra così nelle vite dei friulani: senza chiedere permesso. Sposta confini invisibili, rovescia gerarchie, mette in luce ciò che regge e ciò che si spezza. E lascia una domanda che si insinua piano, pagina dopo pagina: cosa significa davvero "casa", quando non puoi più darla per scontata? Come si tiene insieme una famiglia quando non c'è più un tetto sotto cui riunirsi? Come si fa a credere nel futuro quando il presente è fatto solo di tende, fango e silenzio?

Tra le macerie di Gemona e i paesi dell'alto Friuli, le storie di padri che scavano a mani nude, di madri che vegliano nel buio e di uomini arrivati da lontano per dare soccorso si intrecciano in un unico, potente grido di resistenza. È la voce di una comunità intera che, mentre conta le assenze, capisce di dover inventare un modo nuovo di restare unita.

A cinquant'anni esatti da quella notte che ha segnato per sempre la storia del Friuli, Carmen Laterza restituisce voce e memoria a una generazione che ha vissuto l'inferno e ha avuto il coraggio di guardare oltre la polvere. Dopo il successo de *L'ultima spiaggia* e *Sete di vento*, con ***Polvere*** l'autrice ci porta ancora una volta nel cuore di una tragedia collettiva trasformandola in un affresco epico e indimenticabile.

In particolare, questo ***Atto Primo*** entra nel vivo dell'emergenza, ripercorre le vicende dei protagonisti nei primi giorni dopo il sisma, tra case distrutte e tendopoli di emergenza. È il racconto del dolore che si fa solidarietà, della disperazione che si trasforma in ostinazione. È la forza silenziosa di un popolo che non piange in pubblico ma ricostruisce in silenzio, che non chiede pietà ma solo di poter ricominciare.

Perché quando si placa **il respiro della terra**, ciò che resta in piedi non sono i muri, ma le persone.

La storia di una terra ferita. Il coraggio di un popolo.

Un romanzo corale, potente e necessario. Perché ricordare significa ricostruire ancora una volta.

L'autrice

CARMEN LATERZA è nata e cresciuta a Pordenone, dove vive tuttora. Laureata in Lettere a indirizzo musicologico e diplomata in Pianoforte, per più di vent'anni ha scritto e corretto per gli altri testi di ogni tipo, lavorando come editor e ghostwriter.

Nota sui social con il nome di Libroza, a lungo ha fatto divulgazione sui temi della Scrittura Creativa e del Self Publishing.

Ora si dedica esclusivamente ai propri libri, che pubblica in modo indipendente con il marchio Libroza. Ha pubblicato dapprima il saggio musicologico *I duetti d'amore nelle opere di Giuseppe Verdi*, poi i romanzi *L'amore conta*, *Alice non lo sa*, *Il caffè degli addii*, la saga familiare *I ricordi non fanno rumore* e i romanzi storici *L'ultima spiaggia* e *Sete di vento*, che hanno già emozionato migliaia di lettori.

In particolare, *L'ultima spiaggia* è stato candidato al Premio Strega 2024, primo libro autopubblicato a raggiungere questo traguardo prestigioso.

Il catalogo delle sue opere comprende anche *Donne Intrepide*, una collana in più volumi dedicata alle biografie di donne famose, e *L'amore è un dardo*, una collana di romanzi brevi tratti dai libretti delle più importanti opere liriche del melodramma italiano.

Infine, ha dato inizio a *Le indagini di Agata Cornero*, una serie di romanzi gialli che hanno come protagonista una detective amatoriale e sono ambientati in una cittadina del Nord-Est.

A chi è rimasto nel silenzio delle macerie.
Alle donne e agli uomini del Friuli che,
nella notte più buia, hanno offerto alla storia
un esempio di dignità.

La terra trema ed è abisso.
È come se il giorno ci tradisse.

Jorge Luis Borges

Avvertenza

I personaggi di questo romanzo sono frutto di invenzione: ho dato loro nomi, legami e sentimenti con la libertà che appartiene alla finzione narrativa. Il contesto in cui si muovono e gli eventi che li travolgono sono invece reali e sono stati minuziosamente ricostruiti a partire da fonti e cronache dell'epoca.

Per questo, mentre leggerai, ricorda che tutto – ma proprio tutto – ciò che accade ai personaggi e intorno a loro è successo davvero, a qualcuno, da qualche parte in Friuli, nel 1976.

C.L.

1

Milano, 6 maggio 1976
ore 13.00

A guardarli da lontano, nessuno avrebbe immaginato che fra i due ci fosse una discussione tanto accesa. Ravelli avanzava con aria disinvolta, il passo elastico, gli occhiali spessi calati sulla punta del naso e addosso un vago profumo di colonia che resisteva a fatica contro l'odore di tabacco che impregnava da anni i muri della redazione. Stefano, costretto a restare un passo indietro, arrancava nel corridoio angusto, soffocato dall'ammasso di schedari, eppure cercava di non perdere una parola del direttore. Si piegava in avanti, nervoso, mentre Ravelli, senza rallentare, compiva piccoli scatti di spalle e di fianchi per farsi strada tra il disordine.

«Ma cosa ci vado a fare all'inaugurazione di un ristorante?» sbottò Stefano. «Al massimo ci saranno due assessori e mezza Pro Loco!»

«Sei alle prime armi e già fai lo schizzinoso» lo gelò Ravelli, senza voltarsi. «Vuoi essere inviato sul campo? Bene. Eccoti la tua occasione.»

«Ma questo non è giornalismo! Sono solo pettegolezzi da rotocalco. Sono sprecato per questo, lo sai. E poi... Padova! Fosse almeno Roma!»

Ravelli si fermò di colpo, tanto che Stefano rischiò di finirgli addosso. Si voltò e lo fissò diritto negli occhi.

«Vedi che non capisci niente?» ribatté secco. «Siamo in piena campagna elettorale! Con la DC che rischia il sorpasso, ogni occasione è buona per fare politica. Persino l'apertura di un ristorante a Padova. Basta che ci siano dieci persone e subito diventa un comizio.»

Stefano spostò lo sguardo verso le ampie finestre e rimase a fissare il cielo di gesso che sovrastava i tetti di Milano.

«Tu vai, guardi chi c'è e chi non c'è, chi stringe la mano a chi» lo incalzò Ravelli, puntandogli l'indice dritto sul petto. «Vuoi scommettere che trovi Gui e pure Gonnella? Loro sono veneti e muovono i fili nella DC.»

Stefano sbuffò, ironico. «Quelli non contano niente.»

«Allora proprio non ci arrivi!» scattò Ravelli, picchiettandosi la tempia con un dito. «Tra un mese e mezzo si vota. Gui e Gonnella contano, eccome. Hanno le mani dappertutto e sanno bene come funzionano le cose.»

Stefano ormai lo ascoltava a malapena.

Nessuna parola del direttore avrebbe reso più digeribile quella trasferta che ai suoi occhi restava inutile, destinata a un trafiletto insignificante con le sue iniziali in fondo alla pagina.

«Porta anche Massimo con te» concesse Ravelli, improvvisamente più conciliante. Poi si accese una sigaretta e gli tese il pacchetto stropicciato.

Stefano non raccolse il gesto. Tenendo gli occhi bassi sul pavimento, con il broncio duro incollato al viso, non si lasciò smuovere. La presenza di un fotografo non avrebbe reso meno noiosa quella cronaca di provincia, materia da giornale locale più che da quotidiano nazionale. E poi Massimo era un tipo pratico, con le rate dell'auto da pagare e pochi margini per fare l'eroe.

Stefano voleva altro. Sognava grandi reportage che non arrivavano mai, e a nulla sembrava servire il sacrificio quotidiano con cui buttava ogni energia dentro quella redazione. Ravelli, ai suoi occhi, era un uomo pavido, che mascherava la mancanza di coraggio dietro una pretesa di equilibrio, di analisi, di misura. Tutto il resto erano chiacchiere, parole che scivolavano via come fumo, e a Stefano non interessavano più.

«Quante storie fai!» tagliò corto Ravelli, di nuovo spazientito. «Ci andrai, te lo dico io. E se non ti sta bene, turati il naso anche tu!»

Ciò che innervosiva il direttore non era tanto il timore di un rifiuto, quanto l'indifferenza ostinata con cui Stefano accoglieva ogni sua parola. Quelle lamentele le conosceva fin troppo bene. Il Vietnam, il colpo di Stato in Ecuador, i montaggi finanziari improbabili, le inchieste visionarie: Ravelli aveva ascoltato tutti i voli della fantasia di quel ragazzo, talvolta ridendo, più spesso irritandosi, ma alla fine lo aveva sempre rimandato dietro la macchina da scrivere. Perché l'unica cosa in cui Ravelli credeva era la gavetta.

La sua stessa carriera era stata una salita lenta e faticosa, segnata da un'intransigenza che negli anni lo aveva condotto fino alla direzione del *Corriere d'Informazione*, ma al prezzo di una scia di nemici e diffidenze. Uomo prudente e sempre in allerta, si era indurito senza diventare ingiusto, disincantato senza mai perdere la passione per il mestiere. E in fondo, proprio per questo, riconosceva la foga di Stefano, ne apprezzava la tempra cocciuta e lo stile affilato. Ma quella impazienza cieca, quella fiducia smisurata – a tratti pura arroganza – che il giovane riponeva nel proprio talento, lo facevano imbestialire e tiravano fuori il peggio di entrambi, accendendo battibecchi interminabili come quello che infiammava ora l'angusto corridoio.

«Eccoti qua, meno male» disse infine Ravelli, vedendo comparire Massimo. «Portatelo via, prima che mi faccia incazzare sul serio! Neanche una cena gratis lo mette di buon umore.»

Massimo accennò un sorriso e posò una mano sulla spalla di Stefano, senza aggiungere nulla né per l'uno né per l'altro. Ravelli faceva quello che poteva, ma Stefano non aveva tutti i torti e a Massimo stava simpatico: sempre imbronciato come un ragazzino, volenteroso, irrequieto, insofferente a qualsiasi superficialità.

«Vado a prendere le altre macchine fotografiche, un po' di rullini, faccio il pieno e ti passo a prendere davanti al bar» disse con il suo tono pacato, scandendo le istruzioni come faceva sempre.

L'organizzazione era la sua forza. Non gli mancava l'estro per l'improvvisazione e neppure quella vena adolescenziale che lo portava a inseguire improvvise passioni, ma anche nell'urgenza restava meticoloso, attento ai dettagli. Solo con i soldi era incosciente e la moglie ancora non gli aveva perdonato l'acquisto di quella Alfasud nuova fiammante con rate esorbitanti che pesavano come macigni sulle loro modeste buste paga.

«Non vedi che ce l'hai già al collo la macchina fotografica?» lo punzecchiò Stefano.

Massimo rise, come sempre, a quella battuta che segnava la fine delle ostilità e la resa, almeno temporanea, al volere di Ravelli.

«La mia Nikon è una vecchia signora» riprese con calma, accarezzando l'obiettivo con un gesto di affetto.

«Sì, lo so. Ha fatto il Belice» lo interruppe Stefano, e questa volta un sorriso gli piegò le labbra.

«Esatto!» annuì Massimo. «Ma ha bisogno di compagnia: un grandangolo, un teleobiettivo, la Leica...» E, mentre parlava, contava sulle dita i suoi strumenti di lavoro con la serietà di un rituale.

«Vabbè» capitolò Stefano, «allora io vado a casa a prendere una giacca. Di certo in maniche di camicia non mi fanno entrare.»

Massimo gli rivolse un sorriso paterno e lo osservò. L'arrabbiatura di poco prima era svanita, restava soltanto un brusio di fondo, qualche scatto nervoso che si sarebbe affievolito strada facendo. Stefano era fatto così: poco resistente nell'indignazione, in lui alla fine prevaleva sempre lo slancio, il passo avanti era inevitabile.

Massimo lo sapeva con certezza: quello spilungone coi capelli sempre in disordine, le occhiaie scavate e i gesti rapidi non sarebbe rimasto a lungo al *Corriere d'Informazione*. Alla prima occasione buona avrebbe spiccato il volo. Era solo questione di tempo.

2

Cortina, 6 maggio 1976
ore 18.00

C'erano tutti, quel pomeriggio, in piazzetta: Andrea, Maurizio, Simone, Roberto.

Maurizio estrasse una sigaretta da un pacchetto di Muratti ridotto a un cartoccio appiattito. Aveva mani enormi, mangiate dalla calce, e indossava ancora la tuta da lavoro, con la camicia bucata dalle scintille della saldatrice e gli occhi rossi di fatica.

Con aria di sfida tese la sigaretta verso Andrea.

«Ne vuoi una?»

Ma Andrea si limitò a restituirgli un sorriso svogliato. Maurizio sapeva che non lo avrebbe convinto nemmeno quella volta. Incorreggibile com'era, però, tornava sempre alla carica. Per lui nella vita bisognava provare tutto, divertirsi, rischiare, e non mancava di ripetere che perfino a Cortina, tra i balconi traboccanti di gerani, c'era ben altro da fare che passare i pomeriggi in soffitta a smanettare su un impianto radio.

«E lascialo in pace!» intervenne Simone.

Lui frequentava Maurizio da quando lavoravano insieme alla ferrovia, ma Andrea lo conosceva da una vita.

La verità era che Maurizio pensava che Andrea fosse troppo per bene, troppo silenzioso, troppo in disparte. E davvero, a guardarli insieme, non pareva che avessero la stessa età. I diciotto anni di Maurizio erano già carichi di fatica adulta; quelli di Andrea, invece, conservavano la freschezza infantile, lo sguardo curioso e un'ostinata predisposizione alla meraviglia.

Maurizio parlava per due e ad Andrea andava bene così. Con Simone, invece, non servivano parole. Fin da bambini, quando andavano a scuola affondando nella neve fino alle ginocchia, quando saltavano come stambecchi attraverso i pascoli, o quando correvano lungo i binari a caccia di farfalle, Andrea era davanti e Simone dietro. Andrea inventava storie, strampalate, favolose, inverosimili, e Simone lo ascoltava assorto. Ma quell'amicizia era un rifugio privato a cui avevano accesso solo loro due, e la fantasia di Andrea fioriva unicamente in presenza di Simone.

Il resto del tempo Andrea lo trascorreva da solo. Passava ore nell'officina del padre a guardarlo lavorare sui motori, poi andava alla biblioteca comunale e ne usciva con due libri sottobraccio. La madre, dopo averlo a lungo spronato a stare con gli altri, aveva finito per lasciarlo fare.

Crescendo, gli spigoli si erano limati, l'immaginazione incontenibile si era trasformata in silenziose divagazioni interiori, e i coetanei, che un tempo lo temevano come diverso, adesso lo guardavano con rispetto. Posato, affidabile, colto come nessun altro.

"Un pozzo di scienza" diceva la madre con orgoglio.

Eppure, la distanza tra lui e gli altri non si era ridotta, si era solo svuotata di ostilità. E in quella distanza, Simone aveva continuato a essere per Andrea il tramite con il mondo.

Pur avendo preso strade diverse, tra loro restava un'intesa semplice, fatta di gesti più che di discorsi. Simone aveva iniziato presto a lavorare, non perché non avesse testa per lo studio, anzi, ma perché aveva avuto l'intelligenza di capire che opporsi al padre, che lo voleva subito operaio, sarebbe stato inutile. Andrea, invece, si era iscritto all'istituto tecnico, spinto dall'incoraggiamento degli insegnanti che, lodandone le doti per la tecnologia, avevano smorzato lo scetticismo del padre e dato manforte all'ambizione silenziosa della madre.

A renderlo, agli occhi di tutti, un piccolo fenomeno era la passione per la radiotecnica, ereditata da uno zio che aveva allestito in soffitta una stazione radio completa: proprio quell'apparecchiatura che Andrea, dopo avervi apportato qualche miglioria, maneggiava adesso con sicurezza nella mansarda affacciata sulle montagne.

La madre non amava parlare di quella passione, che le pareva stravagante, quasi sospetta. Andrea aveva tentato più volte di spiegarle con parole semplici che cosa fossero le frequenze, la ricezione e la trasmissione, e che non c'era nulla di losco. Lei, però, lo ascoltava con insofferenza, agitava le mani come per scacciare un insetto molesto e cambiava discorso in fretta. Allora Andrea tornava a infilare le cuffie e si tuffava nel mondo sospeso dell'etere.

Il padre, da parte sua, non diceva nulla. Con le parole non era mai stato a suo agio e i progressi della tecnologia non lo interessavano.

"In montagna si sale senza cambiare passo" ripeteva sempre, ed era quello il suo modo di intendere la vita.

Ma, a differenza della madre, che si tormentava per l'originalità del figlio e temeva i pregiudizi della gente, lui era impermeabile a ogni cicaleccio: purché Andrea facesse il suo dovere, poteva anche inseguire le sue strane inclinazioni.

«Andiamo a berci una birra» propose Maurizio, avviandosi verso i portici senza attendere risposta, certo che gli altri lo avrebbero seguito.

Roberto, che per Maurizio aveva un'ammirazione monolitica, scattò subito dietro, cercando di imitarne l'andatura lenta e dinoccolata; ma addosso a lui, mingherlino e ancora quasi imberbe, quel passo riusciva solo goffo, impacciato. Aveva un paio d'anni più degli altri, eppure ne dimostrava di meno, e passava il tempo a tentare di smentire quell'impressione con atteggiamenti impostati.

Andrea era forse l'unico a cogliere la fragilità nascosta dietro l'arroganza di Roberto, quell'inquietudine che gli affiorava negli occhi ogni volta che si sentiva scavalcato; ma quanto più Andrea si mostrava disponibile e indulgente con Roberto, tanto più attirava la sua ostilità.

«Io non vengo: ho un raduno di radioamatori» disse Andrea, con le mani affondate nelle tasche.

«Che palle!» rise Maurizio, e subito dietro rise anche Roberto.

«E dai!» lo incalzò Simone, senza convinzione.

Andrea scosse la testa. «No, no. Non posso mancare.»

«Te la sposerai, quella radio» lo punzecchiò Roberto.

«Ma come? Proprio stasera che c'è Caterina!» insistette Maurizio.

Andrea si fermò di colpo.

«Caterina? Cosa c'entra?» domandò, sorpreso, cercando sul volto di Simone una spiegazione che non arrivò.

L'amico girò lo sguardo e lanciò a Maurizio un'occhiata di rimprovero, feroce e silenziosa.

Caterina era la cugina di Simone e Andrea la conosceva bene. Simone a volte la portava con sé e quando non c'era la citava spesso, quasi che ogni sua opinione valesse doppio se passava attraverso le parole di Caterina.

«Non c'entra niente!» rispose Simone, fissando Maurizio con uno sguardo deciso.

L'altro sollevò le mani in segno di resa e si lasciò andare a una risata leggera.

«Va bene, va bene. Io dico solo che hai la testa troppo per aria.»

«E invece Caterina la testa l'ha persa per te» sibilò Roberto, guardando altrove.

«Alla prossima, allora» fece Maurizio riprendendo a fumare mentre si allontanava verso i portici.

Andrea li osservò allontanarsi, fece un cenno distratto a Simone e si avviò verso casa.

In fondo un po' lo preoccupava che Caterina avesse perso la testa per lui. Non avrebbe saputo come comportarsi, cosa dire, cosa pensare. Non lo sapeva mai, quando si trattava di maneggiare i sentimenti altrui, e ancor meno i propri. Si sentì invadere da un disagio indefinito, impalpabile ma familiare, e accelerò il passo. In questo Andrea era diventato abile: evitare, rimandare, oscillando senza tregua tra sollievo e rinnovata inquietudine.

Ogni tanto, rapido e pungente, lo attraversava il dubbio che non avrebbe mai saputo davvero mettersi in gioco, esporsi, correre un rischio, intrecciare il proprio destino con quello di qualcun altro. Dietro al microfono, invece, con le cuffie ben piantate sulle orecchie e lo sfrigolio leggero che faceva da cornice alle voci lontane, Andrea si muoveva in uno spazio sospeso e intimo, un territorio sicuro. Nella vita quotidiana interagire con gli altri gli costava una fatica fisica, compatta, simile a un artiglio che gli stringeva lo stomaco; con i radioamatori, invece, si sentiva al sicuro, padroneggiava i codici, dosava i toni, sapeva mostrarsi allegro e volenteroso.

"È più facile ascoltare che farsi guardare" aveva detto una volta a Simone.

«Mangi un panino a quest'ora?» lo riprese la madre, trovandolo in cucina con il sacchetto del pane aperto e il cartoccio del prosciutto spiegazzato sul tavolo. «E la cena? Io vado da tua sorella, a tenere i bambini. Lo spezzatino è sul fornello.»

«Dopo, dopo...» borbottò Andrea, già con la bocca piena.

Il padre li lasciò discutere senza una parola, eppure pose fine al diverbio a modo suo: alzò di un poco il volume della televisione e si accomodò sulla sua sedia preferita, intento a seguire il quiz per ragazzi che andava in onda tutti i giorni a quell'ora e che lo appassionava tanto.

La madre, sconsolata, alzò gli occhi al cielo. Davanti al grande specchio dell'ingresso si aggiustò la gonna che tirava sui fianchi più del dovuto, si annodò il fazzoletto sotto il mento e prese le chiavi.

«Ciao!» lanciò infine con voce squillante.

Aspettò l'eco del saluto del figlio, mentre il marito, senza distogliere gli occhi dallo schermo, alzò la mano in un gesto solenne e distratto.

Andrea, intanto, con il panino stretto tra i denti, si sistemò davanti alla ricetrasmittente, regolò manopole, attivò pulsanti, si calò le cuffie sulle orecchie e si mise in cerca della frequenza giusta.

«CQ, CQ, CQ...» scandì nel microfono.

E il mondo intorno, di colpo, cessò di esistere.

3

Gemona, 6 maggio 1976
ore 18.00

«Alle otto?» sbottò Franco voltandosi di scatto verso Gabriella.

«Don Pietro dice che dovete cominciare prima, perché poi gli serve la stanza» spiegò lei, allargando le braccia.

Franco sospirò forte, spostando lo sguardo da Gabriella al sindaco, poi all'assessore all'urbanistica che, con le maniche della camicia arrotolate fino ai gomiti, stendeva sul tavolo le planimetrie dei terreni edificabili. Le lisciava con gesti ampi, quasi rituali, e intanto lanciava occhiate inquiete al geometra comunale che prendeva appunti rapidi su un taccuino già sdrucito. Attorno a loro, la Giunta al completo era immersa in una concentrazione che sfociava nella spossatezza: facce accaldate, colletti slacciati, mani che scorrevano nervose su fogli e mappali.

Le finestre spalancate lasciavano entrare l'afa anomala di quel maggio sospeso e la luce densa del pomeriggio stendeva un velo su ogni cosa.

«Franco, fammi una cortesia» disse il sindaco, allentandosi il nodo della cravatta. «Vammi a prendere anche gli atti del '73.»

«Lo vedi che qui stiamo lavorando» mormorò Franco a Gabriella, affondando le dita nervose nella barba scura.

Gabriella si strinse nelle spalle. «Don Pietro dice che gli serve la stanza libera» ripeté. «Deve prepararla per una riunione.»

«Riunione? Figuriamoci! Quello cena con le galline e alle nove va già a letto. Altro che riunione!»

Gabriella abbassò lo sguardo e sorrise appena: conosceva bene quel malcontento a bassa intensità che Franco coltivava nei confronti di don Pietro, un'antipatia più teatrale che reale, fatta di piccoli borbottii, di occhi rivolti al soffitto e di bestemmie trattenute a metà.

Tra i tanti motivi seri per cui avrebbero potuto litigare – il fatto che Franco mettesse piede in chiesa solo per Pasqua e Natale, che avesse scritto alla Curia per abbattere un albero nel giardino della canonica, o che don Pietro avesse convinto suo cognato Luigi a servire messa anche nei giorni feriali – insomma, tra tutte le divergenze di vedute più o meno fondamentali, non ce n'era una capace di tenerli davvero lontani. Anzi, il parroco e il segretario comunale sembravano trarre un gusto particolare dalle loro dispute che, per principio, non ammettevano compromessi.

Da mesi il punto di scontro era la sala in cui la filarmonica faceva le prove due volte a settimana. Franco insisteva per trovare una sede alternativa, ma in paese non c'era nessun locale adatto – e soprattutto gratuito – come quello della parrocchia. In fondo, la segretaria della Pro Loco aveva ragione: in tempi di ristrettezze, era meglio sottostare alle condizioni di don Pietro piuttosto che mettere mano al portafoglio per affittare una sala altrove. E poi, lo sapevano tutti che don Pietro la sera crollava presto dalla stanchezza, mentre Franco dormiva appena quattro ore a notte.

"Beghe da niente" diceva Nora al marito.

Ed era la verità, perché nessuno, neppure Franco, poteva mettere in dubbio che don Pietro fosse buono come il pane.

«E allora, Franco!» lo richiamò il sindaco facendolo trasalire. «Arrivano queste carte o no?»

Franco si alzò di scatto e Gabriella lo seguì verso gli archivi, una stanza sempre in ombra, fresca d'estate e tiepida d'inverno.

«Nora l'ho già avvertita io» disse Gabriella.

Franco rispose con un mugugno scontento, non tanto per la moglie, che si adattava facilmente ai cambi di programma, quanto per sé stesso, buongustaio com'era, al quale cenare in fretta sembrava un sacrilegio.

«Allora io vado, eh!» concluse Gabriella, lanciando la frase a mezz'aria senza neppure fermarsi sulla soglia.

Franco, già immerso negli schedari, sollevò la testa con un guizzo improvviso di buon umore.

«Vai, vai! Che mica ci si sposa tutti i giorni!» E agitò la mano in un gesto rapido e familiare.

Gabriella si allontanò lungo il corridoio. Attorno a lei, le stanze del municipio respiravano ancora dell'attività frenetica che le aveva animate fino a poco prima, ma ora erano vuote, sospese, impregnate dell'odore di inchiostro e di caffè. Da lontano giungeva il vociare animato della Giunta e il rumore sferragliante di una bicicletta che passava sotto le finestre spalancate.

La sua scrivania era in ordine come non lo era quasi mai: la macchina da scrivere coperta dalla custodia di tela, le pratiche riposte nelle cartelline etichettate a mano, il ficus accanto al davanzale con la terra ancora umida. Aprì il primo cassetto, prese la cipria e il lucidalabbra e li infilò nella borsetta. Poi chiuse la finestra e rimase a guardarsi intorno come se fosse l'ultima volta, non perché il viaggio di nozze avrebbe cambiato quella stanza, ma perché a cambiare – ne era certa – sarebbe stata lei.

Lasciò andare un sospiro di soddisfazione, non del tutto

disteso. Temeva che un imprevisto qualsiasi, tanto banale quanto rovinoso, potesse guastare il giorno del matrimonio, preparato con cura minuziosa. Non aveva voluto le lenzuola ricamate, né l'argenteria che da anni dormiva nella piattaia, né gli orecchini d'oro della zia, troppo vistosi. Aveva scelto l'appartamento nuovo con il balcone affacciato sui monti, il divano di velluto color ocra, le lenzuola a fiori sgargianti, il vestito da sposa semplice con la mantellina di seta grezza, il pranzo al ristorante di pesce. Aveva deciso tutto da sola e Renato non le aveva detto mai di no.

Gabriella si infilò il soprabito, ma subito lo tolse, passandosi una mano sulla fronte accaldata e poi tra i riccioli neri fermati alle tempie con due forcine. Pensò all'acconciatura che aveva provato e riprovato, con i boccoli gonfi punteggiati di fiorellini di stoffa.

Uscendo dal municipio si specchiò di sfuggita nella vetrina di un negozio e si vide già nell'abito immacolato, senza strascico né velo. Renato avrebbe indossato un abito grigio scuro, ma non aveva voluto dirle di più e lei non aveva insistito. Perché, nonostante la modernità che rivendicava in ogni dettaglio, nonostante l'euforia che da mesi la sosteneva e l'indifferenza ostentata davanti alle proteste della madre, Gabriella restava una ragazza con la testa sulle spalle e i piedi ben piantati a terra.

Con Renato si conoscevano dai tempi delle elementari. Lui un monello irrequieto, con le ginocchia sempre sbucciate, le unghie nere e quello spazio tra gli incisivi che gli dava un'aria scaltra e simpatica. Lei allegra e studiosa, con un senso dell'orientamento prodigioso, i riccioli ribelli e una voce senza esitazioni, a cui solo Renato trovava il coraggio di disobbedire.

Le ambizioni modeste della famiglia avevano fatto scivolare Renato dalla scuola d'Avviamento direttamente nei cantieri, e per alcuni anni la sua visione della vita semplice e senza complicazioni lo aveva allontanato da Gabriella, che invece rincorreva sogni arditi e spesso campati in aria. Più la madre cercava di frenarne l'impeto, più lei si faceva ostinata e ribelle, più le parlava di famiglia e più lei si irrigidiva, irriverente.

Solo il diploma di stenografia e un posto in Comune ottenuto subito dopo erano riusciti a quietarla. Ed era stato allora che Renato era tornato ad affacciarsi all'orizzonte, giusto in tempo perché l'impazienza di Gabriella non prendesse di nuovo il sopravvento. Non lo aveva più accusato di avere sogni troppo stretti e aveva invece apprezzato la sobrietà del suo stile di vita, il pragmatismo con cui affrontava i problemi, la spigliatezza adulta che la faceva sentire al sicuro. E poiché Renato non aveva mai smesso di essere innamorato di lei, era bastato un niente, un minuscolo gesto di incoraggiamento, perché trovasse il coraggio di dichiararsi e convincerla, finalmente, che erano fatti l'uno per l'altra.

4

Gemona, 6 maggio 1976
ore 18.15

Marco calciava con rabbia il pallone, che andava a sbattere con tonfi sordi contro il muro scrostato dell'ultima casa della via. Il rumore si disperdeva nel prato incolto alle sue spalle, dove margherite e denti di leone ondeggiavano sotto il vento leggero e, più in là, le montagne si stagliavano sullo sfondo.

Correva dietro alla palla, la riprendeva, la riportava zigzagando fino al centro del campo e poi, con gesti goffi, sferrava calci troppo energici. A un certo punto indicò due crepe profonde che incorniciavano uno spicchio di muro.

«Guarda! Quella è la porta» annunciò spavaldo. «Vedrai che la prendo.»

Indietreggiò di qualche passo, strizzò gli occhi e si mise in posizione, con un'espressione dura che mal si accordava con il suo viso paffuto e i grandi occhi azzurri. Aveva le guance accaldate, i pantaloncini macchiati d'erba e una maglietta troppo larga che gli intralciava i movimenti delle braccia.

«Gol!» gridò quando colpì in pieno lo spazio tra le due crepe.

Loris alzò appena lo sguardo e tornò subito a scrutare tra i ciuffi di erba alta che crescevano ai piedi del muro. L'entusiasmo di Marco si spense all'istante, ma continuò a dare calci al pallone con il respiro affannato.

«Lo vedi che i gol li so fare? Che ho mira!» insistette, fermandosi a pochi passi dal cugino. «L'allenatore non mi vuole in campo. Dice che non ho fiato, che quelli dell'Ospedaletto sono tutti più grandi e che ci vuole velocità. Io ho protestato, eh! Gli ho detto che conosco tutti gli schemi, che posso stare in difesa o in attacco o anche a centrocampo... Oh! Ma mi ascolti?»

«Sì, sì» mugugnò Loris, senza alzare gli occhi.

Marco seguì il suo sguardo, puntato con ostinazione sul groviglio scuro dell'erba più alta.

«Non ce n'è neanche una» mormorò Loris deluso.

«Ma di cosa?»

«Vipere!» gli rispose Loris allargando le braccia in segno di ovvietà. «Il farmacista mi ha detto che se gliene porto una viva mi paga di più.»

Marco indietreggiò di un passo, lanciando al cugino un'occhiata inquieta. Loris si muoveva piano, in una mano stringeva un bastone sottile per scostare i ciuffi più alti, nell'altra un barattolo pieno di una brodaglia lattiginosa che, a suo dire, avrebbe impedito alla preda di scappare.

Di vipere morte Loris ne aveva già raccolte a bizzeffe, ma alla madre non aveva detto niente di quella nuova modalità di caccia più pericolosa. Sapeva bene che Nora sarebbe corsa dal farmacista a rimproverarlo, come uno dei suoi scolari. Loris, però, non aveva paura e sapeva sempre cosa rispondere. Era andato in biblioteca a documentarsi, come già aveva fatto per i funghi e per le piante di alta quota.

Il dottor Beltrame, che si sentiva un po' uno scienziato mancato, discuteva volentieri con lui: compiaciuto di avere finalmente un pubblico curioso e attento, gli spiegava con passione come distinguere una vipera da una biscia d'acqua, o come catturarla senza rischi, e non sospettava che quelle parole si trasformassero per Loris in esperimenti temerari.

Capitava spesso che Loris passasse davanti alla farmacia con un libro sottobraccio e, se non vedeva clienti, spingeva la porta pesante e infilava la testa per un saluto. Allora Beltrame si rianimava di colpo, subito gli tendeva il cestino delle caramelle Rossana e cominciavano a chiacchierare.

Il dottor Beltrame era un uomo lunatico, capace di passare nel giro di un respiro dall'euforia di una spiegazione scientifica al borbottio cupo di chi si sente offeso dal mondo intero. Ma Loris non se ne crucciava. Gli bastava sentire il ripieno della caramella che gli impastava la bocca, poi, quando il dottore aveva risposto alle sue domande o aveva contato le monete per le vipere consegnate, Loris usciva con un saluto rapido, già impaziente di provare nuovi esperimenti.

«Perché mai dovrebbero esserci vipere qui?» chiese Marco, inquieto, già arretrando di qualche metro.

«È vero, meglio cercarle al sole» ammise Loris, e senza esitazioni si spostò fino all'angolo del muro, dove le pietre si scaldavano nella luce del pomeriggio ma conservavano ancora il muschio umido dell'inverno.

Marco, intanto, si rimise a calciare il pallone con accanimento.

«Non me ne frega niente se non mi fa giocare» sbottò, con tono da spaccone.

Mentiva. E Loris lo sapeva.

Quell'esclusione lo aveva ferito e, per nascondere la delusione, si fingeva indifferente.

Loris non lo contraddisse.

Pensava che la mortificazione inflitta dall'allenatore fosse già sufficiente a insinuare qualche dubbio nei sogni di gloria del cugino. E poi lo conosceva: se gli avesse dato manforte,

Marco sarebbe diventato ancora più testardo, insolente fino alla vanteria, perciò preferiva lasciarlo parlare e non aggiungere nulla.

«Tanto, se mi fa giocare o no» riprese Marco con tono di rivincita, «mio padre mi porta lo stesso al Moretti a vedere l'Udinese.»

Loris si fermò, abbandonò la sua caccia infruttuosa e si sedette sull'erba, improvvisamente serio. Davanti a quel pubblico attento, l'umore di Marco cambiò: non gli capitava spesso di sentirsi in vantaggio sul cugino, che era più bravo di lui quasi in tutto – nelle corse in bicicletta, nella pesca alla trota, e perfino nelle cose che contavano per la madre, come la scuola o servire messa – e allora, se scorgeva negli occhi di Loris un barlume di interesse, Marco non poteva impedirsi di gongolare un po'.

«Non è mica una partita decisiva» disse, ora che aveva conquistato la sua attenzione. «Il Trento è già spacciato, tornerà in D. E poi li abbiamo già battuti all'andata. Ma se posso vederli allo stadio, allora sono felicissimo lo stesso.»

«E gioca anche Ferrari? Il tuo preferito?» chiese Loris.

«Certo che gioca!» scattò Marco, eccitato. «E ci farà vincere, altro che Perego! Ferrari è il più forte. Lo dice anche la *Gazzetta*. Ti rendi conto? Lo vedrò dal vivo! Magari segna un gol, o anche due.»

Marco parlava a raffica, senza prendere fiato. Le guance si erano accese, le mani gli sudavano, gli occhi brillavano come se già vedesse la scena davanti a sé.

«Chissà come vi divertirete» sospirò Loris.

Marco lo guardò e gli restituì un sorriso semplice, senza trionfo.

«Perché non vieni anche tu?» propose d'un tratto.

«Davvero? Posso?» s'illuminò Loris, balzando in piedi. «Non ci sono mai stato allo stadio!»

«Neanch'io» confessò Marco, e con quelle parole lasciò cadere l'ultima briciola di superbia.

«Sarà pieno zeppo di gente» fantasticava Loris a voce alta. «I tifosi che cantano i cori, gli striscioni colorati che coprono tutto... Chi se ne frega se non è una partita decisiva. La vedremo dal vivo! E poi non si sa mai: quando non hanno più niente da perdere, gli avversari sono più pericolosi. Giusto?»

Di solito Loris non si avventurava in discorsi di calcio. Sapeva meno cose di Marco e preferiva lasciarlo snocciolare le sue teorie da allenatore in erba senza contraddirlo, ma la gratitudine per quell'invito improvviso lo rendeva loquace, incapace di contenere l'entusiasmo.

«Ferrari non prende mai sottogamba un avversario» replicò Marco allegro.

Gli bastava la felicità cristallina di Loris per sentirsi leggero, liberato da quella zavorra che spesso gli pesava dentro, la sensazione di valere meno degli altri, di essere meno forte, meno sveglio, meno furbo.

Perché Marco tendeva a rimuginare, a farsi schiacciare dall'idea di essere messo da parte, mentre Loris non dava peso alle piccole ingiustizie quotidiane e preferiva rifugiarsi nei libri d'avventura, la testa persa tra giungle e galeoni.

Quando Marco cadeva nelle sue giornate storte, chiuso in un mutismo ostinato e impermeabile a ogni gioco, Loris non cercava di ragionare con lui, né minimizzava il malumore. Loris restava zitto, si metteva a disegnare linee sulla ghiaia con un legnetto, o seguiva con pazienza il viavai di una formica. Poi, come se fosse la cosa più naturale del mondo, diceva: "Questa volta tu fai Sandokan e io sono Yanez."

E senza aspettare risposta iniziava a descrivere la scena: la giungla fitta, l'equipaggiamento della nave, le mosse degli inglesi, le manovre d'assalto. Non arrivava mai a raccontare il bottino che già Marco si era scrollato di dosso il broncio.

I due anni che li separavano si notavano appena. Affioravano la mattina, al bivio della piazzetta: Loris prendeva ancora la strada a destra, verso la scuola elementare, mentre Marco piegava a sinistra, con il passo incerto e la testa bassa, verso le medie. Quel nuovo ambiente, più duro e spietato, che Marco affrontava con un'ansia muta e segreta, restava tra loro un argomento taciuto, una vita parallela da tenere a distanza. Persino quando Nora, con voce afflitta, aveva confidato che Marco arrancava in alcune materie, Loris aveva fatto finta di non sentire e aveva cambiato discorso con naturalezza, come se la madre parlasse di un estraneo.

«Dai, andiamo» disse infine Loris, raccogliendo il barattolo e il bastone. «C'è *Furia* in tv.»

Marco lanciò un'occhiata all'orologio del campanile, prese il pallone sottobraccio e insieme uscirono dal prato, rimettendosi sulla strada.

«Spero solo che mia madre non stia litigando con Giada» borbottò Loris, «altrimenti non si sente niente. E se alzo il volume, se la prendono anche con me.»

Marco non rispose, incerto su cosa fosse peggio: che a casa di Loris gli animi si scaldassero troppo in fretta, o che a casa sua non si scaldassero affatto.

«Io stasera sono solo con papà» disse Marco fingendo noncuranza. «La mamma ha il turno in fabbrica. Allora so già cosa c'è per cena.»

«Cosa?» domandò Loris con curiosità sincera.

Non lo avrebbe mai ammesso apertamente, ma la cucina abbondante e saporita della zia Maddalena gli piaceva più di quella monotona e scondita della madre.

La verità era che Nora non amava cucinare e, non avendo mai finto il contrario, si sentiva a posto così. Preparare ogni giorno un pasto le sembrava sufficiente per meritarsi gratitudine. Maddalena, invece, era nata a Ferrara, in una famiglia di contadini marchigiani che lavoravano tanto e parlavano poco, ma che non transigevano mai sul numero delle portate. E così, pur divisa tra la fabbrica, l'orto e il pollaio, trovava sempre il tempo per il panpepato a Natale, la cicerchiata a Carnevale, la ciambella la domenica. Nora non si sentiva sminuita da quel confronto, ma le frecciatine di Giada la ferivano davvero e, proprio per questo, Loris non si sarebbe mai azzardato a dire, nemmeno scherzando, quello che la sorella ripeteva con aria serissima.

«La mamma ha lasciato le polpette con il purè» disse Marco. «Il papà scalda tutto e in un quarto d'ora abbiamo finito. Ci sono anche le fragole. Ne vuoi?»

Loris annuì e affrettò il passo. Calcolava che in dieci minuti sarebbero arrivati a casa di Marco. Giusto in tempo per mangiare le fragole e poi correre a casa sua senza perdere l'inizio di *Furia*.

«Ciao, zio» disse Loris entrando nel soggiorno in penombra.

«Ciao» rispose Luigi con voce impastata.

Sonnecchiava sulla sedia di vimini, la testa appoggiata alle mani nodose, i vestiti da lavoro ancora addosso, le gambe distese come tronchi.

«Papà, può venire anche Loris allo stadio con noi?» lo investì Marco senza esitazione.

Luigi lo fissò, come se facesse fatica a metterlo a fuoco, poi si passò la mano larga sugli occhi. «Certo che può venire!»

Marco guardò Loris, e Loris guardò lui: nei loro occhi si accese la stessa scintilla, un'eccitazione incontenibile, ma subito Marco tornò serio.

«E il biglietto?»

«Ne ho tre» rispose Luigi. «Ma tua madre non ci vuole

venire: dice che il giorno dopo ha il turno e che tanto non le interessa.»

I due cugini d'istinto si abbracciarono, trattenendo un grido di gioia.

«Però tu» aggiunse Luigi, puntando un dito verso Loris, lo sguardo improvvisamente vivo, «devi prima chiedere il permesso a tuo padre, eh!»

«Sì, sì, zio! Glielo chiedo!» esclamò Loris. «Glielo chiedo subito!»

E già spariva oltre la porta, salutando a voce alta, mettendosi a correre verso casa.

Marco rimase qualche istante a guardare la tenda all'ingresso che ancora oscillava, poi si avviò in cucina con il sorriso stampato sul volto.

Sul tavolo la scodella di vetro traboccava di fragole.

5

Gemona, 6 maggio 1976
ore 18.30

Nora era china sul lavello, le mani immerse nell'acqua insaponata, il volto acceso di caldo e irritazione. Alle sue spalle, Giada la fissava immobile, raggomitolata su una sedia, le braccia strette attorno alle ginocchia spigolose. Quando la madre si voltò, con espressione severa, non disse una parola: le posò davanti un sacchetto di piselli e uno scolapasta vuoto. Giada, scontenta, lasciò scivolare giù le gambe e cominciò a sgranare i baccelli con gesto svogliato.

Nora serrava le labbra, in un ritegno fiero, e in quello sforzo c'era tutta la fatica di non perdere le staffe ma neppure cedere terreno. La giornata afosa l'aveva stremata. La penombra della cucina non bastava a darle sollievo, né il getto d'acqua fredda che scorreva dal rubinetto, né la finestra spalancata sul giardino. Si fermò un istante, lo strofinaccio umido premuto contro la guancia accaldata: l'orologio a pendolo ticchettava regolare e il suo ritmo si sovrapponeva al rumore dei piselli che tamburellavano nello scolapasta.

«Che poi, dico io» cedette infine, voltandosi verso la figlia, «domani c'è scuola!»

Giada non alzò lo sguardo, continuò a sgranare in silenzio. Dietro di lei, nonna Delia rammendava un calzino. Sedeva dritta, il corpo minuto, la fronte spaziosa incorniciata dai capelli candidi raccolti in una crocchia bassa. Ogni tanto alzava la testa e il suo sguardo passava dalla figlia alla nipote.

«Dovresti pensare a studiare» riprese Nora, irritata da quella calma impassibile.

La cucina era piccola, stipata di mobili e stoviglie. Lei l'aveva resa funzionale con pazienza meticolosa ma, quando tutta la famiglia si metteva a tavola, lo spazio si restringeva a un nulla: i gomiti si toccavano, le sedie urtavano contro i fornelli. Franco non ci badava, ma a lei pesava dover asciugare i piatti con lo strofinaccio perché lo scolapiatti era già colmo, o dover spostare Loris in punta di sedia per aprire il frigorifero.

«Lo so. E infatti studio» rispose Giada, secca, senza alzare gli occhi dal gesto minuzioso delle mani.

Nora si slacciò il grembiule con nervosismo e annuì, stanca.

«Ecco, brava. Allora non c'è altro da dire.»

Poi tacque, scoraggiata. Quelle discussioni la fiaccavano, e averla vinta le dava solo un sollievo amaro, perché sentiva la figlia allontanarsi un passo in più a ogni parola storta.

Nora la osservò: i capelli lunghi e lisci che scendevano morbidi sulle tempie bianchissime, la camicia a quadri rubata al padre, i polsi sottili coperti di braccialetti colorati, le unghie rosicchiate a sinistra e più lunghe a destra, per la chitarra che aveva cominciato a strimpellare quell'inverno. Giada non capiva che diciotto anni erano niente, che in fondo era ancora una ragazzina, che la vita era tutta da costruire. Ma era fatta così: solida nella sua determinazione, sicura di sé, schietta fino a spiazzare.

«Tanto lo so che non è la scuola il problema» disse Giada, cogliendola di sorpresa. «Il problema è che esco con Vanessa.»

«Vanessa, Vanessa...» ribatté subito Nora, e la voce le uscì più dura di quanto volesse. «Quello che non mi piace è che vi ritrovate con quei terroni. Fanno il militare, stanno un anno, poi spariscono. E voi lì in mezzo!»

Quei ragazzi in divisa erano il suo cruccio più grande, ma Giada non sbagliava a nominare Vanessa. Amica inseparabile fin dalle elementari, a Nora quella ragazza non piaceva, con le sue pose vanitose, il carattere svogliato e frivolo, le tasche sempre gonfie di soldi che il padre bottegaio le dava senza pensarci.

«Non sono meridionali» ribatté Giada dopo un po', con tono sprezzante. «Vengono da Bergamo. Lombardia.»

Nora si impose di non reagire a quell'insolenza. Giada non perdeva occasione per accusarla di campanilismo e lei sentiva di nuovo il terreno mancarle sotto i piedi.

«E va bene, sì, sono militari» concesse Giada con un'alzata di spalle. «Ma qui a Gemona ci sono solo loro! Chi dobbiamo frequentare?»

«Cosa c'entra?» borbottò Nora, e non seppe distinguere se a turbarla fosse la presenza di quei giovani alpini che ronzavano attorno a Giada come mosconi insistenti, o il fatto che sua figlia fosse ormai diventata una ragazza da corteggiare, improvvisamente adulta, sottratta di colpo al raggio sicuro del suo sguardo. «E a che ora torneresti? Posso saperlo?» cedette infine.

«Appena il film è finito» si affrettò a rispondere Giada. «Presto!» aggiunse subito, per impedire ogni ripensamento.

Poi allontanò lo scolapasta pieno di piselli, si asciugò in fretta le dita sullo strofinaccio e corse a prepararsi.

Nora cercò soccorso nello sguardo di Delia, ma la madre le restituì un sorriso divertito, lasciandola sola con la propria inquietudine. Nora alzò gli occhi al cielo e, per quella volta, rinunciò a prendersela anche con lei: non aveva energie per combattere su due fronti. E poi, che senso aveva insistere con Delia? Mille volte glielo aveva già detto: un tempo era lei a mandarla a messa accompagnata dal fratello, ed era la stessa che ora pretendeva apertura di vedute, comprensione, indulgenza.

«*A son zovins!*» disse Delia, decretando la fine della discussione.

«Appunto, sono giovani» ribatté Nora, piccata. «C'è tempo per pensare a certe cose.»

Delia posò il rammendo sulle ginocchia sottili e si preparò, con la consueta pazienza, ad accogliere lo sfogo della figlia, quel miscuglio impotente di apprensione e recriminazioni, espresso con frasi brevi, come una litania che non cercava soluzioni ma soltanto orecchie amiche.

«Giada deve studiare» riprese Nora, abbassando il tono. «Quei ragazzi sono lontani da casa, passano le serate a ciondolare. Lo sai come vanno le cose... Vogliono solo divertirsi, e poi tanti saluti.»

«Eh, studiare!» sospirò Delia. «Non si può mica tenerli legati al banco.»

Nora tacque, mortificata dalla semplicità della risposta.

«Io ci ho provato con te» disse allora Delia, di punto in bianco. «Ci ho provato a tenerti legata. Perché crescevi, sì, ma non eri mica pronta...»

Nora annuì in silenzio. Non aveva più voglia di rinfacciare alla madre la severità di un tempo, ora che la sentiva confessare il suo stesso senso di inadeguatezza.

E poi Delia aveva ragione: non era stata pronta allora, quando da giovane si era fidanzata troppo presto, e non era pronta nemmeno adesso, che giovane non lo era più, ad accettare la parte ribelle di sua figlia.

Non era pronta a concedere a Giada quell'esuberanza e quella voglia di libertà che lei stessa, tanti anni prima, aveva sperimentato – e forse rivendicato – nelle braccia allegre e sicure di Franco.

«Non avevi neanche vent'anni quando è nata Giada» incalzò Delia con tono leggero e alzò le spalle in un piccolo gesto di resa, come se quel ricordo fosse un dado che bastava lanciare sul tavolo per smontare ogni pretesa di saggezza della figlia.

Nora si passò le dita tra i capelli vaporosi, che il caldo umido aveva reso ribelli, e cercò di sfuggire allo sguardo della madre gettando un'occhiata rapida allo specchio appeso nell'ingresso. Alzò il mento, sistemò le ciocche sulla nuca e assunse un'espressione di vaga sorpresa, con le sopracciglia arcuate e le labbra appena socchiuse.

Si rammaricava, ma senza abbattersi, del tempo che le si era posato addosso: le linee sottili attorno agli occhi, la pelle più fragile, i tratti meno decisi. Non cedere a stramberie e frivolezze – i rossetti accesi, i tagli di capelli alla moda – era per lei questione di buon senso e di decoro. Forse c'entrava il lavoro a scuola, quell'autorità che sentiva di dover incarnare non soltanto davanti agli alunni, ma anche di fronte ai genitori. Eppure non era sempre stato così.

Delia, che aveva conosciuto la Nora giovane, solare e compiaciuta di sé, ora la osservava con indulgenza, sapendo che, anche dentro quegli abiti severi, Nora si sentiva ancora bella. E il merito era di Franco, che la guardava come il primo giorno.

«*Ti è lade ben*» concluse Delia.

«Mi è andata bene» ripeté Nora, e quelle parole caddero leggere, lontane dalle tensioni che quell'amore giovanile, frettoloso e testardo, aveva acceso un tempo tra madre e figlia.

Delia mugugnò soddisfatta. Più gli anni passavano, più si ritrovava a fare bilanci, a tornare sul passato per soppesarlo, per cercare un senso, per lasciare andare. Si sforzava di perdonare ciò che un tempo le era parso grave e che ormai non contava più. Le sembrava l'unico vero privilegio della vecchiaia, quasi un dovere: far pace con il tempo che non torna, restare allegra. Non lo era stata abbastanza, in vita sua, e adesso se ne concedeva il lusso.

Riprese in mano il rammendo e il suo sguardo scivolò verso la finestra, dove due donne del vicinato si erano fermate a parlare sottovoce, le borse della spesa penzolanti dalle braccia.

«Io però vorrei che per Giada le cose fossero più...» cominciò Nora, cercando le parole e inciampando nei propri sentimenti contraddittori.

Sperare il meglio per Giada le suonava, a volte, come una rivincita personale. Franco lo diceva spesso: "Non siamo contenti, noi?"

Ma lei non sapeva spiegarsi da dove nascesse quella spinta a desiderare per la figlia una vita diversa, più larga e luminosa.

«Più cosa?» la incalzò Delia, scuotendo piano la testa.

«Più facili, ecco» tagliò corto Nora. «Deve studiare e trovarsi un bel lavoro.»

«Un lavoro è un lavoro» semplificò Delia.

«C'è una scuola di stenografia a Udine. Là impara un mestiere» insisteva Nora, assorbita dalla folla di progetti che le affollava la mente e non le dava pace.

«Fino a Udine?»

«Con il treno. Che ci vuole!» si spazientì Nora. «Qualche anno di sacrificio ma poi può avere un lavoro in azienda, uno stipendio come si deve, una bella posizione. Con tutta la gente che conosce Franco, glielo trova in una settimana un posto qui in zona.»

«Tutto questo giro per tornare a Gemona» rise Delia, disegnando ghirigori nell'aria con il dito. «Allora perché non fa la maestra, come te? Così ha più tempo per stare a casa coi *fruts*.»

«I tempi sono cambiati» replicò Nora, e intanto smuoveva con il cucchiaio i piselli nello scolapasta, come se li stesse contando.

Tenendo gli occhi bassi, lasciava correre il pensiero lontano. La verità era che nulla, nel suo destino, le pareva deludente.

Non era donna da rimpianti: conosceva bene i propri meriti e difetti, e sapeva pesare entrambi. Ma quando si trattava di Giada tutto si confondeva e Nora si scopriva preda di un'ambizione nuova, un'urgenza febbrile, un senso di responsabilità che non ammetteva né errori né approssimazioni.

«E che tempi sono questi?» la provocò Delia, con quell'ironia che adottava sempre quando i giovani parlavano come i vecchi e i vecchi, per farsi ascoltare, fingevano di essere giovani.

«Non parlo solo di lavoro» si difese Nora, «ci sono anche le persone che hai intorno. Chi può conoscere a scuola? Il bidello? Il segretario? Al massimo il direttore! In un'azienda, invece, ci sono ingegneri, geometri, ragionieri...»

«Sì, *il paron da fabriche*!» esclamò Delia scoppiando a ridere.

«E perché no?» ribatté Nora, accennando un sorriso tirato.

«Ricco, povero...» borbottò Delia, con una nota di severità. «Io dico che non ce n'è neanche uno che ti va bene.»

«Beh!» si inalberò Nora, punta sul vivo. «Almeno che sia del posto. Con un forestiero finisce sempre male: o lui se ne va da solo, spezzandole il cuore, o se ne va con lei, portandomela via.» Nora parlava con tono perentorio e, nel farlo, si raddrizzava appena, spingendo indietro le spalle e lisciandosi la gonna con un gesto nervoso. «E comunque intanto fa la maturità. E poi andiamo al mare.»

La voce si fece più squillante, un entusiasmo quasi impostato, e subito tornò ad affaccendarsi ai fornelli.

«Ci andate davvero al mare?» chiese Delia dubbiosa.

«Eccome!» rispose Nora, gettando i piselli nella casseruola insieme al riso. «A Lignano.»

Sapeva bene che per la madre le ferie erano una stramberia moderna, roba da signori con tempo da sprecare, o gente malata che doveva cambiare aria per ordine del medico. Anche per la luna di miele Delia si era accontentata di tre giorni a Venezia. Poi, quando Nora e Luigi erano piccoli, li aveva mandati al mare con il prete e quando riceveva le loro cartoline, le teneva in mano incredula, girandole e rigirandole prima di infilarle nella cornice dello specchio dell'ingresso.

Ora, però, le cose erano cambiate. L'anno prima, Luigi e Maddalena erano stati due settimane a Lignano, per far respirare a Marco un po' di aria di mare, e avevano insistito per portare anche Loris.

«Così giocano insieme» avevano detto.

E allora adesso toccava a loro ricambiare.

Nora aveva preso informazioni: c'era un'agenzia che affittava appartamenti a prezzi onesti. Ne sarebbe bastato uno piccolo, purché fosse vicino alla spiaggia. E già immaginava Giada distesa al sole, finalmente libera dagli umori neri, Marco e Loris che scavavano buche nella sabbia, e lei, per una volta, senza l'ansia dei compiti e della cucina, alleggerita, come non le capitava da anni.

«E devo venire anch'io?» azzardò Delia.

«Certo che verrai anche tu!» concluse Nora senza esitazione.

Delia rispose con un mugugno rassegnato.

«Dici sempre che non ci sei mai stata!» insistette Nora. «Non vorrai mica morire senza aver visto il mare!»

6

Gemona, 6 maggio 1976
ore 19.00

La casa dei Vidoni stava in fondo a una via anonima, una teoria di abitazioni tirate su in anni diversi, ognuna con la propria impronta. Alcune vezzose, con i gerani sui davanzali e i cancelli lavorati, altre con l'orto sul retro, i fili della biancheria tesi tra un muro e l'altro, qua e là un lavatoio, un pollaio. Quello della Ninetta, la vicina, era famoso in tutta la via: attirava qualche topo di troppo, ma dava uova a mezzo rione.

«Buonasera, Ninetta» disse Franco rallentando il passo.

La donna alzò appena la testa, senza smettere di agitare le braccia robuste nel tentativo di ricacciare dentro le galline che razzolavano indifferenti ai suoi piedi.

In quel mentre arrivò Loris di corsa e li superò entrambi.

«Ciao!» gridò, e subito sparì in casa.

«Stasera non ne vogliono sapere di rientrare» sospirò Ninetta, piantandosi con le mani sui fianchi davanti alle galline ribelli.

Per un attimo Franco e Ninetta rimasero a guardare le bestiole, intente a becchettare nella polvere. Poi Franco aprì le braccia in un gesto vago e proseguì per la sua strada, lasciando la vicina a brontolare da sola.

«Ah, eccoti» lo accolse Nora, con un sospiro.

«E Loris?» chiese lui.

«Sempre in giro, quello!» rispose Nora, posando l'insalatiera al centro della tavola. «L'ho mandato a lavarsi le mani.»

«Papà, papà!» gridò Loris scendendo dalle scale. «Lo zio Luigi ha detto che mi porta allo stadio! Con Marco, tutti e due! Perché la zia Maddalena non ci viene, ma ci sono tre biglietti e allora mi portano. Però solo se tu mi dai il permesso. Posso, papà? Mamma, ti prego, posso andare?»

Franco e Nora rimasero interdetti davanti a quel fiume di parole ed entusiasmo che riempì la stanza d'un colpo.

«Se sei promosso» disse Nora, come in un riflesso istintivo di difesa.

Dire subito di sì alle richieste dei figli le sembrava una trappola: i dettagli, taciuti o travisati, potevano nascondere la parte più importante e, una volta dato il consenso, tornare indietro diventava difficilissimo.

«Ma la partita è domenica prossima! Come faccio a sapere se sono promosso?»

Loris si spense e restò a guardare i genitori con aria supplice. A vederlo così speranzoso a Nora quasi scappò un sorriso, però si morse la lingua e sollevò lo sguardo verso Franco, che a sua volta guardava lei.

Franco e Nora non erano sempre d'accordo e nessuno avrebbe saputo dire chi dei due cedeva più facilmente quando restavano impigliati su posizioni inconciliabili. Eppure c'era tra loro un'intesa silenziosa: mai mostrarsi divisi davanti ai figli. Non c'era bisogno di patti o dichiarazioni, quella concordia era fatta di rispetto reciproco e di una tale sincerità che né Giada né Loris avevano mai potuto sperare di vederli schierati uno contro l'altra.

Accadeva spesso che fosse Franco a pronunciare il verdetto delle lunghe trattative genitoriali e questo finiva per nascondere quanto l'opinione di Nora pesasse, in realtà, più della sua. Franco, meno sottile nei ragionamenti ma più deciso, sapeva trasformare le intenzioni in azione; Nora, invece, meno incline a compromessi e più facile a perdersi nei propri contrasti interiori, aveva però una sorprendente lucidità nel riconoscere il punto esatto in cui la pazienza del marito si esauriva. Così, alla fine, trovavano sempre un equilibrio: stabilivano le priorità, salvavano l'essenziale e lasciavano cadere il superfluo.

Nora aveva anche un'altra qualità, che Franco le invidiava perché a lui mancava spesso: capiva presto quando stava sbagliando bersaglio. Non prendeva rivalse su chi non c'entrava, non si sfogava sulle prede facili, non impartiva punizioni esemplari a chi aveva colpe minime, solo perché non era riuscita a prevalere contro chi quelle colpe le aveva davvero.

Così Nora riconobbe quasi subito che quel "se" frettoloso, opposto a Loris senza pensarci, era il residuo di un'altra battaglia, lo strascico della discussione appena finita con Giada. Lo capì quando la vide entrare in cucina, i capelli già fissati dalla lacca, un velo di ombretto sugli occhi e quell'aria sfrontata che le illuminava il volto come una vittoria. Giada aveva avuto la meglio perché Nora non era stata abbastanza ferma, non abbastanza autoritaria. Ma Loris non ne aveva colpa.

Era un ragazzino sveglio, curioso, capace di ottenere buoni risultati a scuola senza logorarsi sui libri. Faceva le domande giuste, era attento, rapido, perspicace. Aveva una marcia in più e non la sprecava né con l'inerzia svogliata di certi coetanei, né cercando di oscurare gli altri con arroganza.

Franco colse sul volto della moglie un dubbio sottile, mescolato a una stanchezza che non prometteva nulla di buono.

Allora fu lui a prendere la parola.

«Va bene» disse infine, «puoi andare a vedere la partita. Ma non devi dare fastidio allo zio, intesi?»

La questione fu chiusa così. Nora tornò ai fornelli e cominciò a riempire i piatti di *risi e bisi*. Loris alzò le braccia al cielo vittorioso ma, come faceva sempre per scaramanzia, o per paura che i genitori ci ripensassero, non aggiunse altro. Corse invece in salotto ad accendere la televisione.

La stanza era separata dalla cucina da una doppia porta a vetri, schermata da tendine di pizzo che filtravano la luce e impedivano di vedere l'apparecchio. Loris aprì con cautela le porte, tornò a tavola e sistemò la sedia in modo da vedere tre quarti dello schermo. Se poi si sporgeva appena di lato, lo vedeva quasi tutto.

«Stai composto» lo riprese subito Nora. «E poi la televisione dovrebbe restare spenta finché mangiamo.»

Loris si raddrizzò di scatto, assumendo un'aria impettita e innocente.

Sapeva che il permesso di andare allo stadio aleggiava ancora come una nuvola e bastava un passo falso perché la madre rimettesse tutto in discussione. Conosceva bene quei margini sottili di manovra che i genitori lasciavano sempre aperti e che più di una volta avevano capovolto tutto all'ultimo minuto.

Eppure, all'episodio di *Furia* non voleva rinunciare. Così, preso tra due passioni, si fece imprudente.

«Dai, mamma!» protestò, ma con un tono più piagnucoloso che battagliero. «C'è *Furia*!»

«E la nostra cena, allora?» sospirò Nora.

«Possiamo mangiare dopo, quando finisce la puntata. Tanto fanno tutti così: cenano alle otto, dopo *Furia*.»

«Tutti chi?» chiese Nora, con una curiosità che era insieme sincera e sospettosa.

«I miei compagni di classe» rispose Loris, tenendo gli occhi fissi sul televisore e già pentendosi di non aver alzato il volume. «Solo noi ceniamo così presto, come le galline.»

«Questa poi!» sbottò Nora. «Chi ti ha messo in testa una cosa simile?»

E senza aspettare risposta lanciò un'occhiata al marito: quello era un suo modo di dire, lo ripeteva sempre, e ogni volta riusciva a farla ridere e irritare insieme.

Franco abbassò la testa nelle spalle, e con la bocca ancora piena si versò mezzo bicchiere di vino. Bevve a grandi sorsi, si pulì la bocca con il tovagliolo, poi si alzò, facendosi spazio tra il tavolo e la parete.

«Hai già finito?» domandò Nora, scontenta.

«Eh, la filarmonica…» fece lui, allargando le braccia in un gesto d'impotenza. «Don Pietro ci vuole fuori dai piedi in fretta e stasera ci sono anche i cantori.»

Giada, rimasta zitta per tutta la cena, si ficcò in bocca l'ultimo boccone e si alzò nello stesso momento del padre.

«E tu dove vai?» domandò Franco.

«Al cinema con Vanessa.»

«A vedere cosa?»

«*La città verrà distrutta all'alba*» rispose lei, attenta a non lasciare trapelare alcuna nota di trionfo e scansando con cura lo sguardo della madre.

«E che razza di film sarebbe?» fece Franco, sgranando gli occhi.

«Apocalittico» spiegò Giada in fretta. «C'è un incidente aereo e poi tutti si ammalano di un morbo misterioso.»

«Sì, come no…» si intromise Loris. «È uno di quei film dove le femmine urlano di paura e poi si appendono al collo dei maschi per non svenire.» E mimò la scena con un'espressione di finto terrore.

«*Tâs, stupit!*» sbottò Giada, mollandogli un buffetto sulla testa.

Lui si scansò rapido, senza però cancellare il sorriso da monello stampato in faccia. Giada si accontentò di quella minuscola rivalsa e scivolò via dalla stanza prima che il padre potesse chiederle altri dettagli o che la madre ne aggiungesse di suoi, mettendo a rischio la serata.

Un nitrito improvviso dal soggiorno catturò l'attenzione di Loris: dimenticò all'istante la sorella, l'espressione dubbiosa del padre e il silenzio pensieroso della madre. Gli occhi gli si accesero, il corpo si protesse verso lo schermo.

Nora, invece, avrebbe voluto che Franco si soffermasse almeno un istante a riflettere, che dicesse qualcosa sul fatto che Giada usciva in una sera di scuola, o che si interrogasse di più su quella Vanessa, ma lui si limitò a scuotere la testa con un gesto vago, come chi non vuole complicarsi la vita.

Suscitando le proteste del figlio, si piantò davanti al televisore per afferrare la custodia del violino, appoggiata sul mobile basso.

«Se cominciate prima, torni anche prima, no?» osservò Nora.

Franco fece slalom tra le sedie, si diresse verso l'entrata e si mise a frugare nella montagna di giacche e cappotti che nascondevano l'attaccapanni scheletrico.

«Te l'ho detto: stasera ci sono anche i cantori» disse, senza davvero rispondere.

«E quindi poi passate in osteria» concluse Nora, seguendolo nell'ingresso.

Franco infilò il soprabito, poi si fermò come in ascolto, brontolò per il caldo e se lo tolse subito.

«Sì. Passiamo da Egidio e dalla Babette» disse lui. «Sai che hanno appena aperto e bisogna dargli un po' il giro.» Si chinò e le posò un bacio leggero sulla guancia. «Se ci portiamo anche i cantori, mi sa che saranno contenti.»

«Saranno contenti, sì» mormorò Nora.

Poi lo seguì con lo sguardo mentre usciva di casa. La porta si richiuse piano alle sue spalle, lasciando fuori la luce azzurra della sera.

7

Gemona, 6 maggio 1976
ore 20.00

In cucina non parlava più nessuno.

Nora masticava lentamente, concentrata sul gesto, mentre Delia, che a cena si accontentava sempre di poco, piluccava appena: un pezzo di pane, due noci, un assaggio del formaggio stagionato che il cugino le portava giù dall'alpeggio.

Loris teneva gli occhi fissi sul televisore, lo sguardo acceso, distratto da tutto il resto. Ogni tanto smetteva di mangiare e allungava il collo per seguire meglio la scena, poi rideva piano e tornava a inghiottire in fretta, senza badare davvero a cosa metteva in bocca.

Quando la sigla finale di *Furia* invase il soggiorno, i piatti erano già vuoti e le finestre spalancate lasciavano entrare la quiete del cortile.

«Adesso vai a lavarti» disse Nora. «E strofinati per bene le gambe, che sono tutte nere!»

Loris scattò in piedi e saltellò contento verso le scale.

«E poi dritto a letto!» aggiunse Nora.

Loris fece tutto in fretta e in disordine: si lavò prima i denti, poi i piedi, mise i pantaloni del pigiama ma non la maglia, poi tornò a sciacquarsi la faccia. Si precipitò in camera, radunò il quaderno, il sussidiario, l'astuccio e ficcò tutto dentro la cartella. Aprì il cassetto basso del comò, tirò fuori una maglietta pulita e la posò sulla sedia accanto alla finestra, pronta per l'indomani.

Infine si sedette sul letto con un sospiro lungo, liberatorio, come se fosse emerso dall'apnea di mille corvée quotidiane. Si lasciò cadere all'indietro, le braccia aperte, gli occhi fissi sul soffitto. Sopra di lui pendeva il lampadario di vetro arancione che tratteneva l'ultima luce del tramonto.

Quando i genitori l'avevano comprato, a Loris quel lampadario proprio non era piaciuto. Gli era parso un gingillo da femmine, troppo vistoso, quasi ridicolo. Ma da quando a scuola avevano studiato il sistema solare, quel colore arancio opaco era diventato per lui Marte e da allora, ogni sera, si convinceva di addormentarsi sospeso nello spazio, con i pianeti a portata di mano, in un universo silenzioso che stava tutto lì, nella sua piccola stanza mansardata.

Loris accese l'abat-jour e una chiazza di luce dilagò sul cuscino, lasciando il resto della stanza in una penombra familiare. Prese dal comodino *La riconquista di Mompracem* e si fermò a contemplare la copertina: Sandokan, lo sguardo truce e una smorfia di collera; dietro di lui Yanez, con l'aria divertita e il sorriso beffardo; entrambi con la spada stretta in pugno, i corpi tesi, pronti all'attacco.

Loris avvicinò il libro al naso: sapeva di carta vecchia e di polvere, ma a lui pareva di sentire l'umidità della giungla, il canto acuto degli uccelli tropicali, uno sparo lontano, il passo felpato dei pirati che si muovevano tra liane e radici contorte.

Dalla cucina arrivavano le voci di Nora e Delia, intrecciate al motivetto allegro di una sigla televisiva.

«Chi è questa Babette?» chiese Delia.

«La moglie di Egidio. La belga» spiegò Nora distrattamente, mentre sparecchiava. «Egidio lo conosci.»

«Venturini?»

«Proprio lui.» Nora si fermò un istante, come se le tornasse in mente una scena lontana. «Ti ricordi quando è partito per il Belgio? Io ero piccola, ma eravamo andati tutti a salutarli. Lui, con la moglie e il bambino in fasce...»

«Sì, è vero. La guerra era finita ma qua non c'era niente da mangiare» mormorò Delia, più a sé stessa che alla figlia. «Sono partiti in tanti. È stata come un'altra guerra.»

«Per lui di sicuro. Il bambino è morto subito di polmonite. E sua moglie poco dopo» aggiunse Nora, impilando piatti e bicchieri con gesti automatici. «Di crepacuore, diceva una cugina. Mah... era così giovane!»

«E Babette?»

«Anche lei è vedova. Il marito era uno dei minatori morti a Marcinelle. Dice che se lo sentiva, quella mattina, che qualcosa non andava. Gli aveva perfino chiesto di andare a baciare i figli, che dormivano ancora, e lo aveva seguito con lo sguardo finché era sparito dietro la curva. Così, quando sono arrivati due minatori a dirle che forse c'era ancora speranza, lei sapeva già che era tutto finito. Ha vestito i bambini con le camicie pulite e i pantaloni buoni, e li ha portati fino alla miniera. Sono rimasti lì, dritti come chiodi, finché non hanno tirato fuori il corpo del marito. Dopo... Beh, quello che è venuto dopo lo sa solo lei. Lavorava in cucina in una trattoria, tirava su i figli come poteva. Però li ha cresciuti onesti, lavoratori: uno ora è alle poste di Bruxelles, l'altro ai cantieri di Anversa.» Nora interruppe il ritmo monotono dei gesti, lasciando scorrere l'acqua calda del lavello. «Poi ha incontrato Egidio. Anche lui era in miniera, ma lei dice che non è superstiziosa, che quello che deve succedere succede, che ognuno ha la sua strada. Sono diventati amici, si capivano, hanno cominciato a volersi bene. Ma piano, senza fretta. Prima ha aspettato che i figli fossero grandi e sistemati, e solo dopo ha accettato di sposare Egidio. E adesso eccoli qua!»

Per un po' rimasero entrambe in silenzio, pensando a quante vite ci stanno in una sola, a quante cose porta dentro ciascuno e quanto poco se ne tiene conto.

«E non le manca il suo paese?» chiese infine Delia.

Nora si strinse nelle spalle.

«Le piace l'Italia. Dice che il Friuli è un bel posto per vivere.»

«*Sigûr, ve!*» annuì Delia.

«Adesso sono in pensione tutti e due. Ma hanno aperto l'osteria vicino alla chiesa. A non far niente si diventa vecchi prima, dice Babette» continuò Nora lanciando un'occhiata ironica alla madre.

Delia, invece, rivendicava con ostinazione il riposo guadagnato, ma non mancava di lagnarsi dei reumatismi, la fronte corrucciata a ogni cambio di tempo, proclamandosi vecchia ma offendendosi a morte se qualcun altro glielo faceva notare.

«Franco dice che non sono ancora avviati» riprese Nora, «e invece di gente ce n'è. Quelli che escono da messa e soprattutto quelli che in chiesa non ci entrano nemmeno.»

Rise piano, ma Delia non la ascoltava più: il busto proteso in avanti, il mento tra le mani, lo sguardo rivolto alla televisione.

«Ah, *Carosello*!» sospirò Nora. Poi si affacciò sulle scale e gridò verso il piano di sopra: «Loris, spegni, è ora di dormire!» Nessuna risposta. «Loris!» insistette.

Delia agitò la mano per zittirla. Nora appoggiò piano la pila di piatti nel lavello e cominciò a strofinarli.

«Meglio che mi sbrighi. Stasera danno *Il mistero delle dodici sedie*.»

Delia mugugnò distratta.

«Quello tratto dal libro di Petrov» continuò Nora.

Ma Delia non reagiva. Si sporgeva ancora di più verso lo schermo, rapita dalla voce impostata degli attori, dalle musichette allegre e rassicuranti delle pubblicità che si susseguivano una dietro l'altra.

«Te ne avevo parlato, ricordi?» tentò ancora Nora. «Una famiglia ridotta in miseria dopo la rivoluzione, il tesoro nascosto in una sedia...»

«*Tâs e alce la television*» la interruppe la madre, con la mano protesa verso l'apparecchio.

Nora scosse la testa e si arrese. Si asciugò le mani sul grembiule e obbedì.

8

Gemona, 6 maggio 1976
ore 20.15

«E dai, De Luca! Non dirmi che con una bella serata così vuoi restartene in caserma!»

«Lasciami in pace, Passalenti» rispose Rocco, le mani incrociate dietro la nuca e lo sguardo perso nel vuoto.

Il viavai dei compagni, le risate impazienti, lo strusciare degli scarponi lucidati di fresco, tutto gli scivolava addosso. Nell'aria si mescolavano l'aspro dell'acqua di colonia, che pungeva le guance appena sbarbate, e quell'odore stantio, inconfondibile, di disinfettante e polvere che pareva filtrare dalle pareti stesse della caserma.

«Vanno tutti al cinema» insistette Gianni, lisciandosi i capelli davanti a uno specchio minuscolo.

«Lo so» replicò Rocco senza enfasi. «Vacci tu, poi mi racconti.»

«Oh, io no! Io me ne vado a casa» rise Gianni allegro.

«Beato te che puoi!» gli gridò un commilitone, mentre trascinava un comodino al centro della camerata.

In quattro si sedettero intorno a quel tavolo improvvisato, le carte già in mano, il fruscio del mazzo che riempiva lo stanzone.

Passalenti sorrise senza aggiungere altro. Sapeva di essere un privilegiato: a differenza di tanti che venivano da ogni parte d'Italia, lui abitava a pochi chilometri dalla caserma. Poteva tornare spesso dai suoi, mentre altri rientravano a casa due volte l'anno, non di più.

«Stasera ci sono tutti» riprese a dire, tornando a fissare Rocco. «I miei fratelli – anche Sandro con la moglie, pensa te – e i cugini di Udine che hanno preso un cantiere a Osoppo. E poi Valentina, l'amica di Giulio... amica, sì... lo sanno tutti che lui la vuole sposare, e lo sa anche lei, ma fa finta di niente.»

«Giulio?» domandò Rocco, con svogliata cortesia.

«Sì, il più grande dei miei fratelli. L'eterno indeciso.» Gianni si chinò per allacciarsi le scarpe. «Vuole fare tutto e non combina niente. Si siede là, sotto il gelso, sulla panchina contro il muro, e resta a rimuginare. Valentina ci ha preso gusto, a starci dietro. È un po' così anche lei, con la testa per aria, ma che le piace Giulio, questo è sicuro. Te lo dico io!»

Gianni parlava come un fiume in piena. Era sempre così: trascinava i discorsi senza mai lasciarli andare, incapace di scegliere cosa fosse essenziale e cosa superfluo. Ripeteva volentieri, senza malizia, anche quello che aveva già detto un minuto prima, come se temesse che qualcosa potesse cadere nel vuoto. Ma non si offendeva mai se gli altri non lo stavano a sentire.

Rocco lo trovava simpatico proprio per questo, ma aveva perso in fretta il filo del discorso, arenandosi su quel "stasera ci sono tutti" che gli era rimasto in mente come un chiodo. E subito la mente era corsa a casa sua, alla famiglia altrettanto numerosa e allegra, ma squattrinata, dove a tavola si rideva, si discuteva, ma si divideva sempre troppo: pezzi di pane più piccoli, minestre allungate con l'acqua. Lui era il maggiore, dietro c'erano altri quattro fratelli, senza contare la sorella che ormai si era sposata e viveva più giù, verso il porto.

La madre diceva che era già troppo lontana perché, con le ginocchia che le facevano male, anche cento metri sembravano un viaggio. Il padre, invece, l'avrebbe voluta ancora più distante perché di quel genero fannullone e nullatenente non sapeva che farsene, e averlo a tavola cinque sere su sette lo faceva imbestialire.

"Sono altri tempi!" diceva la madre per calmarlo. E non perché lei apprezzasse la sciatteria del genero, ma perché temeva che a forza di lamentele i due giovani avrebbero davvero deciso di emigrare al Nord.

La verità era che il padre ce l'aveva con tutti. Amaro, astioso, pungente. Anche con Rocco, che si ammazzava di lavoro e non si tirava mai indietro, trovava modo di brontolare, di sminuire, di biasimare.

La madre, invece, era tutto il contrario: allegra, chiacchierona, con il dono di alleggerire ogni discorso. Si lamentava davvero solo dell'artrosi che da anni la affliggeva, le tagliava le gambe e le trasformava le dita in ceppi nodosi e doloranti. Ne dava la colpa alle risaie del Vercellese, dove aveva lavorato da ragazza, e non perdeva occasione per ammonire chi pensava di cercare fortuna nelle fabbriche del Nord, che ai suoi occhi incarnavano tutti i mali del mondo. Così, quando Rocco le aveva detto che per la naja lo spedivano in Friuli, la madre si era lasciata cadere su una sedia, una mano alla bocca e l'altra al petto, gli occhi spalancati come davanti a una disgrazia.

Ma Rocco non aveva paura. Aveva cominciato a lavorare presto, appena finito l'Avviamento. Era sveglio, se la sbrigava in ogni situazione con senso pratico e un ottimismo saldo. Non chiedeva troppo, non faceva drammi se gli toccava rivedere al ribasso le proprie ambizioni. E se aveva rimpianti, li teneva per sé.

Con Giada, però, era diverso. A lei, Rocco non voleva

rinunciare. Ci aveva provato, eccome: ogni volta che lei abbassava lo sguardo, ogni volta che gli negava un sorriso o gli rivolgeva un saluto fiacco, Rocco si ripeteva che quella distanza era insormontabile. Ma bastava un niente perché tornasse a pensare a lei: i capelli fluenti, il collo sottile, lo sguardo serio, che di rado si apriva, e allora diventava uno splendore.

"Come il sole che si specchia nel mare alle prime luci dell'alba" le aveva detto un giorno.

E Giada, alzando gli occhi al cielo, lo aveva liquidato in un istante. La magia era svanita e Rocco si era sentito uno stupido. Tutto quello che funzionava con le altre ragazze – le battute pronte, la leggerezza, gli sguardi insistiti – con lei sembrava inutile. Giada era assorta, distante, non timida ma reticente. All'occorrenza sapeva essere sbrigativa, senza fronzoli. Poi, tutto d'un tratto, si lasciava cadere in una svogliatezza che sapeva di malinconia, un improvviso disinteresse che la rendeva ancora più attraente.

Gli piaceva Giada, ma non solo lei. Gli piaceva anche la sua famiglia, che lui non conosceva davvero, ma che intuiva attraverso qualche frase accennata. Aveva conosciuto il fratello Loris, un ragazzino sveglio, con la battuta pronta e un'aria curiosa. Ci aveva parlato qualche volta, quando si fermava a giocare a calcio con altri bambini nel campetto accanto alla chiesa. Ma lui non era un moccioso come gli altri: ascoltava, domandava, rispondeva senza arroganza. Una volta gli aveva perfino chiesto se non si annoiasse lì in caserma tutto il giorno e aveva riso quando Rocco gli aveva risposto che sì, fare il militare era come andare a scuola, solo con maestri più antipatici. In quel sorriso solare, Rocco aveva visto la leggerezza che Giada nascondeva, come un riflesso della sorella in miniatura, ma più limpido, senza ombre.

E nonostante Giada si presentasse a lui come una superficie priva di appigli e scivolosa, a Rocco quella rigidità piaceva perché lasciava intravedere un rigore interiore, un'affidabilità innata che non aveva bisogno di parole.

Tutto l'opposto di Vanessa, che faceva la gatta morta con Ghislandi: Filippo qui, Filippo lì, rideva per un sì e per un no, ma solo dopo essersi assicurata che ridesse anche lui.

Rocco sapeva che quella sera sarebbero andati al cinema tutti insieme, ne avevano parlato il giorno prima, e già in mensa Ghislandi aveva fatto lo spaccone. Con la bocca piena e i gomiti larghi sul tavolo, aveva proclamato che Vanessa era "cotta a puntino" e che lui, poveretto, non sapeva più come cavarsela, tra le friulane che gli cadevano ai piedi e la fidanzata rimasta a Bergamo, che continuava a scrivergli lettere piene d'amore.

Gli altri, a parte Gianni, pendevano tutti dalle sue labbra, affascinati da quei successi facili, ma Rocco si consolava pensando che la spacconeria di Filippo non attecchiva su Giada. Lei non abbassava gli occhi, non rideva alle battute, non cercava di piacergli: anzi, lo guardava sempre più scocciata. Ma Rocco sapeva anche che Ghislandi aveva il pregio – o il vizio – di non dare peso ai giudizi altrui. Non se ne curava, scivolava oltre, e forse era proprio questa sua incoscienza a renderlo così sicuro di sé, impermeabile agli sguardi contrari, capace di fiutare le prede più difficili ed evitarle con cura, per non rischiare di perdere la faccia. A Filippo piaceva vincere facile e farlo sotto gli occhi di tutti. Rocco, invece, non aveva paura di soffrire per amore, ma lo faceva in silenzio.

Di Giada non parlava volentieri, neppure con Gianni. Non per orgoglio, ma per un'inquietudine torbida, un'incapacità di dare forma chiara ai propri sentimenti. E allora taceva, rimuginando nell'ombra, e intanto emergeva in lui un'inclinazione nuova, quella di immaginare strategie di conquista che un tempo aveva giudicato ridicole.

"Devi farti desiderare" gli diceva sempre il suo ex titolare. "Le donne vogliono solo ciò che non possono avere."

Rocco rideva, scuotendo la testa. Eppure non poteva negare l'incalcolabile numero di donne passate tra le braccia di quell'uomo, che non perdeva smalto neppure con l'età.

Così Rocco, ogni volta, si domandava se non valesse la pena di provarci davvero, almeno una volta, a recitare la parte di quello indifferente.

E allora, quando tutti avevano cominciato a proporre di andare al cinema, lui, senza che nessuno glielo chiedesse, aveva lasciato cadere a mezza voce la frase che non ci sarebbe andato. Sperava in cuor suo che Giada desse un segno anche minimo, un cenno di fastidio. Ma niente: nessuna reazione. E Rocco si era ritrovato a chiedersi se quei consigli, buoni a Salerno, avrebbero mai funzionato lassù, con le ragazze di Gemona.

Da quando si era invaghito di Giada, quel divario gli saltava agli occhi di continuo. Si era arreso all'evidenza che i suoi modi non bastavano, la buona volontà da sola non era sufficiente. Lui ci metteva il cuore, offriva gentilezza anche agli sguardi ostili, rispondeva con allegria ai silenzi sospettosi, ma il paese gli restituiva solo ruvidità.

Rocco cercava di resistere, per indole, ma anche perché il pensiero di Giada lo teneva desto: il sentimento per lei lo costringeva a non richiudersi nell'orgoglio ferito, a vedere invece il bello dei friulani, le cose che valeva la pena abbracciare.

"Anch'io posso lavorare dieci ore al giorno" aveva detto spavaldo a Gianni, che gli raccontava del padre sempre piegato nei cantieri edili.

Ma in fondo Passalenti non aveva mai dubitato della sua

serietà, pur senza capire fino in fondo quanto fosse importante per Rocco sentirsi accettato. Che Giada gli piacesse, Gianni l'aveva capito, ma non sospettava che Rocco, in segreto, già fantasticasse di vivere in Friuli, di cercare lì un futuro, provando il proprio valore, conquistando un posto tra quella gente che gli pareva insieme ostile e degna. Sogni privatissimi, inconfessabili e – Rocco lo sapeva – del tutto prematuri, che sarebbero rimasti sospesi fino a che non fosse riuscito a conquistare Giada.

«Ciao, Passalenti!» lo salutò infine, vedendolo pronto.

Gianni alzò la mano in un gesto solenne e se ne andò fischiettando.

Rocco rimase sul letto, la radio che gracchiava una canzone di Cocciante.

«*Perché questa lunga notte, non sia nera più del nero...*»

Sottovoce, Rocco si mise a canticchiare.

«Ahò! Peppino di Capri!» gridò uno dei quattro commilitoni seduti intorno al tavolino. «*E statte zitto!*»

«*Vattinne* a dormire, va', invece di scassarci la minchia!» rise un altro, senza staccare gli occhi dalle carte.

Ma Rocco si alzò dalla branda, si affacciò al davanzale e continuò a cantare.

«*...splendi sole domattina, come non hai fatto ancora...*»

Gli altri gli fecero il verso, ululando come lupi. Poi le voci si spensero. In cielo c'era la luna: uno spicchio sottile, nitido e luminoso. Intorno, solo silenzio.

9

Gemona, 6 maggio 1976
ore 20.30

«Filippo è solo un vanitoso» disse Giada.

«Macché vanitoso!» cinguettava Vanessa con inscalfibile buon umore. «Se è bello come un dio, non è mica colpa sua.»

«Se ci facesse meno caso, però, ci guadagnerebbe» ribatté Giada, stringendo le labbra.

Vanessa rise di gusto, gettandosi i capelli lucidi dietro le spalle con un gesto studiato eppure naturale.

Per lei Filippo era incantevole e conquistarlo le pareva più di una sfida: un'investitura. Essere scelta da lui, restare accanto a quella bellezza quasi scultorea, le avrebbe restituito l'immagine che sentiva di meritare. Perché lei, con la bellezza, ci sapeva fare. La coltivava con una determinazione che in Giada suscitava qualcosa di vago e scomodo, tra l'insofferenza e l'ammirazione.

Giada non era goffa, ma si sentiva tale. Aveva con il proprio corpo un rapporto esitante, a tratti infastidito, come se non riuscisse ancora a prenderne le misure. Le mutazioni dell'adolescenza la trovavano ancora impreparata e quel disagio la teneva lontana dalla disinvoltura di Vanessa, senza però che questo le dividesse davvero. Perché il legame tra loro non si reggeva sull'imitazione, ma sulla differenza. E forse era proprio questa distanza, chiara e accettata, a salvarle. Non si facevano ombra, non si confrontavano, semplicemente parlavano. A volte si scontravano, ma anche in quei momenti sapevano restare sincere, nude l'una di fronte all'altra, con una schiettezza che sapeva essere dura e necessaria, come la verità che solo un'amica può permettersi di dire.

«Scommetto che stasera mi bacia» gongolò Vanessa. «Guarda: ho la pelle d'oca» e allungò il braccio sotto il naso dell'amica, mostrando i brividi come un trofeo.

«Ma cosa ne sai?» sbottò Giada, scettica, quasi infastidita da tanta sicurezza.

Vanessa rispose con una smorfia civettuola: labbra lucide, tese in un broncio finto, gli occhi azzurri rovesciati verso il cielo che già imbruniva. Poi si abbandonò contro la spalla di Giada, prendendola sottobraccio e stringendola a sé con affetto teatrale. I capelli profumavano di vaniglia, la pelle degli zigomi era cosparsa di una cipria rosata che, sotto i lampioni, rifletteva riverberi cangianti.

Il trucco se lo faceva nel garage, di nascosto dalla madre, che non sopportava quelle smancerie e reprimeva ogni vezzo come fosse una minaccia.

Il padre, al contrario, l'aveva sempre viziata senza misura. Dopo tre figli maschi, Vanessa era stata il dono inatteso, la gemma rara che lui trattava con indulgenza assoluta. Non nutriva per lei aspirazioni grandiose, desiderava soltanto vederla sistemata con un buon marito, una vita tranquilla. E intanto la copriva di attenzioni, accontentandola in ogni capriccio, tra i rimproveri della moglie che lo accusava di non saper fare l'uomo di casa.

Vanessa aveva imparato presto a sfruttare quella faglia: spingeva sull'uno quando l'altra alzava muri, si rifugiava nella complicità del padre per aggirare i divieti materni. Ma alla fine – lo sapevano entrambi – l'ultima parola spettava sempre alla madre. Era lei che reggeva il timone, e se diceva no, allora no era e no restava.

«E se non ti vuole bene davvero?» mormorò Giada, più seria di quanto avrebbe voluto. «Se vuole solo divertirsi?»

«Anch'io voglio solo divertirmi» rispose Vanessa raddrizzandosi subito.

Giada sentì montare un'ansia improvvisa. «Io ti copro, lo sai. Ma tu non ti devi cacciare nei guai.»

Si morse subito la lingua: aveva parlato come sua madre.

Vanessa rise di nuovo, spazzando via quell'ombra di gravità. «Ma dai, smettila! Come la fai lunga. Non è che dobbiamo sposarci.»

Giada scosse la testa, ostinata. «Sarà... ma quel Filippo a me non convince.»

«Capirai! E chi ti convince, a te?» rise Vanessa.

Giada non rispose. Si lasciò cadere in un silenzio mesto, quello che le veniva addosso quando la leggerezza di Vanessa le appariva irraggiungibile, un bene negato. Lei, invece, si sentiva impantanata in una malinconia interiore, con la voglia di partire e già la nostalgia della giovinezza che non aveva ancora vissuto.

Camminavano svelte verso il cinema. Da un cortile un cane prese ad abbaiare, graffiando il cancelletto di legno con le zampe, e un altro gli rispose da dietro il portone di un palazzo, invisibile nell'atrio buio. Giada teneva gli occhi bassi, il passo regolare, mentre Vanessa la trascinava avanti con impazienza.

«Se non ci muoviamo perdiamo l'inizio del film!» la spronò Vanessa.

«Macché!» ribatté Giada, con una smorfia. «Arriveremo troppo presto. E poi dovrò starvi a guardare: tu che fai gli occhi dolci e lui che gonfia i muscoli.»

«Magari!» trillò Vanessa, senza scomporsi. Poi abbassò la

voce, come in confidenza. «Dai, Giada! Dal mese prossimo dovrò mettere il grembiule verde e lavorare in negozio. Lo sai. Mia madre è tutta contenta: mio padre chiuso in magazzino, io al bancone e lei alla cassa. Così mi terrà sotto tiro dalla mattina alla sera.»

Le parole si spensero nell'aria densa. Per un tratto camminarono senza dire nulla.

«Almeno avrai uno stipendio» mormorò Giada.

Vanessa sospirò. Persuasa di non avere scelta – per mancanza di talento, di coraggio o di fantasia – si era ormai adattata a prendere la vita com'era. Le capitava di incupirsi all'idea di un destino modesto, senza scarti, che l'avrebbe condotta dritta al posto della madre dietro alla cassa del negozio, ma quella malinconia non si trasformava mai in ribellione. I suoi sogni erano ragionevoli, allineati alle aspettative dei genitori, e dunque a portata di mano.

«E tu? L'hai detto ai tuoi che te ne vai?» domandò invece all'amica.

«No, non ancora» bofonchiò Giada. «Chissà se riuscirò mai ad andarmene davvero.»

«Ma la vuoi fare questa università, o no?»

«Certo che voglio! Ma con mia madre non se ne può parlare. È sempre sulla difensiva: vuole una cosa e anche il contrario. Dice che devo essere ambiziosa, ma con la testa sulle spalle; che devo divertirmi, ma stando chiusa in casa come una monaca; che dovrei trovarmi un ragazzo, ma deve piacere prima a lei.»

Giada calcava i toni, indignata, pur sapendo quanta cattiva fede ci fosse in quelle accuse. Esagerava i difetti della madre per coprire i propri: l'indecisione, i passi a vuoto, il rimuginare sterile che la teneva prigioniera e le impediva di mettere i suoi sogni sul tavolo, chiari, davanti ai genitori.

«E tuo padre?»

«Lui non c'è mai» rispose Giada con un'ombra di tristezza. «Tra il Comune, la filarmonica e l'osteria...»

«Io dico che sarebbero contenti, se sapessero che vuoi diventare medico» insistette Vanessa, più incline ai finali felici che ai grovigli di pensieri.

Giada mugugnò, lasciandosi attraversare dal dubbio. Sua madre avrebbe davvero potuto reagire bene? Che peso avrebbero avuto quelle nuove aspettative? E suo padre? Sospettava qualcosa? Franco aveva sempre avuto un sesto senso con lei, un modo di cogliere i suoi sentimenti prima che lei stessa riuscisse a nominarli. Tra loro non servivano grandi discorsi, bastavano poche parole. Lui si fidava di lei, e lei lo ripagava con la fatica tenace di non deluderlo.

«Mia madre troverebbe da ridire anche se volessi diventare Presidente della Repubblica» sibilò Giada, contrariata. «Mio padre mi appoggerebbe, ma i soldi...»

«Più aspetti e più costerà» tagliò corto Vanessa con pragmatismo. «Le stanze più economiche vanno a ruba.»

«Sì, hai ragione. Fare su e giù con il treno non è proprio possibile. Ci si mette troppo!» confermò Giada. «Ma non me lo potrò mai permettere un appartamento a Trieste. Forse potrei trovare un convento di suore...»

Vanessa soffocò una risata, e Giada sentì addosso una vampata di disagio, un malessere sottile, come un improvviso straniamento. Per un istante brevissimo pensò che forse stava sbagliando a sognare in grande, a non accontentarsi, a voler correre rischi, a credersi all'altezza.

«Se almeno ci fosse l'università a Udine!» mormorò, ma la voce le si spense in gola.

Vanessa non ascoltava più: una risata sonora di Filippo, in mezzo ad altri due commilitoni, le arrivò alle orecchie e la spinse avanti, come una raffica di vento, facendola accelerare.

«Eccovi!» le salutò Filippo.

«Eccoci!» gli fece eco Vanessa.

«Ho già preso i biglietti per tutti» disse Filippo distribuendo i talloncini.

Le due ragazze tesero la mano come scolarette.

«Muoviamoci, che perdiamo l'inizio» borbottò uno degli amici, un ragazzotto tarchiato con le guance gonfie e la pelle arrossata dalla rasatura.

Ma il suo rimprovero scivolò via, dissolto nel piccolo spettacolo che Filippo stava allestendo. Con naturalezza studiata posò il braccio attorno alle spalle di Vanessa. Non la stringeva davvero, non la tirava a sé, eppure era chiaro che quella presa non l'avrebbe lasciata tanto facilmente. Un gesto più di scena che di intimità, in cui l'indifferenza ostentata era solo facciata, un copione imparato e recitato.

Giada, attenta, non perse un dettaglio: le dita che restavano immobili sul braccio di lei, il sorriso compiaciuto, lo sguardo con cui lanciava rapidi cenni d'intesa agli amici.

Vanessa, invece, era troppo felice per interrogarsi sul senso di quella messinscena. Rivolse a Giada un'occhiata trionfante, si strinse a lui e insieme varcarono la porta imbottita del cinema.

10

Gemona, 6 maggio 1976
ore 20.59

La stanza che don Pietro lasciava alla filarmonica si apriva sul boschetto dietro la canonica e dalle finestre, che fossero chiuse o spalancate come quella sera calda di maggio, entravano l'odore resinoso degli abeti e il canto degli usignoli.

Era una sala lunga, spoglia, con il soffitto alto che faceva rimbombare le voci. Don Pietro a volte la chiamava "il teatro", ma di teatrale c'era ben poco: una pedana rialzata di trenta centimetri, che occupava un terzo dello spazio, e poi la distesa di sedie che, a seconda dei casi, venivano allineate in file ordinate verso il palco, o spinte contro i muri, o accatastate in pile sbilenche nel corridoio stretto. Solo una sedia non veniva mai toccata: quella di Aldo, schienale contro il termosifone del corridoio, a pochi metri dall'ingresso, proprio di fronte alla porta grande della sala.

Aldo arrivava sempre mezz'ora prima. Si sedeva lì, e con aria solenne, quasi fosse un rito, prendeva possesso del suo posto. Tutti lo chiamavano "maestro", e lui non si schermiva, anzi pensava di meritarsi quella medaglia di cartone per l'impegno con cui organizzava i concerti, per la pazienza con cui smussava le rigidità degli altri e per la serietà con cui rimetteva insieme i pezzi ogni volta che la stanchezza o il malumore rischiavano di sciogliere il gruppo.

Aldo non aveva moglie né figli. Così era andata la vita, per anni uguale a sé stessa e poi di colpo in fuga, lasciandolo lì, a mani vuote.

Del ragazzo di una volta, fanfarone e senza pensieri, non restava più niente: erano spariti i pomeriggi al bar a giocare a briscola, le serate in balera a far ridere la compagnia, le domeniche sul Tagliamento con il cappello di paglia in testa e la pelle bruciata dal sole. Gli amici si erano sposati, i genitori erano invecchiati e a lui non era rimasto che un impiego trovato per miracolo al cementificio.

Si era fatto taciturno, Aldo, abitudinario. Aveva preso a frequentare la chiesa con una devozione intransigente e la sua voce di baritono per anni si era levata inconfondibile dalle ultime file del coro. La filarmonica avrebbe potuto dirigerla davvero, perché conosceva ogni partitura, sapeva a memoria gli attacchi dei violini, l'ingresso dei clarinetti, i *forti* e *fortissimi*, quando arrivava il tintinnio del triangolo e quando lo squillo delle trombe si stagliava sul borbottio della tuba.

Poi aveva smesso anche di cantare. E allora, mezzo sagrestano e mezzo giardiniere, con poche pretese e tanta buona volontà, era diventato il braccio destro di don Pietro, come prima lo era stato anche di don Giacomo. E così, se qualcuno gli diceva "maestro", Aldo accettava, con un sorriso schivo, come chi di quella piccola investitura fa il senso della propria esistenza.

«Ciao, Aldo.»

«*Mandi*, Franco.»

Aldo stava seduto come sempre, le mani ossute piantate sulle ginocchia, il volto scavato che pareva corteccia d'albero. Salutava i musicisti con un cenno appena, un movimento minimo delle dita, senza fretta. Accanto a lui, su una mensola stretta, la solita bottiglia di vinello, sempre mezza piena – o mezza vuota – ma nessuno lo aveva mai visto berne un sorso. Tanto più che non c'era mai stato un bicchiere lì accanto.

Intanto la sala si riempiva: sedie che strusciavano, note stonate che s'intrecciavano al chiacchiericcio, risate improvvise, qualche colpo di tosse e i richiami vani di Livio che, per via dell'artrite, aveva smesso di suonare ed era diventato il direttore dell'orchestra.

«Iniziamo!» diceva, alzando la voce in un crescendo che voleva essere autorevole, ma scivolava nella stizza.

Ma molti arrivavano in ritardo, con il contagocce, e allora ogni volta era un ricominciare, strumenti da accordare cento volte, cantori che tossivano uno dopo l'altro. Il silenzio non teneva mai, bastava un niente e franava di nuovo nel brusio.

Quella sera neanche Franco, che suonava il primo violino, sembrava in grado di mettersi di buona lena. Attaccava fuori tempo, si perdeva sulle corde, imprecava a denti stretti quando sbagliava.

«Fa un caldo!» borbottava, agitando l'archetto in aria come fosse un ventaglio, mentre con l'altra mano si asciugava la fronte.

Dalle finestre spalancate entrava il respiro lento del bosco e, a tratti, l'abbaiare testardo del cane di don Pietro.

Livio ansimava, gesticolava, li rimetteva in riga con richiami sempre più spazientiti. Li faceva ripartire, poi, quando capiva che non c'era verso, si arrendeva e li spingeva avanti, esortandoli a non perdersi, a stare a tempo, a reggere l'attenzione. Ma un violino cedeva, la tromba scivolava via, i cantori si agitavano.

«Non è serata» disse Franco alzandosi.

«Ma non sono neanche le nove» ribatté Livio deluso.

«Quando non è sera, non è sera» insistette Franco, e Livio si arrese.

Lo sapevano tutti quanto Franco ci tenesse alla filarmonica: sempre puntuale, pronto a riprendere dall'inizio, ancora e ancora, senza perdere la concentrazione anche quando gli altri sbuffavano, lanciavano sguardi stanchi, battevano i piedi. Lo sapevano tutti che con Franco non c'era da scherzare, ma nessuno – forse nemmeno Nora – aveva mai intuito quanto la musica fosse per lui un rifugio. Non parlava di sentimenti, non cercava mai parole per nominare l'indicibile. Non raccontava, per esempio, che il violino che teneva in mano era appartenuto a suo padre, morto in Africa prima ancora che lui nascesse. Non diceva che ogni volta che suonava aveva la sensazione di sollevarsi da terra, come se per un momento gli fosse concesso di dimenticare sé stesso, le aspettative degli altri, il peso del proprio ruolo. La musica lo portava altrove, in un tempo sospeso che non si lasciava scalfire.

«Lo vedi anche tu» disse infine, rivolto a Livio. «Non ce n'è uno che ha voglia di mettere due note in fila, stasera. Facevo meglio a restare a tavola e finire la cena.»

Nella voce c'era un'irrequietezza insolita, una spossatezza che non gli era abituale. Livio lasciò cadere le braccia lungo i fianchi. Intorno, la sala si era già scomposta in un chiacchiericcio indisciplinato: i musicisti persi a ridere, i cantori affacciati alle finestre aperte sul bosco.

«Meglio restare di buon umore, va'» concluse Franco con un mezzo sorriso, battendogli la mano sulla spalla.

Poi passò un panno morbido sul violino e lo posò con cura dentro il velluto rosso della custodia.

«Il concerto è tra un mese» ricordò Livio, cupo.

«Saremo pronti» fece Franco, senza troppa convinzione. «Adesso andiamo a bere un'ombra da Babette.»

Livio sospirò. Ma la frase, nonostante il frastuono, non cadde nel vuoto: un cantore con il petto ampio, le gambe corte e la testa lucida la raccolse al volo, annuendo soddisfatto.

«Tutti da Babette!» gridò, e la proposta si diffuse in un attimo come un ordine.

Perfino Aldo, che non si lasciava mai sorprendere, sospirò, incredulo. Era ancora presto e sapeva che in un'ora avrebbe potuto rimettere in ordine la sala e tornare a casa. Non era né contento né scontento: i cambiamenti di programma non gli piacevano mai, neppure quando promettevano di essere per il meglio.

I cantori si riversarono fuori a grappoli disordinati, seguiti dai musicisti con i loro strumenti. Dietro, Livio arrancava e Franco chiudeva la fila.

«*Mandi*, Aldo!» gridò uno.

«*Dai mo, Aldo, anìn ancje tu!*» insistette un altro.

Franco lo salutò come al solito con una stretta di mano silenziosa che Aldo non rifiutava mai, perché per lui Franco era il capo della filarmonica, o almeno così gli diceva don Pietro a mezze parole.

La comitiva restava lì, incerta, qualcuno imboccava con passo svogliato il vicolo che scendeva verso l'osteria, altri si attardavano a ridere, a parlare a vuoto.

Franco mise il piede sul selciato chiaro, e fu in quell'attimo che lo sentì: una vibrazione lunga, che non pareva sua, non dolore ma scossa. Saliva dalla terra, gli serrava le gambe, correva lungo la schiena fino alla nuca. Non un malessere, non un capogiro: un moto esterno, spaventoso nella sua estraneità.

Un mormorio serpeggiò tra i musicisti. Alle loro spalle lo schianto secco di vetro: la bottiglia di Aldo, esplosa sul pavimento.

Aldo si trovava nella sala delle prove e rimase immobile, aggrappato ai battenti delle finestre che stava per chiudere, convinto che fossero le cerniere a cedere, i muri stessi a fremere come presi da un brivido.

«Aldo!» lo chiamò Franco, piantando i piedi sull'asfalto che tremava.

«Il terremoto» sussurrò Livio, bianco in volto.

«Il terremoto!» urlò qualcuno più indietro, e la parola rimbalzò nei vicoli, ruppe il silenzio delle case, scosse il paese intero.

Lo spavento spinse in strada gli abitanti: una ragazza stringeva un bambino in pigiama, vecchie donne si tenevano agli stipiti, mute o con la mano sulla bocca spalancata, altre si sporgevano alle finestre con i bambini serrati al fianco. Dal fondo delle stanze buie già arrivava il pianto di un neonato, poi si alzarono le voci forti degli uomini che gridavano imperiose, l'abbaiare furioso dei cani, il frullare dei canarini nelle gabbie. I lampadari dondolavano, la luce stessa pareva vacillare, prolungando l'onda della scossa, mentre la terra – solo per un respiro – tornava immobile.

«Andiamo a casa, andiamo a casa!» gridò un cantore, già in fuga. Ma altri restavano piantati là, con un'espressione incredula e stordita.

«Mario!» si udì strillare da una finestra.

«Aldo!» chiamava ancora Franco, esitante sulla soglia, senza il coraggio di entrare.

Poi il brusio, i pianti, le grida, l'abbaiare dei cani, i canti degli usignoli, il lamento delle vecchie, le voci degli uomini, le preghiere di don Pietro: tutto tacque. E la terra si scrollò di nuovo, spaventosa. Dal suo ventre oscuro montò un boato cupo, che cresceva, gonfiava, si sollevava, diventava muro e soffitto. La foresta si agitò come mare nero in tempesta, nugoli di uccelli muti si alzarono a stormi contro un cielo scuro e bassissimo. La montagna, il bosco, le case, non erano altro che le sbarre di una cella senza uscita. Tra la terra che vibrava e il cielo che incombeva, non c'era possibilità di fuga, non c'era direzione in cui scappare. La natura si richiudeva su sé stessa, come un carcere compatto, stringendo nel suo pugno uomini, animali, suoni, perfino i pensieri.

Tutto era irreale, violento, un urto che sembrava venire dalle ossa stesse del mondo. L'aria era un vortice di grida e oggetti rotti, il selciato ondeggiava sotto i corpi sbilanciati, nauseante e incontenibile.

La gente prese a gridare e spingere e fuggire. Uno chiamava, l'altro restava in mezzo alla piazza come di marmo, mentre tutto intorno crollava e una nebbia soffocante di polvere e paura si alzava dalla terra. Le luci sparivano e calava su ogni cosa il buio dell'inferno.

Franco, piegato sull'asfalto, sentì sul braccio il peso di un compagno che lo afferrava disperato, le dita serrate come artigli, il volto deformato da una smorfia di puro terrore, eppure muto, senza voce. Poi il rombo divenne frana, urto, apocalisse, e il compagno si richiuse su sé stesso, le mani sulle orecchie, la fronte insanguinata nascosta tra le ginocchia.

Franco si buttò di lato, piegando il braccio a scudo davanti a bocca e naso. Intorno, un cane guaiva, una donna in ginocchio urlava con la faccia spalmata di calce, il grembiule ancora annodato alla vita. Il suolo si aprì sotto di loro, le pietre del selciato si separarono in una crepa lunga, i vetri esplodevano come cascate di ghiaccio, il frastuono inghiottiva i rintocchi delle campane spezzate. E quando finalmente la scossa cessò, quel fracasso di morte si placò, le urla, impotenti e vane, si ridussero a un gemito, un terrore che paralizzava i volti sfiniti e increduli.

Il mostro sembrò riaddormentarsi, la terra respirava in onde lunghe, lente, simili al rollio di una nave ferita. Dalle case crollate scendevano piogge dure di tegole e travi, uno scricchiolio macabro come uno scafo che cede. E in mezzo a tutto, un pianto di bambino, acuto, implacabile, che si conficcava nel cervello di Franco come la punta di un trapano.

Tossendo, si alzò prima sulle ginocchia poi, con gli occhi incollati dalla polvere e dalle lacrime, si mise in piedi. Aiutò una donna a rialzarsi, le mise tra le braccia una bambina pallida, con lo sguardo vuoto e una bambola di pezza stretta in mano. Solo allora si accorse di stringere al petto la custodia del violino, come un naufrago aggrappato all'ultima tavola di una zattera.

Tutto intorno era un mare di corpi scossi, relitti alla deriva, mucchi di rovine che cancellavano la piazza, trasformandola in un paesaggio devastato, simile a un campo di battaglia.

Si guardò intorno e non riconobbe niente. Il cielo era diventato smisurato, come se avessero tolto le pareti alla città. E Franco infine capì: il duomo era sventrato, umiliato, la navata destra distrutta, squarciata, in ginocchio. Il campanile era ridotto a un moncherino piantato in cima a una montagna di macerie. Era uno spettacolo violento e doloroso, inimmaginabile e feroce.

Franco restò senza voce, il violino serrato al petto, la bocca spalancata sul viso di gesso, i capelli imbrattati, le gambe molli e un nodo in gola duro come i sassi che ingombravano i vicoli di Gemona.

Pensò che era la fine del mondo. E che anche lui, come tutti gli altri, era già morto.

11

Nel cinema le luci si spensero.

Giada lasciò andare la testa all'indietro e restò a guardare il cono di luce che dal proiettore tagliava lo spazio sospeso tra la cabina e lo schermo, netto come una lama, e intanto le pareva che dentro quel fascio scintillassero particelle di polvere simili a stelle cadute, pronte a incendiarsi di immagini.

Le piaceva quel momento, quasi più del film stesso: voltarsi appena, sorprendere i volti pallidi degli spettatori immersi nella penombra, gli occhi che brillavano come riflessi d'acqua, le teste inclinate in avanti, i profili rapiti o distorti da una smorfia, i corpi vicini che si sfioravano, toccavano, noncuranti del giudizio altrui.

Amava ogni cosa del cinema: l'aria intrisa di fumo, il rosso pesante delle tende, le voci forti, i primi piani, e persino le sedie di un legno ambrato e lucido che si chiudevano con uno schiocco secco.

Giada era rimasta all'estremità della fila. Di solito insisteva per avere il posto centrale, proprio sotto la luce, ma quella sera non le andava di mettersi vicino a Vanessa, che si lasciava abbracciare da Filippo con sguardo svenevole e risatine smorzate. Non riusciva neppure a guardarli, e l'indifferenza ostentata dall'amica, che pareva non accorgersi della sua assenza, la feriva. Giada era troppo orgogliosa per ammetterlo, eppure una malinconia struggente la attraversava, il rimpianto dei pomeriggi in cui loro due insieme ridevano imbarazzate e infastidite dallo sguardo insistente di un ragazzo, quando si giuravano che mai nessuno si sarebbe messo tra loro, quando "innamorarsi" era soltanto ridere a crepapelle sulle panchine della piazza al passare di un motorino o annodare braccialetti colorati sul letto disfatto. Ora, invece, si sentiva fuori posto, di cattivo umore, relegata al margine.

Allora aveva lasciato che Fabio e Michele, i due amici di Filippo, si accomodassero tra lei e Vanessa. Aveva persino sperato che l'amica se ne accorgesse, che protestasse, che con uno sguardo o una smorfia la richiamasse a sé, permettendole di mostrare il suo scontento o almeno di fingersi distratta. Ma Vanessa non le aveva rivolto alcun cenno, troppo presa dall'ansia di piacere a Filippo. Così Giada era rimasta lì, ad ascoltare controvoglia le chiacchiere dei due commilitoni, che si lamentavano della vita di caserma e subito dopo decantavano i mari trasparenti di Sorrento, le montagne d'Abruzzo che, dicevano, non avevano nulla da invidiare alla Carnia, e si chiedevano a cosa servisse mandarli così lontano per la naja e farli morire tutti di nostalgia.

Giada sbuffò, mentre lo schermo già vibrava di luce. Ancora gente arrivava in ritardo: sedie che sbattevano, mormorii che non volevano spegnersi. Forse era quell'irrequietezza collettiva, o forse il suo malumore che non le concedeva tregua; forse la musica troppo alta che piombava addosso come un'onda, o le risatine forzate di Vanessa, che nascondeva la faccia sulla spalla di Filippo fingendo paura. Qualunque fosse la causa, Giada non se ne accorse subito. Quella vertigine improvvisa, quella nausea oscura che le fece mancare il respiro, non era uno stato d'animo né un'impressione: era la terra che già si muoveva, lenta, cupa, sotto i piedi di tutti. Il brusio della sala si gonfiò in un istante, squarciato dall'urlo nitido di una donna.

«Il terremoto!»

«Usciamo!» disse forte Giada, alzandosi di scatto. «Dai, Vanessa, muoviti!»

Nessuno, però, sembrava ascoltarla davvero. Fabio, in un gesto assurdo e goffo, di quelli che nascono solo quando il terrore spezza la logica, srotolò le maniche della camicia come fossero un'armatura e, con cura quasi maniacale, abbottonò i polsini. Al suo fianco, Michele aveva gli occhi serrati e le labbra tremanti: pregava a mezza voce, incapace di alzarsi.

«Vieni, *guagliò*» lo incalzò Fabio, tirandolo per un braccio.

«Vanessa!» gridò Giada ancora, ma l'amica le rivolse soltanto uno sguardo insofferente.

Si voltò invece verso Filippo che, ridendo, simulava la scossa con movimenti esagerati e teatrali, lasciandosi cadere tra le braccia di lei come un fantoccio di stoffa. Vanessa rise con lui, dimentica di tutto. Giada insistette, la chiamò di nuovo, la voce rotta dall'angoscia, ma Fabio la spinse fuori, tirandosi dietro Michele.

La scossa parve allentarsi proprio mentre Giada varcava la porta imbottita della sala. Si voltò indietro, solo per un istante, e l'ultima immagine che le si stampò negli occhi fu Vanessa abbandonata sulla spalla di Filippo, come una coppia davanti al tramonto in riva al mare. Fu un colpo al cuore: così vicini, così lontani da lei.

Una ragazza sconosciuta le afferrò il braccio per farsi coraggio, mentre una bambina tentava disperatamente di aprirsi un varco controcorrente. Un uomo, con la calma feroce degli egoisti, si puliva gli occhiali con gesti lenti, infastidito dal parlottio impaurito della moglie.

Arrivata sul marciapiede, Giada respirò a pieni polmoni l'aria tiepida della sera. La strada era gremita di gente che defluiva verso la piazza e ognuno raccontava la sua verità, come se parlare fosse già un modo per salvarsi. C'era chi descriveva il pensile caduto in cucina, chi giurava che senza le grida della moglie non si sarebbe accorto di nulla, chi spiegava che il lampadario oscillava come fosse stato imbarcato in mezzo al mare. Una ragazza piangeva disperata e un'amica la stringeva, ridendo di nervosismo.

Fabio e Michele, ormai dimentichi della paura, si appoggiarono al muro e si accesero una sigaretta, pavoneggiandosi come eroi superstiti. Giada, invece, si spostò in mezzo alla strada, gli occhi fissi sulle porte del cinema, da cui ormai non usciva più nessuno. Aveva il corpo teso, preso tra due forze contrarie: la voglia di scappare e il desiderio disperato di rientrare a prendere Vanessa.

Fu in quell'attimo sospeso che la seconda scossa la colpì come un pugno. Il selciato le si rivoltò sotto i piedi e cadde bocconi, travolta dalle onde che salivano dal ventre della terra. Intorno tutto franava in un cupo rimbombo, un accanimento implacabile che faceva vibrare ogni fibra del corpo. La polvere, acre e soffocante, inghiottiva il respiro mentre il cielo diventava sempre più buio.

La facciata del cinema implose in un urlo di pietra: prima il cornicione, poi una gragnuola di tegole, infine il muro che si aprì come la polpa molle di un frutto spaccato. In un batter d'occhio l'edificio si dissolse in un mucchio inerte di macerie. Fabio e Michele furono inghiottiti sul posto, senza un grido: un istante prima vivi, con la sigaretta tra le dita, un istante dopo corpi immobili, le bocche spalancate in un'espressione incredula, già cancellati dal frastuono. Giada, rialzando la testa, ebbe appena il tempo di vederli sparire.

Il cinema non esisteva più. Le case accanto parevano amputate, piegate in un equilibrio impossibile. I vetri frantumati scintillavano al suolo come pioggia di lame, i lampioni si erano spenti di colpo.

Nel silenzio innaturale che seguì, Giada si guardò intorno. La strada era un tappeto di corpi rannicchiati, figure piegate, immobili, abbracciate per farsi scudo a vicenda: una creatura unica e dolente che gemeva piano, respirando detriti e paura. Sangue, occhi spalancati, volti svuotati. E sopra, l'alito caldo di un vento insensato, carezza pietosa e inutile.

Giada non riusciva a sollevare neppure il busto. Sentiva il peso del mondo schiacciarla a terra, il volto coperto di calcinacci, il respiro corto come un rantolo. Appoggiò la fronte sull'asfalto e spalancò la bocca in un grido muto.

E fu allora che due mani forti la afferrarono per le spalle e la tirarono con forza verso l'alto. Giada si lasciò sollevare come una bambola di stracci e solo quando si ritrovò stretta a un petto caldo e tremante riconobbe, dietro il velo bianco della polvere, il volto devastato di suo padre.

«Andiamo a casa» le disse Franco. Aveva i capelli incrostati, lo zigomo inciso da una ferita, gli occhi arrossati e feroci, abitati da un'urgenza nuova.

Giada non rispose. Ma lui ripeté più forte: «Andiamo a casa!»

E allora lei si lasciò trascinare da quelle braccia e da quelle parole, che erano allo stesso tempo una promessa e una preghiera.

12

«*Il taramot! Il taramot!*» urlò Nora, aggrappandosi al lavello.

La voce le si spezzava in gola, ma continuava a gridare più forte, come se il suono potesse fermare il cataclisma.

«Loris! Mamma! Fuori! Fuori!»

Delia si riscosse dalla sedia, ma quando tentò di sollevarsi sentì le gambe cedere, molli come stracci, e una nausea violenta la rigettò giù, schiacciandola.

Allora, più che rialzarsi, si lasciò scivolare verso il basso, invocando preghiere rapide e sconnesse, mentre si inginocchiava e si appoggiava con le mani al pavimento.

Ma le braccia non rispondevano: erano pezzi di legno inerti, e qualcosa di smisurato, una forza invisibile e implacabile, la inchiodava a terra mentre tutto intorno roteava e gemeva.

I bicchieri nello scolapiatti suonavano un carillon stonato, un festoso scampanellio che strideva con l'orrore. L'acqua insaponata del lavello si agitava in larghi cerchi, debordava in fiotti e scorreva sul pavimento, mentre Nora lottava per restare in equilibrio su quella pozza viscida. In un lampo, lo specchio dell'ingresso si staccò dal muro e si frantumò, e il pavimento di graniglia si cosparse di schegge, di detriti, di sedie che slittavano da un capo all'altro della stanza come marionette senza fili. La piccola libreria, spinta nell'angolo del soggiorno, ondeggiò come un ubriaco, piegandosi di lato, poi con uno scarto violento sbatté contro la parete. I libri rotolarono a terra in una cascata confusa che scivolò fino ai piedi di Delia.

«Mamma!» gridò Nora, e in quell'urlo non c'era né rabbia né rimprovero, ma solo un filo di terrore che le teneva unite.

Le due donne si guardarono negli occhi, mute, mentre le mani di Nora cercavano invano un appiglio: il bordo di una sedia che scivolava via, il muro che tremava, la porta a vetri che oscillava minacciosa. I piatti caddero in frantumi, uno dopo l'altro, e il loro rumore sordo si confondeva con il rombo cupo che entrava dalle finestre spalancate, simile a una slavina che travolge ogni cosa sul suo cammino.

La televisione si era zittita di colpo e le due stanze sprofondarono in una luce liquida, che scomponeva le ombre, mentre il lampadario, oscillando come un pendolo impazzito, spargeva sulle pareti riverberi spaventosi.

«Loris! Scendi!» gridò ancora Nora, la voce ormai simile a un rantolo animale.

Avanzava a tentoni passando dal lavello alla sedia, dalla sedia al muro, dal muro alla porta a vetri, mentre la madre la guardava attonita. Nora sapeva che oltre quella porta, nel piccolo salottino, correva il muro portante della casa.

Quante volte Franco le aveva spiegato che non si poteva abbattere, quando lei insisteva a sognare un unico ambiente grande, un salone che nella sua immaginazione dilatava quei trenta metri scarsi in un palcoscenico da rivista!

Ora, caduta in ginocchio, allungava invano la mano verso Delia, già riversa a terra.

Non c'era più tempo per parlare: i loro occhi si fissavano in silenzio, pieni di sgomento, mentre tutto intorno cadeva, e i mobili, mossi da una furia invisibile, si avvicinavano minacciosi come belve in agguato.

Quando infine riuscì a tirare la madre verso di sé, Nora strinse la testa di Delia sul suo grembo e si inarcò, chiudendosi su di lei come una conchiglia, stringendo gli occhi, sopraffatta.

All'improvviso l'orologio a pendolo, che apparteneva alla famiglia da generazioni e che aveva scandito impassibile ogni giorno della sua vita, crollò al suolo con un tonfo netto. E Nora, vedendolo in pezzi, pensò che quella fosse davvero la fine perché, se perfino il pendolo, affidabile come il sole che sorge e il ritorno delle stagioni, poteva arrendersi al caos, allora nulla sarebbe sopravvissuto al crollo del mondo.

«*Il taramot, il taramot!*»

Nella sua cameretta, Loris udì distintamente la voce di sua madre. Eppure restò immobile, seduto sul letto, le mani aggrappate al libro di Salgari che fino a un attimo prima gli aveva riempito la mente di corsari, giungle e tempeste. Ora quelle avventure si frantumavano come vetri e non restava che un tremore irreale, una sospensione densa, che lo bloccava in posa, come una statua.

Stava là, in canottiera, il libro aperto sulle ginocchia, mentre intorno a lui lo scaffale oscillava e gli altri volumi cadevano a grappoli, sul letto, sulle coperte, sul pavimento. Loris li fissava senza capire, come se fossero corpi inanimati precipitati da un cielo invisibile. Avrebbe voluto rispondere a quella voce che lo chiamava, rassicurare la madre, o almeno gridare il suo terrore; ma la gola restava chiusa, secca, incapace di lasciar uscire anche solo un gemito. Ogni suono restava dentro, intrappolato.

Gli tornò alla mente, come una beffa, la conversazione con il dottor Beltrame che gli aveva raccontato il terremoto del '28, e le pagine di un volume illustrato sulle eruzioni e i cataclismi che aveva sfogliato con la curiosità di un esploratore. Allora gli era parsa un'altra avventura da aggiungere al mondo eroico dei suoi libri, una peripezia lontana che non lo avrebbe mai toccato. Ma adesso che la terra lo scuoteva davvero, la mente non trovava più rifugi: era solo un bambino, perso in uno stupore che sapeva di paura e di angoscia.

La prima scossa sembrò placarsi, e in quella pausa illusoria Loris si sentì mancare. La testa gli girava, l'aria era rarefatta, i suoni arrivavano ovattati come da sott'acqua, eppure minacciosi, deformati. Si alzò a fatica e, senza sapere perché, si infilò la maglietta del pigiama. I gesti erano meccanici, come se il corpo agisse da solo mentre la mente rimaneva intorpidita, lontana.

Si chinò sull'ammasso dei libri caduti e, quasi con tenerezza, li raccolse a uno a uno, cercando di richiuderli perché le pagine non restassero piegate. Gli tornavano alla memoria le raccomandazioni della bibliotecaria: "Trattateli bene, questi poveri libri."

Immaginava di essere sgridato da lei, come le aveva visto fare a un compagno che aveva riportato un fumetto macchiato di cioccolato. Era un pensiero assurdo, ma era l'unico appiglio per non soccombere al panico.

Poi, di nuovo, un urlo di Nora squarciò la tregua: «Loris! Scendi!»

Le parole lo raggiunsero come un comando assoluto. Loris si mosse verso la porta, ma appena mise piede sulla soglia, la terra riprese a scuotersi con una violenza più feroce. Fu come un urto frontale: il corpo lo tradì, cadde di schianto sul pavimento, le ginocchia sbucciate, le mani che cercavano invano un appiglio.

La finestra si spalancò da sola cigolando, il letto scivolò di traverso al centro della stanza, l'armadio barcollò e si piegò come un gigante, mentre il lampadario oscillava furioso finché, sbattendo ripetutamente contro il soffitto inclinato della mansarda, non esplose in frantumi, lasciando la stanza inghiottita dal buio.

Loris conosceva ogni spazio a memoria: tra la sua camera e la scala non c'erano che pochi metri. Eppure sembravano infiniti. Tentò di alzarsi ma non ci riuscì, allora cercò di strisciare verso le scale, ma il pavimento gli sfuggiva sotto il corpo, ondeggiava, si inclinava, e lui scivolava all'indietro, mentre una pioggia di calcinacci gli colpiva la schiena. Prima un pulviscolo sottile, come sabbia, poi sempre più fitta, più pesante, pezzi d'intonaco, mattoni. Infine il soffitto cedette con un rumore secco e definitivo. Una trave si mise di traverso, un'altra ancora lo incalzò, come le sbarre di una prigione che si richiude.

Loris serrò le braccia attorno al capo e cercò l'aria. Ma intorno non c'era che polvere e frastuono. Era un rumore che non apparteneva più alle cose, un urlo che sembrava non avere fine: era il grido di un mostro primordiale, proveniente dal fondo di una caverna senza luce. Era il boato totale di un mondo allo sfascio.

13

Rocco aveva smesso di canticchiare e si era disteso sul letto, le mani intrecciate dietro la testa, gli scarponi ancora addosso puntati con noncuranza contro la spalliera di ferro, gli occhi spalancati verso il soffitto in penombra che sembrava abbassarsi a ogni respiro. Gli altri non gli badavano: troppo presi dalla partita a carte, dalle battute a mezza voce, dalle risate soffocate che rimbalzavano nell'aria stantia della camerata. Ignari, o forse semplicemente indifferenti ai tormenti che lo agitavano dentro.

Non si riconosceva, Rocco, in quel suo umore volubile e cangiante. Sempre in bilico, come sospeso su una corda sottile: da un lato l'allegria chiassosa e contagiosa che lo aveva fatto benvolere dai commilitoni, dall'altro una malinconia romantica e struggente, che a volte lo coglieva all'improvviso, e che nessun compagno poteva dissipare. Ma in fondo lo sapeva: ognuno di loro portava addosso un peso, che fosse nostalgia di casa, un amore spezzato, senso di solitudine, stanchezza del corpo o ribellione dell'anima. Solo che di queste cose non si parlava, per paura che le dighe cedessero, per pudore, o per quel pragmatismo militare che insegnava a distrarsi, a far finta di niente, a buttare tutto in una risata o una bestemmia.

Rocco pensava a Giada, al cinema, al fascio di luce che si apriva nella sala, alla sua testa un po' reclinata, al suo modo di mordicchiarsi il labbro quando si perdeva nei pensieri. Il film doveva essere appena iniziato e quel pensiero gli dava un vago senso di sconfitta, come se lei stesse vivendo qualcosa da cui lui era escluso, come se la distanza non fosse soltanto quella che separava la caserma dal paese.

Chiuse gli occhi, si abbandonò a un torpore immobile, leggero. Gli giungevano le risate dei compagni, il ritmo pigro delle carte sul tavolo e, sullo sfondo, come da un altro mondo, i rumori attutiti della caserma: una porta sbattuta, un passo affrettato che si avvicinava e poi si allontanava, il motore di un autocarro che tossiva e si spegneva, il tonfo secco di una portiera chiusa con rabbia. Tutti quei suoni si confusero in un brusio indistinto, come se provenissero dal fondo di un sogno.

E poi tutto prese a tremare.

Rocco tornò in sé con la brusca violenza di uno schiaffo. All'inizio non capì, pensò a un sogno agitato, a un malessere del corpo, forse alla posizione scomoda. Ma quando si sollevò vide i compagni irrigiditi, le carte sospese a mezz'aria, i volti pallidi, gli sguardi che correvano l'uno sull'altro come a cercare un codice segreto per decifrare ciò che stava accadendo.

«Il terremoto» mormorò uno, con tono incerto, quasi interrogativo, come se pronunciare quella parola potesse di per sé scongiurare l'evento.

Rocco balzò in piedi, combattendo una nausea improvvisa, e corse verso la porta della camerata.

«*Jamm', guagliò!*» disse ai compagni.

«Scappi, De Luca?» rise nervosamente un biondino, tentando di nascondere l'ansia sotto una battuta.

«Non senti che è già finito? Una scossetta da niente» aggiunse un altro, impassibile, buttando una carta al centro del tavolo con gesto secco e deciso, come se il gioco fosse ancora la cosa più importante.

Lo schiocco della carta rimbalzò nell'aria, stonato, quasi sacrilego.

«E che ne sai tu, Nesti? Sei sismologo adesso?» ribatté Rocco senza fermarsi, lo sguardo acceso.

Ma Nesti scrollò le spalle, indifferente.

Rocco sbuffò, ma la paura era più forte di tutto, più forte della sfida lanciata dagli occhi dei compagni, più forte dell'orgoglio che gli serrava la gola. Allora, che fosse per istinto, o per la sua innata diffidenza, Rocco se ne andò senza aggiungere una parola. Voltò le spalle ai commilitoni e, seguendo il gruppo dei pochi che avevano scelto di uscire, accelerò il passo, quasi correndo.

Conosceva la caserma come le proprie tasche e ne visualizzava con insolita precisione la mappa: tre piani, un atrio, quattro scalini, poi il cortile davanti all'edificio. Contava le distanze con la mente, calcolava il tempo necessario, come se bastasse un progetto per domare l'imprevisto. Una rampa di scale, un pianerottolo, ancora un'altra rampa, un piano soltanto.

Fu allora che la terra ricominciò a tremare, più feroce. Un ruggito terrificante, sordo e interminabile, investì la caserma, facendola vibrare dalle fondamenta. Le grandi vetrate che illuminavano il vano scale esplosero in una cascata di schegge scintillanti e l'aria della notte irruppe all'interno come un respiro pauroso, un soffio umido che portava dentro odore di ferro e calce.

Rocco si coprì la testa con le mani e si appiattì contro il muro, ma la parete stessa lo respinse a terra, costringendolo a strisciare tra i frammenti di vetro e i calcinacci che cadevano dall'alto. Con le ginocchia graffiate e il fiato corto, si trascinò fino alla ringhiera delle scale; si rialzò in un equilibrio precario, le gambe che cedevano, il corpo piegato in avanti, e riprese a scendere.

Alle sue spalle, il muro che separava il vano scale dai corridoi delle camerate cominciò a cedere, a piegarsi come il ventre molle di un mostro sconfitto. Le pareti si storcevano e si dissociavano dal soffitto, lasciando emergere le sbarre di ferro dell'armatura, ossa nude di un corpo martoriato. Rocco urlava, ma il fracasso copriva ogni voce. Il mondo era diventato un tamburo folle, battuto da mani invisibili. La polvere si alzava in un fumo acre e infetto, che bruciava gli occhi e riempiva la bocca.

Il pavimento sotto i suoi piedi si crepò: le mattonelle si sollevarono, si spezzarono, e per un istante Rocco sentì che una forza disumana lo stava aspirando giù, nell'abisso, verso l'inferno stesso. Tentò di vincere il panico, si aggrappò al corrimano che pareva torcersi come ferro arroventato, e proseguì, passo dopo passo, come un equilibrista sospeso sul vuoto. Un piano ancora, trenta scalini.

Ma, con un ultimo sussulto, la caserma cedette: i piani superiori si accasciavano uno sull'altro, il pavimento sotto i suoi piedi si impennava, simile alla prua di una nave che sta per sprofondare. La facciata si sbriciolò come sabbia, e la notte si aprì davanti a lui in una voragine nera e terrificante.

Per un istante il tempo si fermò e Rocco restò sospeso davanti a quell'abisso. Poi saltò.

Con i polmoni pieni di paura, le braccia spalancate, il volto deformato da una smorfia estrema, pensò che fosse la fine di tutto. Pensò che non avrebbe avuto scampo, che l'apocalisse non lo avrebbe risparmiato. Eppure saltò, nell'oscurità che lo inghiottiva.

A salvarlo non fu soltanto la valanga di calcinacci che, franando dal tetto, si era riversata nel cortile creando un cuscino innaturale di detriti, ma anche la chioma di un grande tiglio che le scosse avevano strappato dalle radici e scaraventato contro il fianco della caserma. Rocco si ritrovò intrappolato tra i suoi rami, sospeso a metà tra l'albero divelto e la rovina dell'edificio: gli scarponi piantati a forza tra le macerie, il collo piegato da una fitta dolorosa, le mani lacerate e insanguinate che non sapevano se aggrapparsi o lasciarsi andare.

La terra continuava a tremare sotto di lui, in un fracasso scomposto di grida e crolli, di persone che gemevano, di travi che si schiantavano. Rocco cercò di rialzarsi con movimenti disarticolati e frenetici. Arrancò, aggrappandosi ai rami con le mani che bruciavano, spingendo sulle gambe pesanti come piombo, strappando manciate di foglie, solo per ricadere indietro, sempre più stanco, sempre più confuso. Eppure insisteva, come un animale ferito che si ostina a respirare.

Quando finalmente riuscì a liberarsi da quella trappola verde e polverosa, si guardò intorno e si ritrovò davanti a uno spettacolo che non aveva nome: la caserma non esisteva più.

Quello che fino a poco prima era stato il ventre rumoroso dei suoi giorni, ora era solo un mucchio disarticolato di cemento, travi spezzate, ferraglia piegata, vetri disseminati a terra come una pioggia di lame. Non restava che un'ombra della forma originaria, una montagna confusa e muta.

L'unico segno riconoscibile era l'architrave della porta d'ingresso, miracolosamente intatto, che ancora incorniciava i battenti rimasti chiusi, assurdi nella loro ostinazione, come se potessero ancora difendere una soglia ormai inesistente.

E più in là, tra le rovine, una rampa di scale si innalzava sola, staccata da tutto, puntando verso il cielo come un monolite. Alla sua estremità, penzolava un frammento di ringhiera, attaccato al cemento da un unico gancio, che con un tonfo improvviso si staccò, cadendo come una goccia di metallo nella notte, spinta via da un nuovo sussulto.

Rocco si agitò di nuovo, con la stessa foga di prima. Alzava le ginocchia, gesticolava scomposto, spingeva il corpo in avanti con tutta la forza che gli restava, ma la sua non era più una fuga, non era l'istinto di salvarsi, un'altra urgenza lo divorava: quella di gettarsi sulle macerie e scavare. Perché gli altri erano là sotto.

Li rivedeva davanti ai propri occhi: quelli che non avevano voluto uscire, rimasti al tavolo a giocare a carte e ridere; quelli stesi sui letti a fissare il soffitto, ad ascoltare la radio; quelli che all'infermeria tossivano di febbre; quelli seduti a cavalcioni su una sedia a parlare di sogni, di donne, di niente. Tutti erano lì, sotto quella montagna di detriti. Ma quanti? Quanti ce n'erano?

Rocco salì a fatica sul cumulo instabile e prese a scavare a mani nude, affondandole nella polvere, nei calcinacci, tra i mattoni che graffiavano e le schegge di vetro che gli tagliavano i polpastrelli. Lanciava lontano ciò che trovava – assi di legno, frammenti contorti di ferro, pezzi di intonaco – senza neppure accorgersi del dolore. Poi si fermò, colpito all'improvviso da un lampo di lucidità: guardò la montagna di resti su cui si trovava e in silenzio cominciò a piangere.

14

Padova, 6 maggio 1976
ore 21.00

Stefano tormentava tra le dita il pacchetto vuoto di sigarette che Massimo aveva abbandonato sul tavolo, lo stropicciò finché la carta non divenne un grumo sgualcito, poi lo aprì di nuovo e lasciò cadere sulla tovaglia bianca gli ultimi riccioli di tabacco, mescolandoli alle briciole di pane della cena. Con gesti distratti, li dispose in fila, creando un piccolo serpente di granelli bicolori, quasi che in quell'atto ripetitivo trovasse un modo per scaricare l'irrequietezza che lo rosicchiava dentro. Aveva il volto contratto, un'espressione di scontento che gli scavava le occhiaie, e sfogliava con stizza il taccuino pieno di frasi spezzate, risposte scarne, vuote, di Gonnella prima e subito dopo di Goi. Ai suoi occhi, niente di buono: solo parole stanche, evasive, prive di mordente.

Una giornata intera gettata al vento.

Massimo, seduto accanto, lo osservava sbuffare senza aprire bocca. Sapeva che non c'era verso: in quei momenti Stefano era sordo a tutto, impenetrabile a qualsiasi ragionevolezza.

A cosa sarebbe servito discutere? Niente avrebbe potuto convincerlo che non fosse stato tempo perso. Così taceva, lasciandogli sfogare la rabbia, e intanto con la coda dell'occhio controllava la sala.

Il cameriere arrivò con gli antipasti e li appoggiò davanti a loro con gesto rapido.

«Chissà a che ora finiamo!» disse Massimo, senza alzare troppo la voce.

«Tanto poi andiamo a 120 all'ora» mormorò Stefano, ancora con gli occhi fissi sui fogli.

Massimo rise soddisfatto pensando alla sua Alfasud rossa. La velocità gli piaceva, anche se non se ne vantava. Sapeva che per la moglie quella era una spavalderia inutile, quasi una smania da figli di papà. Lei glielo ripeteva ogni volta: correre in autostrada era un vizio borghese, un modo per sentirsi qualcuno. E Massimo, che pure si accendeva al solo pensiero di premere l'acceleratore sul curvone di Bergamo o di bucare la nebbia a fari bassi, aveva provato a spiegarle i pregi della carrozzeria, a giurare che sarebbe stato prudente, che non avrebbe corso rischi. Ma lei non si lasciava convincere. Le stava troppo a cuore la sua pelle, e soprattutto i conti a fine mese. Ogni volta gli ricordava quanto costasse quell'ammasso di lamiera, quante mensilità di stipendi modesti si mangiava, che fosse sparato a tutta velocità in autostrada o, peggio ancora, fermo nel traffico mattutino di Milano.

Stefano nel frattempo agitava gli appunti sotto il naso dell'amico, come a voler contagiare anche lui con il suo malumore.

«Neanche un mago tirerebbe fuori un articolo decente da questa roba» sbottò, con la voce che sapeva di sfida.

Sperava quasi che Gonnella e Goi, seduti in fondo alla sala, lo sentissero, che quelle parole taglienti arrivassero a destinazione come frecce. Massimo lo guardò di sottecchi e provò a smussare gli spigoli con pragmatismo.

«Tu scrivi un bel trafiletto, io ci metto la foto, Ravelli è contento e lo stipendio arriva lo stesso.»

«Parli bene, tu» replicò Stefano, irritato.

«Eccome!» ribatté Massimo. «E tu dovresti ascoltarmi, invece di brontolare come una comare.»

«Io voglio scrivere di cose importanti!» ribolliva Stefano, piegandosi in avanti, con la voce strozzata ma accesa come una fiamma.

«Anche arrivare a fine mese è importante» rispose Massimo, calmo.

Stefano sbuffò, contrariato, e riversò il proprio nervosismo sui gamberetti, infilzandoli a uno a uno con la forchetta.

Massimo non si scompose. Sapeva aspettare. E mentre addentava il suo vol-au-vent teneva d'occhio la tavolata dei politici, Gonnella, Goi, le facce tese, gli sguardi sfuggenti, gli inchini composti. Era certo che la serata fosse ancora tutta da decidere: a pochi giorni dalle elezioni, bastava un gesto inopportuno, una frase di troppo, una stretta di mano fotografata nel momento giusto per trasformare un banale dopocena in un titolo da prima pagina.

Ravelli non era uno sciocco, Massimo lo sapeva bene. Ma forse il direttore sceglieva male i suoi cavalli da corsa. Stefano non era fatto per l'attesa, per l'arte sottile di osservare in silenzio. Era troppo impaziente, troppo scavezzacollo, ma aveva energia da vendere, un passo lungo, uno slancio che travolgeva e soprattutto amava la gente, quella vera, con le mani sporche, i conti in rosso, grandi ideali e vite miserabili.

Mentre lo osservava così, piegato su quel broncio che non cedeva, Massimo pensò che Stefano avrebbe fatto strada, sì, ma non lungo i corridoi asfittici di una redazione, né chino su comunicati anonimi e veloci. Quel ragazzo era fatto per il fango e per la polvere, per i margini brucianti dove la storia prende forma davvero.

«Parli come un vecchio» ribatté Stefano, addentando

l'ultimo gamberetto, «ma tu i tuoi momenti di gloria li hai avuti. Quando c'è stato il Vajont, io ero troppo piccolo. E quando c'è stato il Belice, ero nel posto sbagliato. Al giornaletto di provincia dove mi avevano appena assunto dicevano che bastavano i comunicati dell'ANSA, e che soldi per mandare inviati sul campo non ce n'erano. Tanto ai lettori interessavano solo gli incidenti stradali, le previsioni del tempo e le pagine con i programmi televisivi.»

«I disastri naturali non sono momenti di gloria» lo corresse Massimo, improvvisamente serio.

«Sai cosa intendo...» scosse il capo Stefano, stringendo il taccuino tra le dita. «Essere in prima linea, ascoltare le testimonianze, tirare fuori voci che altrimenti nessuno sentirebbe. Insomma, non accontentarsi della versione ufficiale.»

Massimo lo guardava e annuiva in silenzio. Stefano era il solito, un crociato ostinato, pronto a lanciarsi contro ogni prudenza, ma aveva ragione, almeno in parte. Quel mestiere significava cercare la verità e, se non la si trovava intera, almeno avvicinarsi il più possibile, grattarne via un frammento, anche piccolo, da consegnare al mondo.

Un silenzio denso calò sul tavolo, mentre il brusio della sala li avvolgeva. Ed ecco che, all'improvviso, l'aria cambiò consistenza: i lampadari cominciarono a oscillare con un movimento ampio e innaturale, le posate abbandonate sui piatti tintinnarono come campanelli, e le bottiglie allineate dietro il bancone fremettero, rabbrividendo come creature vive.

Gli sguardi dei presenti si fecero attoniti, sospesi, poi scoppiò un mormorio agitato che montava come un'onda. Sedie spinte all'indietro, passi affrettati, un vociare nervoso, il ristorante si trasformò in un alveare in fuga. Una madre strattonò la figlia che, piangendo, si aggrappò al suo grembo; due ragazzi scattarono verso la finestra e con agilità saltarono giù sul marciapiede; una donna anziana, curva e pesante, si aggrappò al braccio del marito che la condusse fuori con passo lento e misurato.

Il tavolo dei politici si era già svuotato. Gonnella, Goi e il resto della comitiva, troppo lontani dall'ingresso e più vicini alle cucine, si lasciarono guidare dal proprietario del locale attraversando corridoi ingombri di vapore e pentole, per uscire infine in un cortile stretto, circondato da colonne di casse d'acqua minerale e da bidoni della spazzatura, dove si fermarono muti, ammassati come animali in gabbia.

Stefano e Massimo, come la maggior parte dei clienti, si ritrovarono invece davanti al ristorante ormai svuotato, sulla stradina fiancheggiata da portici. Massimo, la sigaretta stretta tra le labbra, aveva già imbracciato la macchina fotografica e guardava il mondo attraverso l'obiettivo, cercando di catturare i volti, gli occhi che tradivano lo smarrimento, le bocche aperte in frasi spezzate, i sorrisi forzati di chi, per scaramanzia o incoscienza, cercava di esorcizzare la paura.

Stefano, invece, fu scosso da un brivido gelido, uno sgomento improvviso e cristallino che gli si piantò nello stomaco e lo spinse in mezzo alla strada, sotto la luce gialla dei lampioni. La terra vibrava ancora, quasi impercettibile, eppure a lui pareva che tutto ondeggiasse, i portici, le case, persino il cielo. L'aria era tiepida, immobile, e in quel vuoto senza odori gli parve di respirare un tempo sospeso, come se il mondo intero fosse trattenuto in apnea.

Poi, con la stessa rapidità con cui era iniziato, tutto si quietò. La gente, un po' stordita, cominciò a rientrare nel ristorante. L'ansia si scioglieva in sospiri, in risate nervose, in frasi buttate là con allegria posticcia. Ci si chiedeva dov'era l'epicentro, quanti gradi della scala Mercalli avesse raggiunto il sisma, se ci sarebbe stata un'altra scossa, se era stato solo un avvertimento.

Il proprietario accese la televisione che teneva appoggiata su uno scaffale dietro il bancone. Era un apparecchio panciuto, con lo schermo piccolo e il vetro curvo, che di solito restava spento o almeno muto.

"Perché questo è un ristorante, non il bar sport" ripeteva sempre la moglie ogni volta che lo sorprendeva a trascurare un cliente per seguire la partita.

Tutti si zittirono d'un tratto. Una signora corpulenta, con il volto paonazzo per l'agitazione, si lasciò cadere di peso su una sedia, afferrò un tovagliolo spiegazzato e iniziò a sventolarselo davanti. Un bambino correva tra i tavoli chiamando la madre a gran voce, finché il padre, un uomo alto e distinto, lo acciuffò per le spalle e gli impose il silenzio con uno sguardo severo.

Qualche passante, attratto dalla confusione, si mescolò ai clienti del ristorante formando un cerchio compatto, i corpi vicini, le spalle che si sfioravano, quell'inconfessabile bisogno di stringersi agli altri che solo la paura sa risvegliare.

Anche i più scettici, quelli che fino a poco prima avevano minimizzato dicendo "per 'sta robetta!", "manco fosse il Belice!", anche loro adesso non si staccavano dal gruppo: fingevano indifferenza, ma restavano lì, come se la sola presenza altrui bastasse a proteggerli dall'ignoto.

Stefano si fece largo tra la gente e si piantò sotto il televisore, il collo teso, la penna già in mano. Sullo schermo, però, scorrevano le immagini inadeguate di un western, cavalli che galoppavano nella prateria, spari e nuvole di polvere.

Il proprietario, sudato e nervoso, cominciò a girare freneticamente la manopola dei canali, borbottando che prima o poi avrebbero dovuto dire qualcosa. Poi la sigla del telegiornale esplose in sala come una fanfara solenne.

«Silenzio!» tuonò Stefano. «Massimo! Vieni qua! C'è un'edizione straordinaria.»

E Massimo si avvicinò subito, serio, con la macchina fotografica sempre in pugno. Si mise accanto a Stefano, mentre quello appuntava le prime parole che scorrevano nell'aria.

«Scossa avvertita in tutto il Nord Italia, Lombardia e Veneto compresi» ripeté piano Stefano, scrivendo in fretta. «L'epicentro... non ancora identificato.»

«Eccolo qua, il pezzo che volevi. Servito su un vassoio d'argento» gli disse Massimo.

E nella sua voce non c'era scherno, ma un tono cupo, quasi struggente. Stefano lo fissò in silenzio poi, senza aggiungere una parola, si precipitò verso il telefono appeso in fondo alla sala.

«Sono un giornalista! Fatemi passare!» urlò, tentando di aprirsi un varco tra la gente.

Ma nessuno gli diede retta, anzi qualcuno lo respinse con stizza, mentre il panico cresceva e si condensava attorno a quell'apparecchio che era diventato l'unico filo con il mondo esterno.

Una donna, accaparratasi per prima la cornetta, la stringeva alla bocca come se avesse paura che le sue parole potessero scappare via.

«C'è stato un terremoto! Fortissimo! L'avete sentito? State bene? La piccola? E il nonno?»

Stefano si arrese, si voltò bruscamente e corse fuori, inghiottito dal buio dei portici.

Massimo si accese una sigaretta, si lasciò cadere su una sedia e allontanò con una mano i resti freddi della cena rimasti sul tavolo. Tutto intorno tovaglie macchiate, bicchieri mezzi vuoti, pane sbriciolato, clienti che se ne andavano di fretta, mentre altri entravano portando brandelli di notizie confuse.

«È stato fortissimo.»

«Dice che è arrivato fino a Milano.»

«Ma dove?»

«Non si sa ancora.»

«Su a Belluno, pare.»

Stefano rientrò trafelato e si appoggiò con entrambe le mani sul tavolo di fronte a lui.

«L'epicentro è in Friuli» annunciò.

Poi prese la sigaretta dalle dita di Massimo, inspirò avidamente e soffiò fuori uno sbuffo di fumo che gli tremolò davanti al viso come un velo.

«E come lo sai?» chiese Massimo.

«Ho chiamato in redazione da una cabina.»

Restarono in silenzio. Le parole pesavano troppo.

«Siamo vicini» disse Massimo, piano, quasi tra sé.

«Esatto!» esplose Stefano, battendo il pugno sul tavolo con una forza che fece sobbalzare i piatti.

«E…?»

Massimo si riprese la sigaretta e lo guardò attraverso il fumo, aspettando il resto.

«E Ravelli ha già incaricato Severi e Belmondo!» ringhiò Stefano.

«Ah. Capisco. In effetti… Sono due nomi grossi.»

«Lo so! Cazzo! Lo so anch'io!» Stefano si lasciò cadere sulla sedia di fronte a lui. «Ma Severi non alza un dito finché non ha finito la cena. E Belmondo si muove solo se ci sono armi o soldi in ballo.»

«Comunque è chiaro che Ravelli non vuole mandare te.»

«Già. Ma sai cosa ti dico?»

Stefano si allungò sul tavolo, gli occhi che ardevano.

«Penso di saperlo» rispose Massimo, schiacciando il mozzicone nel posacenere già colmo.

«Io ci vado lo stesso. Con o senza la benedizione di Ravelli.»

Non aveva neppure finito la frase che Massimo era già in piedi, le chiavi dell'auto strette in pugno, gli occhi che brillavano come non gli succedeva più da anni. Era la luce feroce e vitale che gli ricordava perché, nonostante tutto, facesse ancora quel mestiere.

15

Cortina, 6 maggio 1976
ore 21.00

La terra tremò con un boato che sembrava venire dal ventre stesso della montagna e Andrea balzò in piedi come punto da una scarica invisibile. Le cuffie gli scivolarono dalle orecchie, mentre la sedia, ribaltata di colpo, cadde all'indietro con un tonfo, lasciando nella stanza un vuoto improvviso.

Dalla finestra spalancata saliva un trambusto disordinato, voci spezzate che si intrecciavano, richiami gridati, il rumore secco dei passi che correvano sullo spiazzo chiuso tra le case accalcate. Lo sfrigolio della radio sembrava un respiro malato, un rantolo che non riusciva a spegnersi. Sul davanzale i gerani oscillavano al vento e proprio in quell'istante le finestre della casa dirimpetto, vicinissima e severa, si accesero di colpo, proiettando nella stanza un alone ambrato. Il ronzio della trasmittente cresceva, più fitto, più nervoso, mescolandosi alle voci che salivano dal cortile, e Andrea sentì la necessità fisica, urgente, di uscire. Corse giù quasi volando, come se i gradini non esistessero.

In fondo, ai piedi della scala, c'era suo padre. Non si muoveva, le braccia abbandonate lungo i fianchi, le spalle tese. Non avrebbe fatto un passo senza di lui. Solo quando Andrea gli fu accanto lo afferrò per il gomito con una stretta, lo spinse verso l'esterno e uscirono insieme, senza scambiarsi una parola. Il padre non mollò il braccio del figlio fino a che non si trovarono in mezzo alla strada, in quel tratto di salita che lasciava alle spalle il grappolo di case e si inerpicava verso i pascoli più bassi. Si fermarono lì, fianco a fianco, muti, con il respiro corto. La terra sembrava trattenere ancora un brivido, un palpito sottile, e nessuno dei due osava parlare.

Alcune donne anziane si erano radunate davanti alle case, serrate negli scialli pesanti, gli occhi acquosi e stanchi, improvvisamente carichi di uno spavento primordiale, che non si addiceva ai loro corpi fragili, alle spalle esili piegate dagli anni, alle mani nodose che si stringevano una con l'altra come radici in cerca di sostegno.

«Un *cicinin* e ci cadeva in testa» mormorò infine il padre, con quell'espressione che ripeteva piano durante i temporali estivi, quando il cielo si incendiava e un fulmine colpiva a pochi metri.

Allora la moglie gridava, tappandosi le orecchie, ma lui restava impassibile, senza trasalire, e il giorno dopo andava a raccogliere la legna dell'albero colpito, come se il fulmine fosse stato un dono del destino.

Ma ora non era la stessa cosa.

Andrea lo guardò e non trovò nulla di quella calma incrollabile, di quel silenzio burbero che sapeva rassicurare. Suo padre era teso, pallido, e teneva gli occhi fissi sulle montagne, come se da un momento all'altro dovessero franare e travolgere tutto, o come se la foresta potesse aprirsi e inghiottire il paese.

«La radio...» sussurrò infine Andrea.

Il padre gli posò una mano pesante sul braccio. Era un gesto fermo, autoritario, ma non bastava a nascondere l'inquietudine che si agitava dentro: la stretta era quella di sempre, solida, eppure Andrea sentì che in quell'appoggio c'era un tremito impercettibile, come se il padre cercasse ancoraggio più che offrirlo.

«Qualcuno saprà cos'è successo» aggiunse Andrea.

Allora il padre lasciò scivolare la mano, senza un cenno, e lo liberò. Nessuno dei due era bravo con le parole, però gli bastava un silenzio, un'occhiata per dirsi tutto ciò che contava.

Andrea tornò verso casa e il padre lo seguì con lo sguardo mentre correva giù per la discesa, una figura nervosa e sottile, le spalle appena piegate in avanti, le gambe svelte come da bambino, quando si arrampicava con ostinazione tra i sassi, gli scarponi alti che gli segnavano i polpacci abbronzati dal sole. Erano fatti della stessa pasta, padre e figlio, taciturni, schivi, a volte duri senza volerlo, indifferenti al superfluo fino a sembrare inflessibili. O per lo meno questo era quello che gli altri dicevano di loro: che erano troppo chiusi, troppo rigidi, incapaci di abbandonarsi alle frivolezze del vivere.

Ma non era così. Lo sapeva bene la madre, che con la sua voce squillante, il chiacchiericcio allegro, li bilanciava senza mai offuscarsi per il loro silenzio. Anzi, era grata di avere per sé lo spazio di dire, ridire, correggersi, cambiare idea, riprendere il filo mille volte e allo stesso tempo di sentirsi ascoltata.

Il padre rimase piantato lì, in mezzo alla salita, lo sguardo fisso sulla strada bassa, da dove sarebbe dovuta arrivare la moglie. Da lontano, si sentiva il suono di una campana, incerto, oscillante. Un gruppo di persone si era radunato davanti a un capitello, parlavano a voce alta, gesticolando. Un ragazzino aveva inforcato la bicicletta e scendeva a rotta di collo verso il centro, facendo tintinnare furiosamente il campanello perché i passanti si levassero di mezzo. Intanto, alcuni lampioni si erano spenti all'improvviso e pozze di oscurità si allungavano sui muri, avvolgendo i piani bassi delle case in un buio denso e sospetto.

Andrea risalì di corsa la scala di legno, due gradini alla volta, rientrò in camera e si calò di nuovo le cuffie sulle orecchie. I messaggi si susseguivano frenetici, le voci nell'etere rimbalzavano da ogni parte, spezzate, incerte ma già definitive.

«...crollato il duomo...»

«...vogliono ambulanze...»

«...a Gemona è crollato tutto...»

«...avvertite tutti... un polverone enorme, non vedo niente...»

«...da Majano... tutto a terra...»

«...l'ospedale...»

«...stai calmo, dimmi con ordine...»

«...ambulanze... Osoppo...»

Andrea si aggrappò alle cuffie, per non perdere una sola parola. Le frasi si inseguivano senza tregua: affannose, concitate, vibranti di paura, eppure precise e indiscutibili.

Allora si voltò di scatto, rovistò tra le mensole finché non trovò la carta del CAI. La strappò dal mucchio, la distese sul tavolo e la lisciò con le mani esitanti.

L'indice cominciò a scivolare sul foglio, seguendo i nomi che le voci continuavano a elencare: Gemona, Osoppo, Buja, Majano. Paesi che fino a poco prima erano solo punti in un reticolo topografico ora si accendevano come focolai di rovina.

Tracciava percorsi, calcolava distanze, seguiva la statale che collegava il Friuli a Cortina, disegnava un perimetro sempre più stretto, sempre più minaccioso. Guardava la curva del Tagliamento, sinuosa come un laccio, si attardava sul confine jugoslavo, poi tornava sulle creste delle Dolomiti, sulle Prealpi Carniche e Giulie.

Le lancette della sveglia sul comodino gli restituivano il tempo reale, minuto dopo minuto, eppure Andrea non si muoveva. Galleggiava in uno stato sospeso: perfettamente lucido, eppure incapace di agire, la coscienza in agguato ma le membra imprigionate in una paralisi improvvisa e totale. Le gambe e le braccia gli sembravano morte e tuttavia, in quell'immobilità, gli occhi correvano, più veloci di qualunque gesto, a segnare sul foglio i confini di una catastrofe che già conosceva nel profondo, ma che non sapeva ancora come affrontare.

All'improvviso la madre lo chiamò dal piano di sotto. Andrea trasalì, come destato da un sogno, e balzò fuori dalla mansarda. Si sporse dalla ringhiera e la vide ai piedi della scala, il volto acceso come una fiamma, gli occhi gonfi di lacrime e il respiro corto. Accanto a lei, il padre le teneva una mano sulla spalla e la stringeva piano, in un gesto minuscolo di affetto e di sollievo.

Andrea li guardò dall'alto e gli arrivò addosso un'onda di emozione che gli mozzò il fiato. Restò fermo un istante, sospeso in quell'immagine. Poi la voce gli uscì strozzata:

«E i bambini?»

«Stanno bene, tua sorella è tornata. Tutto a posto» rispose la madre in fretta, lanciando un'occhiata commossa al marito, come se avesse bisogno anche lei di un cenno di conferma.

«In radio sono tutti in subbuglio. L'epicentro è in Friuli. Il terremoto è stato fortissimo. È venuto giù il mondo.»

Andrea cominciò a scendere, mentre raccontava quello che aveva sentito. Ripeteva, lento, le frasi che gli si erano piantate in testa come chiodi. I genitori lo fissavano straniti e in quello sguardo c'era tutto: spavento e sollievo, incredulità e un desiderio disperato di scappare.

Andrea si fermò davanti a loro, con gli occhi inquieti.

«Io… io devo andarci» disse infine.

«Andare dove? Perché tu?» gridò quasi la madre, agguantandolo per le spalle. Non era un gesto per trattenerlo, ma per aggrapparsi lei stessa e non affondare.

«E perché non io?» rispose Andrea, calmo.

Non alzò il tono, non fece gesti, e questo bastò. La madre si arrese senza parole, gli accarezzò le spalle e poi scivolò giù, fino a stringergli le mani, più forte che poteva.

«E come ci arrivi?» mormorò allora in un fiato.

«Potrei prendere la Diana» disse Andrea, voltando gli occhi verso il padre. «Non sono neanche tre ore di strada.»

Il silenzio che seguì non fu esitazione, ma tempo necessario. Il padre attese, come si fa quando bisogna dare peso a una scelta. Non voleva che le paure della moglie fossero spazzate via in un colpo: dovevano rimanere lì, vive, perché la decisione di Andrea fosse vera e non una fuga sconsiderata. Solo quando vide che lei, pur tremando, respirava di nuovo con un ritmo più lento, fissò negli occhi il figlio e annuì.

Andrea corse fuori casa e si infilò nella rimessa dove c'erano gli attrezzi, le casse di birra e l'enorme congelatore bianco che la madre aveva comprato l'anno prima. Ci fu un gran trambusto di ferraglia e casse trascinate con rumori secchi.

Andrea scovò una torcia grande, quella che il padre usava durante i temporali quando saltava la luce, e poi una più piccola, sottile e robusta, che teneva per le sue escursioni di speleologia. Le ficcò entrambe in uno zaino malconcio insieme a una corda arrotolata, che gli parve utile in ogni situazione. Agguantò una coperta militare del colore della polvere, aprì il bagagliaio della Diana e vi rovesciò dentro tutto. Poi tornò nel garage, sgomberò con gesti rapidi e accorti il banco da lavoro del padre, e tirò a sé un generatore compatto e pesante. Lo sollevò con cautela e lo depose tra gli altri attrezzi.

Andrea corse di nuovo in mansarda e riapparve poco dopo con la carta del CAI e la radio portatile stretta al petto. Buttò la mappa sul cruscotto, poi sistemò la radio sul sedile posteriore, spingendola con cura verso lo schienale.

Infine si sedette sulla panca in giardino, là dove d'estate il padre prendeva il fresco, infilò i calzini che la madre gli porgeva in silenzio, calzò gli scarponi e li allacciò lentamente, con la stessa concentrazione con cui si preparava alle escursioni più dure.

Quando si raddrizzò, piantando i piedi a terra, il suo corpo magro e nervoso parve crescere di colpo. Restò immobile un attimo, il volto serio, lo sguardo fisso nel vuoto. La madre capì subito che non era esitazione né ripensamento: era il segno opposto, la conferma di una determinazione incrollabile, di chi passa in rassegna ogni dettaglio per non dimenticare nulla. E infatti, con uno scatto, Andrea rientrò in casa e ne uscì un attimo dopo con il sacco a pelo arrotolato tra le mani. Riaprì il bagagliaio e lo buttò sopra al resto, completando quell'arsenale improvvisato.

«Ma dove vai?» La voce di Simone lo sorprese alle spalle.

Con lui c'erano anche Maurizio e Roberto, tutti trafelati di ritorno dalla birreria.

«La scossa...» cominciò a spiegare Andrea «qui è stata forte, ma in Friuli è venuto giù il mondo.»

Quella frase lo ossessionava. Non era un'immagine retorica, non era un'esagerazione del momento. Le voci ascoltate alla radio gli avevano lasciato addosso la certezza che quelle parole non bastassero neppure a raccontare l'abisso, che erano solo un tentativo misero, insufficiente, di dare un nome a ciò che era davvero accaduto.

Simone aveva già capito e in fondo non era sorpreso da

quello slancio di Andrea. Non gli era nuovo il suo coraggio, il fare categorico e intransigente con cui a sprazzi, in modo inaspettato, Andrea poteva sormontare la propria timidezza e tendere la mano a chi era caduto, o dire un no secco a uno sbruffone che gonfiava il petto. Senza clamore, senza consultare nessuno.

Maurizio si spazientì, gli occhi che guizzavano avanti e indietro come a cercare un dettaglio pratico da cui partire. Lo incalzò con domande dirette: da chi veniva l'iniziativa, cosa si sapeva con certezza, chi era già partito. Andrea rispondeva poco, con frasi brevi, lasciando intendere che non c'era tempo per le esitazioni.

Roberto invece era nervoso. Si vedeva dalla fronte che gli sudava e dalle mani che giocherellavano con la fibbia della cintura. Non gli piacevano gli imprevisti, non li aveva mai sopportati. In fondo era un codardo, e lo sapeva. Gli mancava qualsiasi spirito di adattamento, ma era anche abile nel mascherarlo, occupato com'era a costruire di sé un'immagine opposta, di spavaldo improvvisatore. Quella volta, però, capì al volo che Maurizio era intrigato dall'iniziativa di Andrea, forse persino ammirato, e che non si sarebbe fermato a chiedere il suo parere. Come sempre, nelle cose davvero importanti, il suo giudizio non contava.

«Vado a dare una mano» disse infine Andrea, con voce ferma. «Ci saranno i pompieri, ci sarà l'esercito… ma in questi casi le braccia non bastano mai.»

In realtà nessuno di loro si era mai trovato in uno di "questi casi", l'idea stessa li faceva vacillare, ma Andrea aveva addosso un'aria nuova: calma, decisa, quasi solenne.

Simone taceva, dondolandosi da un piede all'altro. Avrebbe voluto dirgli subito: "vengo anch'io!" Ma sapeva che la sofferenza lo spaventava, che la miseria umana lo turbava nel profondo. Impressionabile, emotivo, aveva sempre avuto l'istinto di distogliere lo sguardo, di farsi da parte. Le mani gli sudavano eppure non smetteva di fissare Andrea, come in cerca di coraggio.

Maurizio invece ragionava con la testa fredda: il lavoro, la madre sola a casa, il costo approssimativo della benzina. Enumerava le difficoltà con tono pragmatico, quasi a voler convincere sé stesso che non fosse il momento.

«E dai!» sbottò Andrea. «Ci lamentiamo che qui non c'è niente da fare.»

Maurizio sbuffò, ma la scintilla era scoccata.

«D'accordo. Veniamo con te!» esclamò infine, dando un colpo di gomito a Simone e lanciando un'occhiata a Roberto.

«Va bene, veniamo» ripeté Simone.

«Io devo restare» si affrettò a dire Roberto, con voce strozzata.

Ma la sua defezione cadde nel vuoto e l'indifferenza con cui fu accolta lo ferì più di uno schiaffo. Peggio ancora, Maurizio gli diede una pacca sulla spalla con aria condiscendente, come per dire che era meglio così, che certe spedizioni non facevano per lui.

«Prendi anche una pala» li interruppe il padre. «E la sega.»

La tensione sospesa si sciolse in un fremito di gesti rapidi. Tutti si mossero insieme, come se fosse partito il segnale di una corsa. Non c'era più un attimo da perdere.

Maurizio aprì la portiera posteriore della Diana, ma si bloccò vedendo la radio portatile appoggiata sul sedile. Poi si voltò deciso.

«Guido io!» disse perentorio. «Tu stai dietro, così resti in contatto con gli altri.»

«Ci daremo il cambio» aggiunse Simone.

Andrea lanciò uno sguardo verso la madre, poi si infilò nell'abitacolo e si sistemò accanto alla radio.

Il motore si accese con un ruggito secco.

Per un attimo rimasero in silenzio, i fanali accesi sul muro del garage. Poi Maurizio ingranò la marcia e la Diana scivolò fuori dal cortile lasciandosi dietro ogni incertezza.

16

I tre amici non erano soli, perché lungo la valle si era formata una lenta processione di auto che lasciavano Cortina in fila indiana, luci giallastre che sembravano l'unica traccia di vita in un buio denso, compatto, senza profondità.

A ogni curva la coda si allungava, si rimpolpava di nuove vetture che uscivano da Borca, da Calalzo, da Forni, da Ampezzo, e così via, in una continuità di mezzi e di fari che non aveva né inizio né fine. Dentro le macchine aleggiava una tensione muta che pareva trattenere i respiri, mentre fuori la montagna incombeva come un muro, immobile e indifferente.

Solo a sprazzi, dai finestrini abbassati per l'aria che mancava, entrava l'eco irregolare di un torrente che si gonfiava o il richiamo stridulo di un rapace, come presenze antiche che continuavano a occupare il loro spazio incuranti della disgrazia degli uomini.

A più riprese furono costretti a fermarsi. Posti di blocco dell'esercito regolavano l'avanzare con lentezza esasperante, perché la strada era ridotta a un budello franoso, con massi che occhieggiavano dall'alto come minacce sospese e tratti d'asfalto già divorati da smottamenti che dilagavano sulla carreggiata come onde scure di un mare rappreso. A volte bisognava deviare su stradine sterrate e tortuose, dove le fronde degli alberi battevano lente e striscianti sui fianchi delle auto, come a trattenerne l'avanzata.

Nei paesi che attraversavano, le piazze erano animate da falò che spandevano luce tremula su volti immobili, figure avvolte in coperte di lana gettate alla rinfusa sulle spalle curve. Alcuni cercavano un passaggio per raggiungere l'epicentro, altri tentavano di stipare nei bagagliai già colmi cibo, coperte, badili, scale. Intorno saliva un borbottio accorato, che si confondeva con il crepitio della legna, ma per capire cosa stava succedendo bastava guardare gli occhi spalancati e senza sonno, i volti stanchi degli anziani persi nel vuoto, le mani che continuavano a torcersi senza requie.

I municipi avevano le luci accese come in un giorno di festa, ma la gente non sorrideva. Erano solo stanze operative, cuori di emergenza, attorno ai quali capannelli di uomini con i berretti stretti tra le dita discutevano senza decidersi, rimandando all'alba la verifica delle crepe sui muri, dei solai pericolanti, dei tetti sfondati, dell'abete caduto sulla chiesa.

Nel frattempo perlustravano le vie, si scambiavano poche parole secche, un saluto rapido, una domanda che restava sospesa, e intanto tacevano la paura, quella vera, che nessuno osava nominare, perché solo la luce del giorno avrebbe svelato l'entità della rovina.

Man mano che i tre amici si inoltravano verso il Friuli, i segni del disastro si facevano più evidenti, più crudeli: una casa piegata su sé stessa come in ginocchio, una edicola privata della sua statua, muretti crollati come fossero di sabbia, abeti giganteschi rovesciati sulla strada con le radici all'aria, contorte come artigli.

Le auto si divincolavano tra macigni, mucchi di terra e rami, e sotto le ruote la ghiaia cedeva con scricchiolii sinistri che facevano pensare a un suolo instabile, pronto a disfarsi a un'altra scossa.

Maurizio sobbalzava ogni volta che i fanali illuminavano figure nere ferme sul ciglio della strada, immobili davanti alle case sventrate, vecchi che sedevano muti sui sassi, bambini incappucciati con la testa abbandonata sulle spalle delle madri in vestaglia.

Fu un rosario di macerie e desolazione, un tempo sospeso di incredulità e impotenza.

Arrivati a Tolmezzo, a notte fonda, procedere a passo d'uomo non bastò più: una frana aveva chiuso ogni varco, un muro di pietre e travi spezzate cancellava la strada come una diga. Maurizio deviò lungo una via secondaria e dopo poche curve si ritrovarono in una piazzetta gremita di gente.

Anche là un falò improvvisato illuminava l'inferno di pietre e rovine, assi di legno che bucavano pareti crollate, tetti sfondati, mobili penzolanti nel cielo nero e, sopra ogni cosa, l'odore acre della polvere.

Maurizio si fermò e Andrea per primo aprì la portiera.

«Simone, dai, andiamo» lo chiamò Andrea. «Siamo venuti qui per aiutare, non solo per guardare.»

«Sì, sì...» riuscì a mormorare l'altro, con gli occhi lucidi. «Non ho paura.»

E davvero non era paura quella che lo serrava, ma uno sgomento, una tristezza senza rimedio che gli toglieva il fiato.

«Da dove cominciamo?» mormorò piano Maurizio. «Qui è la fine del mondo.»

«Da dove hanno bisogno di noi» rispose Andrea, incerto e insieme deciso, già intento ad aprire il cofano e a estrarre la vecchia pala del padre.

Si avviarono senza più parole verso il lato più scuro della piazza, dove un brulichio di gente si agitava attorno alle macerie: montagne di detriti trafitte da tondini di ferro, tegole frantumate, grondaie accartocciate. Nella penombra si scorgevano, sparsi come relitti di un naufragio, oggetti quotidiani divenuti assurdi: uno scolapasta con i manici piegati, il piede in bronzo di una lampada, libri spalancati come uccelli abbattuti, e il corpo straziato di un gatto, rigido nell'innaturale posa della morte.

Andrea brandiva la pala, mentre Maurizio, con in mano un martello e un bastone raccolto a caso, sembrava prepararsi più a un assalto che a un soccorso. Simone, pallido, arrancava dietro di loro, barcollando come in preda a una vertigine. Andrea si voltava spesso, chiamandolo a gran voce, temendo di vederlo franare come tutto quello che li circondava.

Poco più in là, su un cumulo di calcinacci, Andrea vide un bambino in pigiama, con una sola pantofola ai piedi, che stava dritto come una sentinella, le braccia inerti lungo i fianchi e gli occhi fissi verso un punto più in basso. Andrea lo raggiunse e allora scorse, illuminati dal fascio esitante di una torcia, un uomo e una donna. Lui, possente, con le gambe piantate larghe, gettava via pietre con furia cieca, braccia che roteavano come pale impazzite, quasi a scagliare via il passato ridotto in cenere. Lei, in ginocchio, scavava a mani nude, le nocche sanguinanti, la faccia impastata di polvere che le lacrime scavavano in rigagnoli lucidi.

«Non muoverti, non muoverti...» mormorava piano la donna, in un ritmo ossessivo.

«C'è mia sorella» spiegò il bambino senza staccare lo sguardo.

Andrea fece un passo ancora, e allora vide la testolina di una ragazzina, i riccioli neri imbrattati, gli occhi spalancati e fissi in quelli della madre. La donna, con gesti febbrili ma pieni di una cura incongrua, liberava il busto minuto della figlia come un'archeologa che scava attorno a un reperto prezioso, e intanto le sussurrava una nenia bassa interrotta dal suo nome: «Elena... Elena...»

Andrea sollevava ancora la pala, stringendone l'impugnatura con forza, ma bastò un'occhiata al caos che aveva davanti per capire l'inutilità di quell'attrezzo. Non c'era terra da smuovere, né zolle, né radici, ma rovine accatastate, lastre di cemento, frammenti di mattoni che solo le mani potevano spostare con cautela. Maurizio, con il martello stretto in pugno, ebbe la stessa intuizione: nessun colpo avrebbe potuto liberare senza rischiare di ferire, nessuna forza bruta avrebbe aiutato.

Così Andrea gettò la pala di lato, con un gesto secco, si avvicinò al padre e a mani nude si mise a sgombrare i detriti attorno al corpo della ragazzina. Prese un blocco di cemento, lo sollevò, esitò un istante cercando dove posarlo, finché dietro di lui comparvero le braccia tese di Maurizio, che lo ricevette e lo passò a Simone, in una catena improvvisata. Così, senza una parola, cominciarono a lavorare, il respiro corto, i muscoli che dolevano, e di tanto in tanto un grugnito sfuggiva dalla gola arsa, quando la materia sembrava opporre resistenza all'urgenza disperata delle mani.

Lavoravano da dieci minuti quando qualcosa cedette e la ragazzina chiuse gli occhi, come travolta da un'improvvisa spossatezza. La madre, china su di lei, le baciò i capelli insanguinati e le pulì la fronte sporca con dita tremanti, come a ridarle almeno un gesto di normalità in mezzo a quell'inferno.

Il padre e Andrea si fermarono di netto poi all'unisono ripresero a scavare con più foga. Allora il padre strattonò una trave che sembrava incastrata per sempre, puntata come una freccia verso il cielo. L'uomo tirava e Andrea calciava, mentre la madre, stesa sulla figlia, sorrideva fra le lacrime, finalmente capace di stringerle il busto con entrambe le mani.

Intorno la folla cresceva, un'agitazione che somigliava a un formicaio sconvolto, passi frenetici, voci concitate, il bisogno di vedere e di fare qualcosa.

Il padre, con gli occhi lucidi e il mento tremante sotto la barba incolta, non smetteva di muovere le braccia, scavando ancora. Infine, cadendo in ginocchio accanto alla figlia, tentò di strappare l'ultimo ostacolo che la teneva prigioniera. La esortava, la pregava di muovere le gambe, di spingersi con forza, di aiutarsi, ma Elena non reagiva: abbandonata, inerte, sembrava una bambola di pezza tra le braccia della madre, che la teneva stretta come per impedirle di scivolare via per sempre.

Il fratellino si era intanto inginocchiato vicino al corpo della sorella. Con mani tremanti le tendeva un pezzo di stoffa a fiori, come fosse un dono capace di ridarle la vita, un talismano. All'improvviso la bambina emise un grido: un rantolo selvaggio, profondo, che non aveva più nulla di infantile, una voce adulta, stravolta dal dolore. La madre la strinse più forte, disperata, mentre il padre, all'improvviso, si bloccò, lo sguardo terrorizzato, il respiro corto. Si accorse in quell'istante che la sbarra di ferro che stava cercando di divellere con rabbia non era un ostacolo qualsiasi, ma penetrava nella coscia della figlia, la trafiggeva, e ogni suo sforzo rischiava di mutilarla. Impallidì, incapace di muoversi, e con il dorso lurido della mano si asciugò le lacrime rabbiose che ormai non poteva più contenere.

«I pompieri!» gridò il bambino, con voce stridula.

Dallo spiazzo arrivava un gruppetto di vigili del fuoco, scesi in fretta da un camion fermo in mezzo alla piazza, seguiti da un militare che cercava di mantenere l'ordine tra la folla.

Simone lasciò cadere ai suoi piedi il mattone che teneva in mano e senza più badare a nulla si lanciò di corsa verso di loro, ne afferrò uno per il braccio, poi per le spalle, quasi a scuoterlo, e con l'indice tremante puntò verso la casa, come se in quel gesto convulso potesse riversare tutta l'urgenza, tutto il terrore che non riusciva a dire a parole. Il pompiere non ebbe esitazioni: lasciò Simone esausto sulla strada e corse verso il mucchio di detriti. Altri tre lo seguirono, con l'elmetto calcato basso sulla fronte e le torce già puntate sulla duna di macerie che inghiottiva il corpo della bambina.

«Lasciate fare a noi!» ordinò il vigile avvicinandosi.

In tre si chinarono sulla fossa da cui emergeva il busto esile di Elena. La madre non voleva lasciarle le spalle, poi le braccia, poi la mano; resisteva come un animale ferito, attaccata a quell'unico contatto vitale. Solo quando il marito le si avvicinò e le sussurrò qualcosa all'orecchio, con parole che nessuno udì, si arrese e si lasciò franare sulle rovine. Una donna più anziana le posò sulle spalle una coperta e la strinse a sé senza dire una parola.

Andrea e Maurizio si scostarono per lasciare spazio ai pompieri, arretrando con i volti rigidi, le mani graffiate. Simone invece piangeva senza ritegno, le guance imbrattate di polvere e lacrime, le mani sporche di sangue che pendevano come pesi morti ai lati del corpo.

«E dai, Simone» mormorò Maurizio, «vedrai che adesso la tirano fuori.»

Andrea circondò le spalle di Simone e lo tirò piano verso la piazzetta. Per arrivarci attraversarono un piccolo orto, la terra segnata da solchi ordinati da cui spuntavano le piantine di pomodoro, sottili e tenere.

Istintivamente si misero a camminare in fila, attenti a mettere i piedi tra un solco e l'altro, e ad Andrea venne da pensare che nessuno avrebbe più curato quelle piante, nessuna mano si sarebbe più chinata a innaffiarle, che quei pomodori non li avrebbe raccolti nessuno e l'orto intero gli parve allora un simbolo crudele della vita interrotta, di ciò che poteva crescere e invece era già destinato a marcire.

Dietro di loro li inseguivano i suoni: il gemito di Elena, il pianto affannoso della madre, le frasi secche del capitano che impartiva ordini sempre più autoritari, fino a che un'esclamazione strozzata corse di bocca in bocca. Poi le grida straziate della madre che risaliva carponi il mucchio di macerie e chiamava la figlia a gran voce.

Sul sagrato della chiesa ardeva un falò, la luce vacillante si rifletteva sul portale spalancato. Dentro, tra i calcinacci crollati dal soffitto, si scorgeva ancora un mazzetto di fiammelle accese ai piedi di un santo di pietra, l'ultima ostinata forma di preghiera. Fuori dal portone, alcune donne, con il rosario stretto nelle mani, pregavano a bassa voce, raccolte una all'altra. Restavano lì, sul sagrato, eppure gli sguardi erano tesi verso l'interno, verso quell'altare lontano che non osavano raggiungere. Si ripetevano sottovoce le parole che i pompieri avevano detto: basta un soffio di vento e il resto viene giù.

Andrea allungò le mani verso il fuoco, come faceva da bambino quando, alla fine dell'estate, nel rifugio di montagna si accoccolava davanti al camino, sperando che il calore gli entrasse fino alle ossa. Ora, però, il tepore era diverso, bruciava sulle guance, pizzicava gli occhi arrossati, e nella bocca asciutta lasciava un gusto acre, di calce e terra smossa.

Accanto a lui Simone piangeva ancora, ma sommessamente, quasi senza rendersene conto, come se le lacrime sgorgassero da una sorgente che non poteva arginare. Non era il pianto rumoroso dell'infanzia, ma il gocciolio lento di un dolore troppo grande, che non trovava sfogo. Maurizio gli posò una mano sulla spalla e quel gesto aveva il sapore del conforto, ma anche della richiesta silenziosa di un sostegno che non aveva il coraggio di formulare. Lui, che era sempre stato saldo, poco avvezzo a sentirsi piccolo e fragile di fronte agli eventi, ora cedeva a un'inquietudine nuova e implacabile.

«Cosa facciamo» disse Andrea. E la frase, più che una domanda, cadde come un'ammissione di impotenza vergognosa.

Si sentiva schiacciato dalla vastità del disastro, dalla consapevolezza che nulla di ciò che avrebbero fatto sarebbe bastato a porre rimedio.

Poco più in là, un bambino in canottiera sedeva accanto a un uomo anziano, su due sedie di plastica sbilenche, e insieme fissavano le fiamme. Non si muovevano, non parlavano, immobili, fianco a fianco, parevano spettatori ai margini di una pista da ballo, intenti a guardare coppie danzare in un valzer che solo loro potevano sentire.

«To'» disse un ragazzo comparso d'improvviso, porgendo ai tre amici una fiaschetta di grappa.

Andrea lo guardò: aveva la fronte alta, un'escoriazione sulla tempia, i capelli lunghi che ricadevano disordinati e due occhi d'un azzurro limpido, quasi trasparente sotto la luce rossa del falò.

«No, no» rispose Andrea con timidezza, e anche Maurizio e Simone scossero la testa imbarazzati.

Il ragazzo sorrise appena, bevve un lungo sorso di alcol e rimase accanto a loro solo un istante, prima di allontanarsi di nuovo nei vicoli scuri del paese. Andrea lo seguì con lo sguardo. Avrebbe voluto fermarlo, domandargli chi fosse, chi stesse cercando sotto le rovine, se la sua casa fosse rimasta in piedi o se, come per tanti altri, non esistesse più. Avrebbe voluto chiedergli com'era la vita prima di quella notte, rincorrerlo e ringraziarlo di quel sorso di grappa e spiegargli perché avevano rifiutato. Non perché non fossero abituati a bere – figuriamoci! – ma perché gli era parso insensato prendere quando non avevano nulla da dare, chiedere poco a chi aveva già perso tutto, essere arrivati fin lì per prestare soccorso e ricevere conforto anziché darlo.

Poi vide Simone che, con un gesto furtivo, si passava il dorso della mano sugli occhi per nascondere le lacrime. Nessuno lì piangeva e, di fronte a quella gente così composta nella devastazione, lui non si sentiva più in diritto di farlo.

La terra tremò ancora. Una scossa lunga, continua, che parve gonfiarsi come un'onda lenta per poi ricadere, come un avvertimento che non voleva farsi dimenticare, un segnale minaccioso appostato sotto la crosta fragile del mondo.

«Rimettiamoci in macchina» disse Maurizio. E senza aspettare risposta dagli amici, si incamminò verso l'auto.

Chiusi nell'abitacolo, avvolti dall'odore di polvere e di sudore che impregnava i vestiti, il silenzio parve ancora più irreale. Si udiva soltanto il ritmo del loro respiro, lento e affaticato, che si mescolava al ticchettio nervoso del motore al minimo. Fuori, nella notte che non dava tregua, il ghiaione dietro le case si mise a scendere, sconnesso e friabile, e si riversò come lava sulla strada bassa.

Andrea allungò la mano tremante e accese la radio. Nello spazio angusto dell'auto si sprigionarono le voci, increspate dal fruscio dell'etere, che elencavano notizie con una solennità implacabile. E a poco a poco, mentre ascoltavano in silenzio, si delineò una geografia terribile di distruzione: Majano, Gemona, Moggio, Forgaria, Trasaghis, Montenars, Buja. Una centrale termica scoppiata, un ospedale inagibile, strade bloccate dalle frane, e poi abitazioni, scuole, fabbriche, chiese. Pareva che la terra, insaziabile, avesse deciso di inghiottire l'intera regione, pezzo dopo pezzo.

I radioamatori raccontavano in diretta la tragedia. I superstiti scavavano a mani nude, estraevano i feriti dalle case crollate, organizzavano soccorsi frenetici, allineavano i letti da campo, studiavano le carte per capire come ovviare alle frane, ai tunnel pronti a crollare, ai palazzi pericolanti, agli incendi e alle esplosioni delle strutture industriali. Era la cronaca di un disastro vivo, che si stava compiendo sotto i loro occhi anche se non lo vedevano, e la voce narrante era grave, attenta, come quella di un chirurgo che pesa ogni parola, consapevole che ogni sillaba deve arrivare nitida, comprensibile, perché da essa dipende la vita di qualcuno.

I tre amici ascoltavano attenti, la carta stradale spiegata sulle ginocchia. Simone teneva la torcia, il fascio di luce giallastra che scivolava incerto sulle pieghe del foglio; Maurizio, che conosceva la zona meglio di loro, segnava con la matita le località; Andrea le ripeteva a bassa voce, lentamente, come una litania funebre che riempiva l'abitacolo.

Palazzine, case, condomini, il campanile di Majano, la fonderia di Rivoli di Osoppo, la caserma di Gemona: ogni nome era una croce tracciata sulla carta, e la mappa si andava popolando di segni neri che somigliavano a un cimitero di dimensioni smisurate. Andrea si accorse di pensare che proprio di quello si trattava: un cimitero disseminato sulle colline e nelle valli, una catena di vite spezzate che già sfuggivano a qualsiasi conteggio.

Ogni tanto, tra un elenco e l'altro, la musica di Radio Alfa Nord faceva capolino, ma subito era interrotta dalla voce forzatamente calma del conduttore che ripeteva appelli. Il sindaco di Udine chiedeva volontari, chiunque fosse in grado di muoversi.

«Portate pale, picconi, recatevi alla Croce Rossa, c'è urgente bisogno di rimuovere macerie.»

Le imprese edili erano chiamate a mettere a disposizione ruspe e pale meccaniche, e il numero di telefono dei vigili urbani veniva ripetuto continuamente perché nessuno lo dimenticasse.

Poi ancora un monito, ossessivo: «Non rientrate nelle case, specialmente nei condomini. Restate all'aperto. Altre scosse possono arrivare.»

Andrea si guardò attorno e capì che non era soltanto la loro auto a essere rifugio improvvisato: decine di macchine, tutt'intorno, erano state trasformate in letti precari, coperte e cuscini erano ammucchiati sui sedili, i parabrezza appannati da respiri inquieti. Ma nessuno, quella notte, dormiva davvero.

17

Stefano e Massimo tenevano gli occhi fissi sulla strada, muti, ciascuno avvolto dal proprio silenzio. C'era voluta più di mezz'ora per abbandonare il centro di Padova e imboccare l'autostrada, e quella mezz'ora era stata un lento avanzare tra clacson nervosi, manovre brusche e lampeggianti insistenti, come se l'intera città fosse preda di una febbre contagiosa, una frenesia che esasperava i gesti e rendeva l'aria pesante. Nell'abitacolo, la radio gracchiava notizie spezzate, frammenti che si rincorrevano e si contraddicevano, ma tutti ugualmente catastrofici.

Stefano respirava a fatica, agitandosi sul sedile, incapace di trovare una posizione che gli desse sollievo. Di tanto in tanto lanciava occhiate a Massimo, come a cercare in lui una conferma, un segnale che la direzione fosse quella giusta, che la notte avrebbe avuto uno sbocco. Ma Massimo teneva lo sguardo fermo, serio, con quella piega dura che gli attraversava la fronte da parte a parte.

La campagna scivolò accanto a loro, nera e indifferente, campi invisibili se non per qualche luce lontana di cascinali isolati. Arrivati alle porte di Udine si fermarono in un bar anonimo per prendere un caffè. La sala era in penombra: le sedie capovolte sui tavoli, il frigo vuoto, uno strofinaccio bianco steso con cura sui vassoi pieni di bicchieri puliti.

C'era un'agitazione insolita nel locale per quell'ora inoltrata della notte, un brulichio di gente che non sapeva se restare o ripartire, se attendere notizie o cercarle altrove. Eppure, nessuno alzava la voce: i pochi che entravano parlavano sottotono, con frasi confuse, e la tensione si leggeva nei gesti più che nelle parole. Nessuno si sedeva, perché restare immobili significava cedere alla stanchezza, e allora tutti rimanevano in piedi con gli occhi fissi sul televisore.

Il gestore serviva caffè in fila continua, allungando le tazzine senza guardare in faccia i clienti, senza chiedere soldi né battere scontrini. Non era soltanto solidarietà, ma un istinto di resistenza, un tentativo confuso di contrastare il sentimento di impotenza che annientava tutti quanti.

Dal televisore acceso ad alto volume usciva la voce grave di un giornalista che parlava senza sosta, scandendo numeri e luoghi come sentenze.

Un gruppo di camionisti stranieri stava raccolto in un angolo, parlavano a bassa voce, il fumo delle sigarette a velare i loro sguardi stanchi. Uno rimase a lungo al telefono, i gettoni che cadevano rabbiosi nell'apparecchio uno dopo l'altro. Ascoltava più che parlare e ogni tanto lanciava occhiate brevi ai compagni.

Stefano li guardò uscire dal locale, fino a sparire nel buio del parcheggio. Poi i fanali dei camion si accesero tutti insieme e invasero la sala con una luce sporca che si spense via via con il rumore dei motori lontani.

«Continuiamo sulla Pontebbana e risaliamo verso nord» disse Massimo.

Stefano sapeva che Massimo quei luoghi li conosceva bene: aveva fatto il militare in quelle caserme umide di provincia, e in passato gli aveva raccontato di una storia finita male con una ragazza di Tarcento che lo aveva tenuto legato a quei posti più di quanto avrebbe voluto ammettere.

Gliel'aveva confidato una sera di troppo vino, con il cuore appannato dalla malinconia, e Stefano, che pure conosceva l'amore del suo amico per la moglie, gli aveva chiesto come potesse un vecchio legame contare ancora così tanto.

"Non c'entra niente con l'amore. È la giovinezza che mi manca" aveva risposto allora Massimo. E quella frase gli tornava in mente ora, mentre osservava il suo profilo rigido sotto la luce fredda del bar.

Massimo e Stefano ripartirono in silenzio, il serbatoio pieno, lo sguardo vigile.

Bastò poco perché il traffico si gonfiasse come un fiume in piena. All'uscita di Udine si trovarono imprigionati, auto contro auto, bloccati a pochi metri da un incrocio congestionato. Le colonne scendevano da nord come affluenti impetuosi, riversandosi nello stesso punto, e quella strada modesta non riusciva a contenerle.

Alcune macchine erano cariche oltre misura, sovrastate da torrette malferme di valigie, sedie, materassi, legati alla meglio con corde o lenzuola, come nidi improvvisati che rischiavano di crollare a ogni scossone. Attraverso i finestrini si intravedevano volti sfiniti: la guancia bianca di un bambino schiacciata al vetro, una donna immobile con lo sguardo vuoto, un anziano ripiegato sul sedile, la fronte rugosa e velata di tristezza.

La giostra delle sirene, la luce intermittente dei lampeggianti, l'ammassarsi lento delle auto corrompevano il buio fitto di quella notte senza elettricità. Oltre il cono giallo dei fari non si vedeva nulla, solo una pozza di tenebra, densa, insondabile, da cui emergevano masse incerte, figure curve, occhi spalancati che brillavano all'improvviso come animali notturni sorpresi nella tana. Le torce dei soccorritori, pochi e distanti, illuminavano a tratti quel mare nero, rivelandone appena l'immensità. Le finestre delle case erano buchi scuri, storti e minacciosi, cornici vuote di pareti lesionate. Gruppi di uomini si affannavano lungo la strada, spostando tronchi e lampioni divelti, che giacevano di traverso come giocattoli spezzati lasciati in disordine da un bambino distratto.

Arrivati ad Artegna, Massimo accostò e spense il motore. Si guardarono intorno attoniti e muti. Il respiro di Stefano era corto, irregolare, e tradiva la fatica di chi cerca invano di mascherare la paura. Solo lo scudo dell'incredulità, quel sentimento di autodifesa pronto a tutto pur di non ammettere il peggio, impediva che lo sgomento si trasformasse in terrore.

Scesero dall'auto in silenzio. L'aria li investì come un muro caldo di polvere e cenere. Massimo stringeva la Leica tra le dita, la sollevava, scattava a raffica, quasi che l'unico modo per non soccombere fosse continuare a fissare, attraverso l'obiettivo, ciò che a occhio nudo non avrebbe retto. Sapeva bene che con quel buio la pellicola si sarebbe riempita soltanto di immagini sfocate, destinate forse a non servire a nessuno: nessun giornale le avrebbe pubblicate, e i rullini erano preziosi, difficili da trovare in quel fronte improvvisato che sapeva di guerra. Eppure scattava, ancora e ancora, premendo con rabbia sul pulsante, perché in fondo la macchina fotografica non era più solo un mezzo, ma uno scudo fragile, l'unico che gli permettesse di guardare senza cedere, di tenere gli occhi aperti e asciutti.

Stefano si staccò da lui e fece qualche passo incerto verso un gruppo di persone raccolte davanti a una casa che, a prima vista, sembrava intatta. Si avvicinò e capì: era solo una facciata superstite, eretta davanti al nulla, come sul set di un film western, dove dietro le pareti dipinte non c'è che il vuoto. Alle sue spalle si apriva infatti un cumulo confuso di macerie, che si stendeva verso il cortile, senza forma né confini. Nessuno parlava, ma nell'aria si udiva un pianto sommesso: una donna teneva stretta una bambina con i capelli arruffati, le guance piene, i piedi nudi sulla ghiaia.

Dalla finestra esplosa, coi balconi divelti e i vasi di surfinie penzolanti nel vuoto, si intravedeva un mondo spezzato: un armadio ancora in piedi, una credenza rimasta miracolosamente intatta con sopra una piattaia sbeccata, e poi solo cocci e travi, un ammasso irriconoscibile in cui si agitava un uomo con movimenti disordinati e rantoli animaleschi.

Stefano lo osservò, vide le mani che scavavano nella calce, impastate di sangue e polvere. Cercava di smuovere assi e frammenti di un letto a castello crollato a pezzi insieme al pavimento, al solaio, al tetto. Distinse all'improvviso un piedino nudo, piccolo, inerme, che sporgeva dal groviglio. Chiuse gli occhi di scatto, come se potesse cancellare l'immagine. La donna, invece, non distolse lo sguardo, e continuò a fissare quel piede come fosse la sola cosa che contava.

«*Tu reste fûr cu la frute! Chi al cole jù dut!*» gridava l'uomo alla moglie.

Ma la donna rimaneva piantata lì, ostinata, la bambina incollata alle gambe, e piangeva in silenzio senza arretrare.

Una catena umana si improvvisò, due, tre uomini che cominciarono a passarsi mattoni, travi, frammenti di legno per liberare il passaggio. Stefano vi si unì quasi senza rendersene conto, incastrandosi nel ritmo degli altri, prendendo e passando, accanito e rabbioso. Lavorarono per un'ora intera, con le mani che sanguinavano, i muscoli che tremavano. Ogni volta che una scossa faceva vibrare la facciata superstite, tutti si fermavano a guardarla terrorizzati.

Alla fine, con uno sforzo collettivo, riuscirono a liberare il corpo senza vita del bambino. Lo tirarono fuori da quel letto sbriciolato e lo deposero tra le braccia della madre, che lo accolse incredula, stringendolo senza un grido.

«Mariella era venuta in cucina a bere un bicchiere di latte» sussurrò la donna all'orecchio del figlio, con voce calma, quasi rassicurante.

Gli occhi asciutti, la voce ferma, non c'era disperazione, ma una tenerezza colpevole, come se volesse scusarsi con lui per non aver visto arrivare il pericolo, giustificare l'impossibile, spiegargli perché lui era morto nel suo lettino e la sorella, invece, si era salvata.

Massimo la guardava, annuiva appena, la bocca invasa da un gusto acre di fumo e metallo. In quell'istante sentì impellente, imperioso, il desiderio di sua moglie, di un odore conosciuto, di una carezza, come se solo il pensiero di lei potesse riportarlo al respiro, salvarlo da quell'orrore.

Prima di imboccare l'autostrada aveva telefonato a casa, una chiamata rapida, quasi elusiva. Le aveva detto che non sarebbe tornato, lei aveva protestato debolmente, più per riflesso che per convinzione. Allora lui aveva spiegato, ripetendo il suo ruolo di osservatore, la responsabilità di raccontare, di testimoniare. Adesso, però, davanti allo spettacolo di distruzione, davanti al dolore attonito e senza difese di una madre, quella distanza fredda e necessaria si era dissolta. Massimo si sentì piccolo, inutile, sopraffatto come mai prima.

I suoi occhi vagavano intorno, registrando dettagli minimi con la precisione di un ragioniere: una ciabatta di plastica accanto a una pietra annerita, il fondo esagonale di una moka capovolta, una matita gialla spezzata, un mazzo di chiavi sepolto nei calcinacci, una sedia senza gambe, una camicia a quadri che sventolava da un balcone come una bandiera funebre, una pozza nera di olio sotto una tanica di metallo, la targa penzolante di un negozio, una padella, una bicicletta contorta, un Cristo appeso alla parete senza più la stanza intorno. Era la geografia minuta di vite annientate, reliquie di una quotidianità che fino a poche ore prima era stata normale.

Clic, clic. Continuava a scattare, come se l'atto stesso potesse contenere quell'orrore, congelarlo sulla pellicola per sottrarlo alla sua violenza immediata. Ma d'un tratto, la terra ricominciò a tremare. Una vibrazione sorda corse sotto i piedi e caddero nuovi brandelli di muro, tegole, detriti che rotolavano giù dai tetti già spezzati. Un tonfo, un altro, e la polvere si alzò ancora più fitta, bruciando gli occhi e la gola.

Stefano si portò le mani alle tempie e per la prima volta lasciò uscire un grido strozzato.

«Basta! Basta! Deve finire!» sibilava, quasi senza fiato.

Massimo lo prese per un braccio e lo strattonò via. Salirono in macchina e restarono in silenzio finché il tremore non si dissolse.

«E chi li trova qua i rullini» disse infine Massimo, appoggiando la Leica sul sedile posteriore.

Ma Stefano non rispose. Lui che di solito sapeva trasformare l'indignazione in parola, che aveva sempre un argomento pronto, una frase precisa, una battuta tagliente per smontare qualsiasi dubbio, lui che sapeva misurare il tono degli articoli scritti in fretta e furia nell'ultimo quarto d'ora prima della stampa, adesso era muto, impotente. Quello che aveva tanto desiderato – trovarsi sul campo, in prima linea – gli appariva ora come una maledizione.

Abbassò lo sguardo sulle proprie mani: erano bianche come di cera, le nocche rigate da graffi profondi che bruciavano, e un tremore sottile, dolente, percorreva le dita.

«Ma come si fa?» mormorò con un filo di voce. «'Sta roba… cosa vuoi che serva…»

Massimo lo scosse per un braccio, più brusco di quanto volesse.

«Sei un giornalista, prendi appunti!»

«Appunti? Ma non lo vedi? Non possiamo fare niente per queste persone. Non possiamo cambiare niente…»

«Forse no. Forse non possiamo aiutarli come vorremmo.

Ma possiamo raccontare quello che vediamo, io con le foto, tu con le parole. Il nostro lavoro è testimoniare. È per questo che siamo qui.»

Stefano sollevò lo sguardo, esitante, e oltre il parabrezza vide la confusione che ribolliva fuori: vecchi seduti sotto una grande quercia, muti e immobili come statue; un prete che sgranava il rosario, la testa inclinata e le labbra che si muovevano senza sosta; una donna in camicia da notte, rannicchiata sul cofano di un'automobile, con un gatto stretto sulle ginocchia e lo sguardo spalancato sul vuoto. Poi si voltò verso Massimo, incredulo.

«Sei un giornalista» gli ripeté l'amico, più piano ma senza concedere scampo. Poi gli sfilò la penna dal taschino e gliela mise davanti agli occhi. «Scrivi. Racconta la disperazione di questa gente. Non hanno più niente.»

Stefano aprì la portiera e scese con il taccuino stretto tra le dita. Il fresco della notte gli si incollò sul volto accaldato come una carezza improvvisa. Si asciugò in fretta una lacrima che gli scendeva lungo la guancia, quasi vergognandosi, perché in gola gli saliva lo stesso nodo duro di quando era bambino e tratteneva il pianto per non provocare lo sguardo impietoso del padre. Si guardò intorno: nessuno piangeva. Non c'erano lacrime, non c'erano singhiozzi. I volti erano scavati, feriti, tesi, ma composti, chiusi come il mare di notte, nero e infinito. Allora abbassò gli occhi sul foglio, e cominciò a scrivere.

Un uomo appare correndo. La bocca spalancata, ma senza voce. Respira a fatica, piegato, le mani sulle ginocchia, il sudore che cola dalla fronte. Vorrebbe parlare, ma non ci riesce. Rimane fermo davanti al falò, immobile, solo gli occhi si muovono rapidi, prima da un viso all'altro, poi nel buio alle mie spalle. Nessuno sembra notarlo.

Passano minuti. Una donna anziana gli si avvicina, gli posa una mano sulla spalla, lo chiama per nome. Lui sobbalza. Non parlano. Lei indica un gruppo poco più in là, all'angolo della piazza.
Sui resti di un muretto siede una donna scarmigliata con un bambino tra le braccia. Dorme, e vedo solo una cascata di riccioli biondi e una mano abbandonata sul petto materno. Accanto a lei una ragazzina curva, piegata come avesse cento anni, avvolta in una coperta militare da cui spuntano gambe bianche e sottili. Un altro bambino gioca con un pezzo di legno, senza dire una parola.
L'uomo li guarda. Fa un passo, poi un altro, esitante, come se avesse paura che quelle figure possano svanire. Poi accelera, inizia a correre, e si getta in ginocchio davanti a loro. La donna lo tira a sé. I figli gli si stringono intorno, le mani piccole che cercano il suo collo, la sua giacca impolverata. Lui si lascia cadere nelle loro braccia come un pupazzo di stoffa e piange. Piange senza ritegno, scosso da singhiozzi che rompono il silenzio della piazza.
Qualcuno mi spiega: l'uomo è un rappresentante di commercio, era a Bergamo quando la terra ha tremato, ha guidato per ore convinto di averli persi. Li ritrova ora, vivi accanto al fuoco.
Queste sono le prime lacrime che vedo da quando sono qui, ma non sono lacrime di dolore: sono lacrime di felicità, e sono forse le più strazianti di tutte, perché mostrano con chiarezza ciò che altri non potranno più provare.

18

Giada e Franco arrivarono di corsa all'imboccatura della strada di casa, ma là si fermarono di colpo, con il respiro spezzato e gli occhi arrossati che bruciavano per la polvere. Si voltarono più volte su sé stessi come animali intrappolati, incapaci di orientarsi in un paesaggio che non riconoscevano più. Ogni punto di riferimento era dissolto, cancellato in un disordine di ombre e detriti, e se non fosse stato per la piccola edicola della Madonna, rimasta inspiegabilmente intatta all'angolo della via, avrebbero creduto davvero di aver sbagliato strada.

L'aria era intrisa di un pulviscolo sottile che si posava ovunque: sugli alberi, sugli animali, sulle persone che correvano senza sapere dove. Giada inciampò in un mucchio molle, credette per un attimo fosse un bambino e un grido le si spezzò in gola. Solo dopo capì che erano stracci, ma il panico la colse lo stesso, perché sapeva che i corpi c'erano davvero, distesi tra le rovine, piedi scalzi che spuntavano dai calcinacci, mani rigide tese nel vuoto come oggetti dimenticati.

Franco la tirò a sé e procedettero così, legati l'uno all'altra, a passi veloci e incerti, con la gola riarsa e la bocca impastata di fango. Avanzavano con fretta e allo stesso tempo con precauzione, perché tutto intorno erano macerie e pareva di camminare sulla luna o nel mezzo di una città in guerra.

Attorno a loro, i fasci di luce delle torce si spostavano nervosi, si alzavano sopra le teste dei soccorritori e subito sparivano, fendendo a tratti l'oscurità.

«Non si vede niente» ripeteva Franco a bassa voce, con ostinazione, stringendo forte la mano della figlia.

Sembrava calmo, ma Giada, che conosceva le inflessioni di quella voce, percepì subito la frattura: era svuotata, spenta, irriconoscibile, come se anche lui si fosse smarrito in quello stordimento senza uscita. Non erano coraggiosi, non erano sopravvissuti perché più forti degli altri, avanzavano soltanto per istinto, con la furia di chi non vuole soccombere.

Giada si lasciò trascinare ancora un poco, finché il padre si fermò. Davanti a loro c'era il cumulo informe di ciò che restava della loro casa. Giada fissò quell'ammasso, poi cercò invano lo sguardo del padre, come se potesse ricevere da lui una smentita. Ma Franco aveva già lasciato la sua mano, si era buttato in avanti, spingendo con tutto il corpo il cancelletto d'ingresso che cedette e cadde a terra insieme a lui.

«Nora! Loris! Delia!» gridò con voce roca.

«Mamma! Loris! Nonna!» urlò Giada alle sue spalle.

La notte calava lenta sulle rovine, inghiottiva i contorni, cancellava i volumi, lasciando intravedere soltanto profili spezzati, ombre irregolari che si confondevano l'una nell'altra. La casa, sventrata da un lato, sembrava un corpo ferito che mostrava senza pudore le proprie viscere: una larga porzione della facciata era crollata, lasciando nudo un muro interno che si apriva su un garbuglio di travetti e laterizi. Anche il cornicione, spezzato a metà, pendeva minaccioso e la grondaia, contorta e divelta, oscillava nel vento con un cigolio sinistro.

Franco si precipitò alla rimessa in fondo al giardino, miracolosamente intatta. Ne uscì con una torcia pesante, che accese subito, puntandola contro i detriti. La luce scavò nell'oscurità, rivelando squarci, fenditure, resti silenziosi, e ricominciò a chiamare a gran voce.

«Nora! Loris! Delia!»

Nessuna risposta. Si arrampicò quindi sui calcinacci instabili. Ogni passo era un gemito della casa, un crepitio che poteva preludere a un nuovo crollo. Franco bestemmiava a mezza voce, parole spezzate che gli morivano in gola, mentre il respiro si faceva un rantolo breve e doloroso. Davanti a lui la porta d'ingresso era ormai inaccessibile, ostruita da un groviglio di travi e mattoni, eppure, incredibilmente, restava ancora la tenda verde che Nora appendeva all'entrata ogni primavera per ripararla dal sole: un frammento di normalità che accentuava l'orrore.

«Di qua non si passa» mormorò Franco esasperato.

Allora scivolò giù da quel monticciolo instabile e passò sul lato sinistro, ripercorrendo nella mente la mappa della casa. I muri portanti che reggevano il peso, gli architravi che scricchiolavano d'inverno, la parte nuova con il vespaio sollevato da terra, la botola che portava al solaio proprio sopra l'ultima rampa di scale: Franco conosceva la casa a memoria, ne sapeva ogni dettaglio, era l'unico a trovare al buio le candele nella dispensa quando andava via la luce e aveva persino corretto l'impiegato del catasto che si era confuso sulla planimetria. Sapeva che il muro che separava la cucina dall'entrata era portante ma che le scale poggiavano su un punto debole del pavimento.

«Di qua» disse a Giada con voce brusca, allungando il fascio di luce ai loro piedi.

La torcia illuminò improvvisamente le tende di pizzo della porta a vetri che separava la cucina dal salotto, ora ridotte a un macabro velo da sposa steso sopra le macerie. L'urgenza li spinse avanti con passo più rapido.

«Nora!» urlò ancora Franco, la voce strozzata.

«Loris! Nonna!» gridò Giada di rimando.

Percorsero il marciapiede di calcestruzzo che correva attorno alla casa e, senza pensare che anche il solaio rimasto in piedi potesse collassare da un momento all'altro, si spinsero dentro il perimetro della cucina.

Lì, il rumore della strada parve attutirsi. Le sirene erano lontane, il vociare della gente ridotto a un brusio. Franco fece luce tutto intorno: sul lavello, lo scolapiatti era rovesciato di traverso, una bottiglia di vino frantumata si era riversata in una pozza scura, come sangue rappreso. Franco sentì gli occhi gonfiarsi di lacrime, un pianto trattenuto di impotenza e disperazione.

«Nora! Loris!» buttò fuori come un latrato.

«Mamma! Nonna!» gridò Giada.

Poi, all'improvviso, parve loro di percepire un gemito, un piccolo tramestio sotto le rovine, e tacquero entrambi, trattenendo il fiato.

Giada si aggrappò più forte al braccio del padre.

«Nora! Loris! Delia!» urlò di nuovo Franco.

E infine la risposta fu più chiara: gemiti striduli, sincopati, che risalivano da sotto il cumulo. Franco allora si gettò a terra, senza esitazione, e cominciò a scavare. Con le mani e con le braccia si apriva un varco tra calcinacci, mattoni, travi divelte, dapprima furiosamente, con colpi rabbiosi che facevano rotolare i detriti alle sue spalle, poi, quando un intero versante di quella montagnola cedette con un piccolo smottamento verso l'esterno, i suoi gesti si fecero più misurati, attenti, perché ogni scossa poteva far crollare quel fragile equilibrio.

Grattava, tirava, faceva leva con i resti delle travi e ogni tanto, ansante, si fermava, appoggiava l'orecchio al vuoto, e chiamava ancora: «Nora!»

Restava in ascolto, e non appena la voce della moglie

tornava a rispondere, fievole ma ostinata, riprendeva con nuovo accanimento.

Anche Giada, in ginocchio accanto a lui, scavava con le dita sanguinanti, spostando mattoni e pietre e singhiozzando piano.

Passarono venti minuti, lunghi come un'eternità, prima che dalle fenditure comparisse la curva di una schiena: era Nora, il corpo piegato in avanti a proteggere Delia. Le due donne erano rimaste strette in uno spazio minuscolo, creatosi per caso sotto una trave appoggiata al muro maestro che separava la cucina dall'ingresso, un rifugio fragile, improvvisato, ma abbastanza solido da salvarle. Stavano lì, avvinghiate una all'altra come un'unica creatura, coperte di polvere, i visi graffiati, i gesti irrigiditi dall'orrore.

«Nora...» sussurrò Franco, chinandosi e poggiandole una mano tremante sulla testa.

E allora lei si raddrizzò piano. Delia, invece, restava curva, le mani avvinghiate al braccio della figlia, incapace di staccarsi.

«Adesso vi tiriamo fuori» disse Franco con dolcezza.

«E Loris?» domandò Giada mentre aiutava la nonna a sollevarsi.

«Dov'è Loris?» incalzò Franco, piegandosi verso la moglie.

Nora tossì, un colpo secco e disperato che le scosse il petto.

«Era in camera sua...» balbettò confusa, «era ora di dormire... gli avevo detto di spegnere...»

Franco, fino a quell'istante, aveva resistito con una forza incrollabile, spinto da un coraggio che sembrava inesauribile. In fondo, pensava, in una devastazione che superava ogni immaginazione, che non era comparabile a niente ed era peggio di tutto, c'era posto per il miracolo, l'inatteso.

L'impossibile poteva ancora accadere e lui vi si era aggrappato, credendo più a quell'idea che alle macerie che aveva davanti agli occhi. Così aveva camminato tra i detriti senza perdersi d'animo, aveva scavato a mani nude, senza esitazioni, senza permettersi il pensiero che fosse troppo tardi.

Ma quando il nome di Loris restò sospeso, quando Nora lo guardò con occhi spalancati e terrorizzati, Franco sentì vacillare ogni cosa. Le gambe gli si fecero molli, paralizzate, le tempie pulsavano così forte da impedirgli di pensare. Fu un attimo soltanto, un secondo di orrore puro, cristallino. Poi, come spinto da una furia incontrollabile, si staccò dalla moglie e si buttò di nuovo sulle rovine, scavando con le mani insanguinate e urlando il nome del figlio.

Giada invece sentì che il corpo si svuotava di ogni forza. Guardava la madre, i capelli impastati di polvere, solchi neri e sudici sulle guance, la bocca contratta in una smorfia che non era pianto ma puro terrore, la spalla attraversata da un taglio, che dalla clavicola le arrivava quasi fino alla scapola. Guardava Delia, fragile e forte allo stesso tempo, le gambe esili e bianche come latte che la gonna strappata lasciava scoperte, e fu proprio in quel dettaglio minuscolo e irrisorio, in quella nudità esposta senza pudore, che Giada sentì la dismisura degli eventi che si abbattevano su di loro, il contrasto feroce tra la loro piccola vita e la catastrofe che li aveva travolti.

Dall'alto del cumulo, Franco continuava a gridare, intimava alle tre donne di non avvicinarsi, di restare indietro, che ogni trave poteva crollare da un momento all'altro, che potevano restarci sotto. E intanto spostava pietre, calcinacci, urlava il nome di Loris e la sua voce si mescolava a quella degli altri, perché tutto intorno era un coro spezzato, nomi invocati invano in ogni casa, una litania disperata che si alzava nella notte.

Giada si spostò dalle macerie e si lasciò cadere sull'erba. Pensò che quella era la fine del mondo, e che quella notte sarebbe stata per sempre.

L'immagine di Vanessa le tornava addosso, ossessiva – la sua testa riversa all'indietro, la risata leggera insieme a Filippo – e il rimorso si attorcigliava in pensieri spezzati. L'aveva lasciata là dentro, forse avrebbe potuto fare di più, forse no. Se fosse tornata indietro sarebbe morta anche lei, ma il dubbio, quell'accusa muta, le si conficcava dentro e la faceva sentire minuscola, colpevole e sola.

Per un attimo pensò di correre a cercarla, perché se la madre si era salvata, allora anche Vanessa poteva essere viva, anche Filippo. Pensò che non l'avrebbe rimproverata più, che le avrebbe dato sempre ragione, senza riserve, senza battute. Ma subito l'altra immagine si impose: i due militari che sparivano sotto il cornicione, schiacciati da un blocco pesante come una bomba, un attimo prima a ridere di sollievo, un attimo dopo ingoiati dalla terra furiosa, dispersi nella polvere. Vanessa era sparita per sempre e Giada non riusciva nemmeno a capire fino in fondo cosa significasse davvero.

Nora le si avvicinò e si sedette accanto a lei, le circondò le spalle con un braccio e la strinse a sé. Non disse niente. Non c'erano parole di consolazione né di speranza, e neppure di disperazione. Niente che potesse suonare vero. Nora stessa non sapeva se fosse felice di essere viva, o se quella sensazione di sollievo fosse solo un intermezzo crudele prima della resa. Tossiva, colpi lunghi che si spegnevano in un singhiozzo soffocato, e dentro di sé si chiedeva che legame avesse quell'ammasso di rovine con la sua vita di poche ore prima. Cosa contavano i programmi per il futuro, le ambizioni per i figli, e poi anche le regole piccole e grandi che reggevano la vita quotidiana – l'ora della cena, la madre seduta davanti alla televisione a guardare *Carosello*, la cucina rassettata, il colletto della camicia stirato a dovere, la tovaglia pulita per il pranzo della domenica. Ora era tutto là sotto, schiacciato sotto quattro metri di macerie. Insieme a suo figlio.

Accanto a lei, Delia ondeggiava avanti e indietro, gli occhi chiusi non di chi dorme o prega, ma di chi non vuole vedere, cantilenando a bassa voce.

«*L'Orcolat al è tornât… L'Orcolat al è tornât…*»

Nora si rialzò, scossa da una rabbia improvvisa. Voleva scavare con Franco, voleva chiamare Loris, non voleva credere che stesse toccando proprio a lei, che la loro vita fosse finita lì, soffocata sotto i detriti. Fece un passo, ma subito ricadde, la terra tremava ancora, una scossa grave, cattiva, come un monito. Un grido collettivo attraversò il quartiere, un lamento sordo e terrorizzato.

Nora si alzò di nuovo, con un moto d'ira, e guardò il cielo scuro. Ma il rumore che seguì la investì come un colpo, un fragore cupo, interminabile, un tuono che non cessava, che li obbligò tutti a sollevare gli occhi malgrado il pulviscolo acre che bruciava la gola. Il castello di Gemona era crollato. L'orizzonte era cambiato per sempre e con esso la certezza di un punto di riferimento che pareva eterno.

Nora si portò la mano alla bocca e poi subito urlò.

Franco era sparito, inghiottito dalla polvere di quella nuova scossa.

19

Nora riconobbe la voce del marito prima ancora di vederlo. Un respiro strozzato, la tosse rabbiosa che scuoteva il petto, e il suono secco delle pietre smosse:

Franco non aveva smesso di scavare neanche quando la polvere gli aveva riempito gli occhi e la bocca. Si era coperto il volto alla meglio, tirandosi la camicia sul naso, ma subito, senza un istante di tregua, aveva ripreso a graffiare la montagna di calcinacci. Solo lo smottamento improvviso del mucchio su cui poggiava i piedi lo costrinse a indietreggiare. Un attimo dopo due travi, divelte dal tetto, piombarono giù con un tonfo.

«Franco!» lo chiamò Nora spaventata.

«Sta' in là!» rispose lui perentorio.

Lei sospirò sollevata nel sentirlo, si spostò al margine di quella che era stata casa loro, ma subito cominciò a tremare, inchiodata da due paure opposte: quella di guardare il marito mentre rischiava la vita e l'altra, che rendeva accettabile la prima, di ritrovare Loris morto.

«Stai con Giada!» le intimò Franco e quelle parole risuonarono strane perché uguali e diversissime a quelle che si erano detti tante volte da quando erano diventati genitori.

Un patto tacito, la divisione naturale dei ruoli: a lei spettava l'educazione dei figli, la scuola, la spesa e la cucina, la disciplina quotidiana; a lui incombevano la manutenzione della casa e dell'auto, la burocrazia, le tasse da pagare, le piccole beghe con i vicini. Lei custode dei figli, lui delle cose pratiche. Un equilibrio antico, rispettato senza discussioni, con il quale amministravano con puntiglio lavoro e famiglia, doveri e responsabilità, stanchezza e svago. Eppure adesso quella stessa frase – "Stai con Giada" – aveva un suono deformato, quasi crudele. Quelle parole dicevano che lei poteva proteggere solo una figlia, l'altro forse no.

Nora tacque, restando accanto a Giada e a Delia, ma sentì nello stomaco una nausea feroce per essere costretta a scegliere tra i propri figli, senza sapere dove fosse il posto giusto per il suo corpo, la sua voce, il suo amore.

Intanto Franco scavava. Non aveva fatto grandi progressi, temeva che ogni pietra mossa potesse essere quella sbagliata, il gesto che avrebbe fatto crollare tutto sul figlio nascosto là sotto. Le mani erano già rosse, la pelle strappata, eppure continuava, come un forsennato.

Fu allora che la scena si illuminò di colpo. Una luce cruda, potente, ruppe il buio e mise in evidenza ogni frammento: il tetto sfondato, il pavimento del primo piano che pendeva inclinato come trafitto da un meteorite, le scale spezzate che non portavano più da nessuna parte. Quattro pompieri avanzarono decisi e si avvicinarono a Franco. Gli chiesero come si chiamava, chi stava cercando, com'era fatta la casa. Franco rispose in fretta, con frasi a metà, e intanto loro alzavano lo sguardo, valutavano l'inclinazione del tetto, il muro maestro rimasto in piedi, la voragine che si apriva dove prima c'era la cucina. Disegnavano nell'aria con gesti sicuri la mappa invisibile delle stanze, tracciavano linee immaginarie per collocare porte e scale. Poi piantarono un palo nel terreno e fissarono una lampada da cantiere: la luce gialla, innaturale, li rese figure d'acciaio in un teatro di macerie.

«Si metta là» gli dissero.

Ma Franco non capì subito, continuava a domandare da dove si cominciava, a spiegare la posizione dell'abbaino, il peso delle travi, come se quella fosse ancora la sua casa, ancora la sua responsabilità.

«Si metta là, per favore» ripeterono quelli.

I due più giovani si misero subito a lavorare, mani che si muovevano rapide, gesti esperti che non perdevano tempo. Il più anziano, invece, quello con gli occhi scuri e una ruga profonda in mezzo alla fronte, lo prese per le spalle e lo costrinse a guardarlo in faccia.

«Signor Vidoni, guardi qua» disse piano, abbassando gli occhi sulle mani insanguinate di Franco. «Così non aiuta nessuno. Ci vogliono gli attrezzi giusti. Se non ci lascia lavorare, dobbiamo stare dietro a lei, invece che concentrarci su suo figlio.»

Franco lasciò cadere le braccia lungo il corpo, sopraffatto da un sentimento insostenibile di impotenza. Come potevano chiedergli di stare là a guardare, fermo, inutile? Eppure obbedì, stremato. Fece un passo indietro, poi un altro. Avrebbe voluto andare da Nora con Loris stretto tra le braccia e dirle che non c'era da preoccuparsi, che loro erano vivi e che il resto si sarebbe ricostruito. Ma arrivò da lei con le mani sporche di sangue, il respiro spezzato, e nessuna parola che fosse all'altezza.

Giada gli corse incontro, lo strinse forte, e l'odore dei suoi capelli gli fece salire le lacrime agli occhi. Nora gli strinse il braccio, come faceva quando voleva rassicurarlo, ma sapeva che non era il momento di parlare. Lo conosceva meglio di chiunque, il suo Franco. Sapeva che in certi momenti il silenzio era l'unica lingua possibile, che ogni parola sarebbe stata respinta, che nessuna promessa poteva attecchire. E poi, quella stretta amorevole era l'unica cosa che riuscisse a fare, perché anche lei era paralizzata dalla paura.

E poiché neppure stringersi insieme bastava, poiché perfino la consolazione aveva perso significato, Franco si staccò da loro, si voltò e prese a camminare senza meta in mezzo alle rovine del quartiere.

Intorno a lui, la devastazione era senza misura. Eppure nessuno si fermava. Si prendevano le cose a una a una, piccole e grandi, con lena infaticabile e uno stordimento che anestetizzava la paura, faceva credere ai miracoli, centuplicava le forze e inventava verità sopportabili. Allora, anche se le strade erano ridotte a budelli impraticabili tra cumuli di detriti, anche se il buio era impenetrabile e le torce e i falò non facevano che renderlo più spaventoso, anche se era impossibile avere notizie o darne perché le linee telefoniche erano interrotte, insomma, anche se qualsiasi gesto o iniziativa pareva destinata a soffocare nella polvere, nessuno voleva arrendersi né alzava gli occhi per prendere la misura del disastro.

«Ma che ambulanza e ambulanza! Qua non ne arrivano» diceva un uomo tenendo in braccio una ragazzina con una brutta ferita sulla coscia e la testa riversa all'indietro.

Una donna scarmigliata li seguiva a passi piccoli e svelti. Era pallida, con il viso smunto, gli occhi sgomenti. Franco riconobbe il vicino, con la moglie e la figlia, la ragazzina che vedeva sempre giocare in cortile, a lanciare la palla contro il muro della casa.

Senza riflettere, Franco spalancò la portiera della macchina del vicino, una Fiat 127 nuova di zecca che aveva il parabrezza sfondato, i sedili coperti di sassi e uno strato spesso di polvere sulla carrozzeria.

«La porto io in ospedale» disse l'uomo con rabbia, come se temesse che qualcuno lo volesse dissuadere. Poi abbassò lo sguardo sulla figlia e il tono gli si fece carezzevole: «Dai, che ora papà sistema tutto.»

Con un gesto lento la adagiò sul sedile posteriore, mentre la moglie si infilava dall'altro lato, raccoglieva la testa della figlia sulle ginocchia e, con un movimento istintivo, cominciava a lisciarle i capelli arruffati.

L'uomo si mise al posto di guida, girò la chiave e fece ruggire il motore, inesperto e furioso come un principiante. Ma quando accese i fari, illuminando l'ammasso sconfinato di macerie che sbarrava la strada, il suo impeto si spense di colpo. Restò immobile, le mani serrate al volante, lo sguardo perso in quell'intrico di pietre e travi che rendeva la fuga impossibile. Poi avanzò a passo d'uomo, arrancando dentro quel labirinto di rovine, e pian piano l'auto si perse nella polvere.

Franco restò fermo, con le braccia penzoloni lungo il corpo, pesanti come macigni. Gli pareva di avere cento anni e allo stesso tempo di non aver vissuto niente, incapace di trovare dentro di sé un ricordo, una lezione, una forza che potesse servire a Loris, a Nora, a Giada.

Non riusciva a voltarsi, eppure percepiva con intensità dolorosa ogni minimo suono alle sue spalle: i colpi cadenzati dei picconi, i rantoli sommessi di chi sollevava pietre a mani nude, e in mezzo a quel tumulto di voci credeva di distinguere il respiro affannoso di Nora, il pianto soffocato di Giada. Ma le gambe non si muovevano, gli occhi restavano ostinati a fissare il nulla, come se la minima torsione della testa potesse far crollare anche ciò che ancora stava in piedi dentro di lui.

«È venuto giù tutto» lo scosse d'un tratto una voce, rapida e ansimante. Un uomo gli passò accanto a grandi falcate, come se scappasse. «La caserma e anche la manifattura.»

Poi si arrestò di colpo, si calò un berretto di lana sugli occhi, inadatto a quella stagione, e prese a parlare a bassa voce, come se temesse di scatenare il panico, o forse perché nemmeno lui osava credere alle parole che gli uscivano di bocca. Franco lo riconobbe con stupore: era Ivo, il postino, che viveva da solo in una casupola all'inizio della strada. Ma non fece in tempo a chiedergli di più che altri sopraggiunsero, confermando a gran voce la notizia, aggiungendo dettagli sempre più foschi, giurando sulla verità dei fatti. Qualcuno già discuteva concitato sulla capacità dell'esercito di portare soccorso, altri si facevano il segno della croce, pensando a militari e operai sepolti sotto il crollo.

Franco si allontanò di qualche passo, come se il bisogno impulsivo di aria potesse attenuare l'oppressione che lo stringeva al petto. Gettò lo sguardo intorno e quello che i fasci di luce andavano rivelando gli parve un inventario doloroso di miserie: lembi di stoffa colorata impigliati tra le pietre, stoviglie scheggiate, cuscini disfatti, una macchinina di plastica dai colori sgargianti rovesciata sul fianco, un vaso frantumato tutt'intorno alla zolla intatta di gerani, e ancora una colata di granoturco sparsa come neve sotto le travi sconnesse, mentre poco più in là un salotto miracolosamente intatto si offriva alla strada con incongrua eleganza.

Fra quei cocci e quelle vite infrante, gli occhi di Franco si fermarono su una bambola di pezza: il corpo di stoffa rosa, i capelli biondi e ispidi aperti in un ventaglio disordinato, un vestitino rosso simile a quelli che Nora cuciva per le bambole di Giada. La raccolse con cautela, le spolverò il volto e il vestito, le tirò indietro i capelli, poi un sorriso, amaro e involontario, gli piegò le labbra. Dov'era la bambina a cui apparteneva? Quella che forse l'aveva chiesta a Natale, che l'aveva vestita così, lasciandole i capelli sciolti, che quella sera stessa forse l'aveva stretta al petto prima di abbandonarsi al sonno. Franco pensò che qualcuno sarebbe tornato a cercarla, per ridare un barlume di gioia a quella bambina o, chissà, per conservarne un ultimo e struggente ricordo.

Da lontano scorse i pompieri che scavavano nelle macerie della sua casa. All'improvviso, come scosso da una corrente elettrica, pensò che era finita, che era trascorso troppo tempo e Loris era morto. In quello stesso istante la terra tremò di nuovo, un sussulto che lo fece trasalire e lo costrinse ad aggrapparsi al muretto pericolante della casa vicina. Si aggirò nervoso tra i detriti e l'occhio gli cadde sulla gallina rossa della Ninetta, con il collo che pulsava rapido, il bargiglio che tremava appena e gli occhi lucidi, vivi come poche cose intorno. Poi un rumore inatteso lo fece sobbalzare, uno starnazzare concitato che proveniva dal pollaio rimasto intatto dietro la casa.

«Che almeno 'ste bestie si calmino un po'» si disse, e con un gesto rabbioso strappò via ciò che restava della porta di legno.

Lo investì un odore acre e caldo, un sentore animale, sotto i piedi un tappeto di piume, terriccio, granoturco ed escrementi. Quando tutto il pollame fu all'aria aperta, Franco aprì le gabbie e due conigli grassi e intontiti balzarono fuori di scatto. Franco si voltò per uscire e si trovò dietro un gattino che miagolava con una disperazione senza nome; lo raccolse tra le braccia, come per calmarlo, e il pensiero tornò a Loris, più acuto che mai.

«L'abbiamo trovato! È vivo!» gridò una voce vicina.

«È vivo!» urlò Nora.

Franco trattenne il respiro.

«È vivo...» sussurrò.

Il gattino smise di miagolare e restò immobile, quieto, respirando piano contro il suo petto.

20

Intorno alla caserma era buio, un buio compatto che pareva colare dalle montagne e inghiottire ogni cosa. Solo la luna, alta e maestosa nel cielo terso, stendeva con indifferenza il suo chiarore livido sulle rovine, come se quella luce fosse destinata più alle pietre che agli uomini, più alla desolazione che alla speranza. Non era silenzio, però, quello che avvolgeva le macerie, né tantomeno pace: era un vuoto incerto, carico di respiri ansimanti, voci sospese, interrotto a tratti dal gemito delle frane che si assestavano, dallo scricchiolio dei muri che cedevano, dal rumore delle travi che continuavano a spezzarsi nell'oscurità.

Quel momento di sospensione durò poco. Rocco udì dapprima un borbottio indistinto, poi un affluire tumultuoso di passi, di ordini urlati, di imprecazioni rotte dal fiato corto. Li sentì salire da ogni lato, incespicare nella polvere, arrampicarsi come formiche disperate sulla montagna di detriti. Qualcuno gli posò una mano pesante sulla spalla, senza una parola, e quell'unico contatto bastò a fargli capire che non era più solo.

Senza indugio si organizzarono catene umane, braccia tese a passarsi pietre e massi che venivano riversati nello spiazzo rimasto sgombro, e nel giro di poco attorno a lui si muovevano decine di uomini: militari, pompieri, civili giunti di corsa, camion che sbuffavano, ruspe che arrancavano e subito si fermavano.

Rocco teneva la testa bassa, le mani brucianti, la bocca spalancata a cercare aria, senza smettere di affondare le dita tra i calcinacci, come se il ritmo del lavoro fosse l'unico modo per non impazzire.

In quell'agitazione improvvisa si alzò una figura. Il colonnello Cassotta era salito sul tetto di un camion, il cappello piumato saldo sulla testa, gli scarponi impastati di polvere, il busto dritto come se fosse davanti a una parata. In una mano stringeva un megafono, nell'altra la ricetrasmittente accesa, e l'insieme gli dava un aspetto insieme rigido e precario. Non era un uomo alto, le guance piene e i baffi scuri gli davano un'espressione più bonaria che severa, ma da lassù, con tutto il resto crollato attorno e i soldati che si agitavano confusi ai suoi piedi, pareva gigantesco, imponente come la statua di un eroe e allo stesso tempo troppo umano e vulnerabile di fronte a tanta devastazione.

I camion puntarono i fari sulle rovine e qualche generatore gracchiante alimentava potenti lampade da cantiere. Dagli angoli più impensati comparvero strumenti di fortuna: spranghe di ferro, barre arrugginite, leve artigianali per sollevare i blocchi di cemento che impedivano di avanzare.

Ma la terra continuava a tremare, capricciosa. Ogni brivido accelerava l'assestamento, annullava spazi vitali, faceva franare cavità preziose. A ogni scossa il suolo si apriva in fenditure improvvise, inghiottendo quello che poco prima pareva solido.

«Distribuitevi! Veloci!» intimava Cassotta, sceso dal camion per muoversi in mezzo ai suoi uomini.

Andava di gruppo in gruppo, ripartiva soldati, dava ordini secchi, assegnava compiti. Bisognava sgombrare massi e pietre, ma senza premere troppo, senza provocare crolli. Occorreva lavorare in fretta, e insieme fermarsi ad ascoltare, tendere l'orecchio a un lamento, a un gemito, a un colpo di richiamo che potesse salire da sotto. E poi bisognava contare, riconoscere i volti, distinguere chi era salvo e chi mancava, capire chi poteva essere fuori dalla caserma e chi invece giaceva intrappolato sotto le macerie.

Quando le ruspe si schierarono, pronte a lavorare, Cassotta alzò il braccio e ordinò di spegnere i motori.

«Prima i corpi» disse. E si schiarì la voce, inghiottendo l'emozione come si soffoca un colpo di tosse.

Perché in quella notte senza fine, il suo dovere era comandare, ma ogni parola che gli saliva in gola aveva il peso di un pianto che non poteva permettersi.

Prima i corpi, dunque, o quello che ne restava, da tirare fuori con le mani, con la cautela necessaria a restituire dignità ai vivi e ai morti. Solo dopo si sarebbe potuto passare al ferro, alla violenza delle macchine.

«Arcuri... Artuso... Battaglia... Da Re... Fusco... Luison... Nesti... Passalenti... Sciulli... Zucchiati...»

La voce del caporale Lamberti, roca e ostinata, continuava a scandire l'elenco come una litania senza fine, riprendendo sempre dall'inizio, senza lasciar cadere neppure un nome. Ogni pausa era un respiro trattenuto, un piccolo spasimo di speranza che si spegneva subito, soffocato dal silenzio, e allora il fiato si trasformava in un sospiro deluso, e via al nome successivo, sempre con lo stesso ritmo monotono e crudele.

«Arcuri... Artuso... Battaglia... Da Re... Fusco... Luison... Nesti... Passalenti...»

«Passalenti è in libera uscita, dai suoi, qui a Gemona» disse Rocco.

Il caporale, piegato sul foglio, tracciò con cura un punto di domanda accanto al nome di Gianni, quasi quel segno potesse proteggere una vita, e Cassotta fece cenno di continuare.

Un giovane tenente, con una mano fasciata e un'andatura zoppicante, si fece avanti reggendo fra le mani la piantina della caserma. Il colonnello lo ascoltò serio, senza interromperlo, seguendo con gli occhi il dito del tenente che passava dal disegno alla realtà, ricostruendo luoghi ormai perduti. Cassotta annuiva, lanciando rapide occhiate a destra e a sinistra, come a voler imprimere quelle linee invisibili nello spazio crollato.

«Bisogna cercare qui, dove c'erano le camerate, la sala di riposo, le docce, le scale» spiegò poi a voce alta, traducendo per chi scavava con le mani.

«Qui! Qui giocavano a carte» gridò Rocco, «qui c'erano almeno quattro o cinque commilitoni.»

Due militari si affiancarono a lui e sollevarono insieme una trave spezzata, da cui spuntavano contorti i tondini dell'armatura, come radici metalliche. I cavi elettrici trattenevano pezzi di cemento, o penzolavano fuori come mazzi di fiori decapitati, abbandonati sopra la polvere.

Ogni tanto Rocco si fermava, il respiro corto, le mani piantate sui detriti. Scuoteva la testa, quasi volesse spingere via l'immagine di Giada che continuava a imporsi con violenza nella sua mente. Cercava di ricostruire la sequenza delle scosse, ma il cielo pareva immobile e il suo orologio, spezzato nella caduta, non gli dava più il conforto delle ore. Non sapeva quanto tempo fosse trascorso, né quanto ancora potesse contare per chi giaceva sotto. Scosse la testa e riprese a scavare, furioso.

«Arcuri… Artuso… Battaglia… Da Re… Fusco… Luison… Nesti… Sciulli… Zucchiati…»

La voce del caporale continuava, infaticabile, e la lista pareva infinita, gli assenti sempre troppi.

«Ah, Arcuri! Eccoti qua!» esclamò all'improvviso, e nella sua voce brillò per un istante una gioia limpida, quasi infantile. Un applauso sommesso percorse il gruppo, un sollievo breve, per farsi coraggio.

«Qua! Qua!» insisteva Rocco. «Qua ci stanno almeno quattro compagni.»

Sollevò un masso e lo fece rotolare giù, e le mani andarono a posarsi su qualcosa di molle, caldo, viscoso. Le ritrasse d'istinto, ma lo sguardo ebbe il tempo di cogliere: un braccio reciso, l'articolazione della spalla intatta, l'omero esposto, bianco e innaturale, nel muscolo ancora sanguinante.

Rocco chiuse gli occhi con forza, trattenendo a fatica un conato che gli serrò la gola, poi sollevò il braccio macabro e lo passò ai barellieri in attesa ai piedi del cumulo. Cassotta lo fissò con speranza, ma lui scosse la testa. Il soccorritore lo prese, sgomento.

Rocco fu travolto da un'ondata di disperazione. Il fiato mancava, il panico lo stringeva da ogni lato, attorno a lui le rovine brulicavano di militari con la testa bendata e mani insanguinate, ma nessuno riusciva a trovare un superstite. E nei momenti in cui, a un comando, tutti si fermavano d'un tratto, immobili come statue per ascoltare, il silenzio che seguiva era così compatto e assoluto che pareva venire da un altro mondo, e negli occhi di ciascuno saliva una lacrima, antica e infantile, di puro spavento.

La luna splendeva alta, luminosa e indifferente. Un guizzo di incredulità attraversò Rocco e nelle sue orecchie, come un'eco beffarda, risuonò la canzone che poche ore prima aveva canticchiato senza pensieri, guardando quella stessa luna.

Pareva un'altra vita, una vita che ormai non gli apparteneva più.

21

7 maggio 1976

Era stata dapprima una luce azzurra, incerta e fragile, che cominciava a schiarire i profili delle case; poi il canto alto di un gallo, isolato ma ostinato, a cui si univa il cinguettare sommesso di un pettirosso nascosto fra i rami, e quei suoni minuscoli e quotidiani si facevano strada attraverso il ronzio sordo dei motori che non smettevano di vibrare. Poi era stato lo sbiadire lento della luna, che arretrava dietro le montagne, mentre le cime scure si stagliavano a poco a poco contro il cielo, liberando la promessa del giorno.

Erano stati quei cambiamenti lenti, inesorabili, ad annunciare la fine della notte.

I militari non avevano smesso di scavare, neppure per un istante, e i loro progressi si traducevano in un macabro conteggio. All'alba il bilancio era di otto morti e ventidue dispersi, e nessuno osava più sperare che la seconda lista potesse ridursi senza che la prima si allungasse. Eppure nessuno rallentava. Le mani continuavano a muoversi febbrili, a sollevare pietre, a scavare tunnel improvvisati, anche quando, in alcune zone della caserma, erano entrate in funzione le ruspe con il loro respiro metallico e impaziente.

Due degli otto corpi li aveva trovati Rocco. Uno era Nesti, quello che la sera prima lo aveva schernito senza smettere di giocare a carte. Non sembrava più lui, pensò Rocco guardandolo ora, con il volto coperto di calce e un'espressione sofferente che lo invecchiava di colpo.

Nesti era un ragazzo taciturno, ma quando parlava andava dritto al punto; era grande e grosso, con una forza che Rocco gli aveva a volte invidiato, soprattutto nelle marce lunghe, in alta quota. Nesti non cedeva mai, non si vantava, non dispensava consigli, ma avanzava silenzioso, infaticabile, come se le sue gambe fossero state forgiate dalle pietre del Monte Cimone, la terra dove era cresciuto. Una volta, distribuendo la posta, gli aveva raccontato di avere solo la madre e due sorelle ancora bambine, di cui parlava sempre sorridendo, con una tenerezza che sorprendeva in quel corpo massiccio.

Estrarlo dalle macerie fu un'operazione lunga e dolorosa. Il busto era intatto, ma le gambe giacevano schiacciate sotto un ammasso di ferraglia. Portarono una sega circolare, una smerigliatrice, e mentre i soccorritori tagliavano e spostavano, il corpo di Nesti veniva liberato, ridotto a una marionetta spaccata in pezzi, un corpo disarticolato e pesante.

Rocco guardava e pensava che non era una morte giusta, quella: farsi prendere alla sprovvista, in un gesto senza importanza, senza correre un rischio, senza cercare la gloria. Come le vittime di Pompei, colte nel mezzo di un giorno qualunque e fissate dalla lava per l'eternità.

Rocco sentì ribollire la rabbia dentro di sé. Pensò a cosa avrebbero detto alle madri: a quella di Nesti, che riceveva il figlio ridotto a brandelli; a quelle degli altri, che forse non avrebbero avuto nemmeno un corpo su cui piangere.

«Cosa diremo alle madri?» si ripeté.

Si appigliò a quel pensiero e riprese a scavare con foga, aiutando i soccorritori a infilare un telo sotto il corpo pesante di Nesti. Era l'ottavo cadavere che andava a comporre la fila crescente nell'hangar della caserma, trasformato in camera ardente, dove militari e civili cominciavano ad affluire in gran numero.

«Cambio!» gridò imperioso Cassotta nel megafono.

Subito il tenente gli fece eco, ordinando ai militari che lavoravano da ore di abbandonare gli attrezzi, scendere, rifocillarsi, mangiare, bere, concedersi qualche ora di sonno prima di riprendere.

«Ma come si fa?» protestava Rocco, rifiutandosi di arretrare, mentre il compagno che lo affiancava tentava di tirarlo giù dal cumulo di detriti.

«Ordine del colonnello» ripeteva l'altro con voce esausta, le mani che cercavano di afferrarlo per le spalle, di strapparlo a quella sua ostinazione.

«Ma lì sotto ci sono i miei amici» urlava Rocco, con i piedi piantati tra le pietre e le braccia che gli tremavano per lo sforzo.

Il compagno lo fissava, avvilito, poi volgeva lo sguardo verso la massa immobile di rovine che, dopo dieci ore di lavoro, pareva intatta, come se nessuna mano avesse potuto scalfirla.

«Ordine del colonnello» ripeteva ancora, quasi un automa, tentando invano di trascinarlo via.

«Federico, Pasquale, Osvaldo… Osvaldo era appena arrivato, non sapeva neanche com'era fatta la caserma. Gliel'ho fatta vedere io, nel pomeriggio. Osvaldo è sicuro che sta là sotto!» gridava Rocco, le vene gonfie sul collo, gli occhi sbarrati dalla disperazione, e intanto, ributtandosi in avanti, toglieva massi con furia, li faceva rotolare giù, come se la velocità potesse strappare i compagni vivi da sotto quella montagna.

«De Luca!» tuonò Cassotta. «Vieni giù, è un ordine. Sono arrivati i rinforzi da Pordenone. Tu sei stanco e così non servi a niente. Adesso mangi, bevi e, se puoi, dormi.»

«Ma colonnello...» tentò di protestare ancora Rocco, e pure nel tono, pur sforzandosi di non apparire insolente, trapelava il pensiero che, di fronte all'urgenza, non dovessero esistere gradi né gerarchie, che l'obbedienza agli ordini fosse una forma di crudeltà disumana.

«Li tiriamo fuori» gli rispose Cassotta, senza ostilità. E c'era nella sua voce una determinazione che si faceva promessa, un coraggio temprato da compassione.

Fu quella intonazione a piegare Rocco. Lasciò cadere le braccia e scese con passi incerti, disfatto, fino al suo superiore.

Solo allora parve accorgersi del fermento che lo circondava: squadre nuove di soldati, con divise ancora intatte e gli occhi attenti, ricevevano ordini dai graduati; ruspe e gru si erano allineate ai piedi delle macerie, pronte a intervenire; i mezzi più leggeri si inerpicavano sui cumuli più compatti. Eppure tutto sembrava uguale a prima, pensò Rocco, sedendosi su un fazzoletto d'erba. La luce era bianca, netta, l'aria fresca e intrisa di umidità, le montagne immobili a fare da sfondo.

«Voi!» urlò Cassotta verso una squadra, «riprendete da questo settore. Distribuitevi.»

I nuovi arrivati si muovevano rapidi, decisi, e c'era qualcosa nei loro sguardi che non derivava soltanto dalle forze ancora integre: una consapevolezza nuova e terribile, che li rendeva improvvisamente simili agli altri, già provati. Lo stupore del primo impatto si era trasformato in una gravità muta, monolitica, che teneva lontano lo scoraggiamento. Perché, mentre le ore passavano, la speranza di trovare sopravvissuti si assottigliava, ma l'urgenza di liberare chi poteva ancora resistere diventava più feroce.

Agli otto cadaveri già composti nell'hangar se ne aggiunsero altri, a mano a mano che lo scavo penetrava più in profondità, e la lista del colonnello Cassotta si faceva sempre più corta, segnata da cancellature tristi e definitive.

«Gianni Passalenti, presente!»

Cassotta si voltò di scatto a quella voce.

«Passalenti!» ripeté il colonnello, e nell'esclamazione c'era lo stupore ma soprattutto il sollievo, un moto di gratitudine che per un istante gli velò lo sguardo di commozione.

Lo fissò negli occhi come per accertarsi che fosse davvero lì, vivo, e non un miraggio generato dalla stanchezza.

«Agli ordini, colonnello» rispose Gianni con un tremore nella voce.

«Passalenti, tu sei di Gemona. Cosa fai qua? Vai a casa tua, vai dalla tua famiglia!»

«Non ce l'ho più una famiglia, signor colonnello» replicò Gianni, e le spalle gli crollarono in avanti, mentre gli occhi si riempivano di lacrime che non riusciva a trattenere. Il mento gli tremava quando ripeté: «Non ho più una casa.»

Allora prese a raccontare, con il suo modo incontenibile di lasciar sgorgare dettagli e ricordi tutti insieme, senza concedersi respiro, senza pensare che il colonnello non conosceva né Sandro né Giulio né Valentina, né i cugini di Udine che nominava come fossero presenze note e familiari. Non badava allo sgomento che si disegnava sul volto del superiore, come se il solo raccontare fosse necessario a restituire dignità a ciò che era stato cancellato.

Disse che si erano messi a tavola da poco, che l'atmosfera era allegra, ma il cane aveva cominciato ad abbaiare senza sosta, tanto da attirare l'attenzione di tutti, e la madre, infastidita, gli aveva detto di andare a vedere. Lui si era alzato di malavoglia, lasciando il piatto a metà, ed era sceso in cortile, cercando di seguire anche da fuori i discorsi e le risate che venivano dalla cucina. Il cane però non si calmava, abbaiava, poi guaiva e si agitava nervoso. Gianni allora aveva fatto qualche passo più in là, affacciandosi sulla strada, allungando lo sguardo tra le case e le siepi, come per scorgere un'ombra, un movimento sospetto, uno sconosciuto che potesse giustificare l'inquietudine dell'animale.

Era stato allora che la terra aveva cominciato a tremare. Per un istante Gianni era rimasto immobile, con il fiato sospeso, come se non sapesse decifrare quel brivido del suolo. Poi si era voltato verso la casa e aveva cominciato a chiamare, gridando che scendessero, che uscissero, ma dalle finestre non veniva risposta: solo il rumore dei piatti, le voci intrecciate, le risate confuse che forse avevano coperto la sua voce, forse non avevano nemmeno lasciato avvertire la scossa. Allora Gianni si era avvicinato esitante, incerto se rientrare o restare all'aperto, ed era stato in quell'attimo che la seconda scossa lo aveva investito, più forte, travolgente. Era caduto bocconi, mentre la casa, davanti ai suoi occhi, aveva cominciato a piegarsi, i muri a spezzarsi, il tetto a crollare con un boato che aveva spento in un istante ogni voce.

Gianni si interruppe, chiuse gli occhi, e si asciugò le lacrime con la manica della camicia. Restò in silenzio, il petto che ancora sussultava, e davanti a lui Cassotta non disse nulla, aspettò soltanto, con lo sguardo fisso su quel ragazzo che in un attimo aveva perso tutto.

Passalenti raccontò che, quando finalmente era riuscito a rialzarsi e a guardarsi intorno, non aveva riconosciuto più nulla. La casa di due piani, l'orto davanti e il casotto del bagno addossato di lato, erano diventati un mucchio informe di pietre e polvere. Sopra, a schiacciarli come un pugno, si era rovesciato il palazzone nuovo tirato su accanto, quattro piani di appartamenti già abitati, una colata di laterizi, tramezzi e davanzali di marmo che aveva cancellato di netto il disegno di ogni stanza. Sul momento, disse, non si era dato per vinto: là sotto erano in otto, non poteva essere che nessuno avesse avuto il tempo di scappare. Così aveva setacciato con lo sguardo la folla, gente che tossiva nella nube di calce, che accendeva torce improvvisate e vagava stordita nella luce bianca della luna. Aveva chiamato, urlato, cercato volti, nomi, un segno.

Gli pareva ancora di vederli: la madre in piedi ai fornelli, il padre chinato nel sottoscala a cercare una bottiglia di rosso, Sandro che faceva il fanfarone sotto lo sguardo fiero della moglie, le braccia conserte e la risata pronta. Vedeva Giulio che masticava lento, perso nei suoi pensieri, e Valentina che sorrideva paziente; vedeva i due cugini in canottiera, le braccia temprate dal lavoro, il viso già cotto dal sole, piegati sui piatti che la madre continuava a colmare tra uno scherzo e l'altro. Gli tornavano alla mente i dettagli minuti: lo scricchiolio leggero del pane spezzato con le mani, le gocce di vino cadute sulla tovaglia che la madre cercava di asciugare con il palmo, il cucchiaio che tintinnava contro il piatto profondo, la risata grossa di Sandro che aveva coperto per un attimo tutte le altre voci, lo sguardo assorto di Giulio che non si era girato neanche quando il cugino lo aveva chiamato per prenderlo in giro. Ricordava le battute a tavola, le frasi interrotte, il brusio continuo e familiare che riempiva la cucina.

Raccontò che per tutta la notte era rimasto lì a scavare – da solo, con i vicini, con i pompieri – e che alla fine li avevano tirati fuori tutti.

«Tutti stretti, tutti lì» disse, alzando le mani a misurare uno spazio minuscolo e pure capace di contenere un'intera famiglia.

Parlò d'un fiato, poi tacque di colpo, come svuotato.

Rocco, che ormai gli stava a due passi, pensò che anche la parte di Gianni che lui conosceva era rimasta sotto le macerie. Forse avrebbe parlato ancora, forse avrebbe ripreso il gusto dei dettagli, la sua mania di raccontare i particolari che per lui erano l'essenza stessa della vita, ma che il luccichio vivace dei suoi occhi, la bontà semplice e spontanea, la sua naturale contentezza, tutto questo non ci sarebbe stato più.

«Non ho una casa» ripeté Gianni in un filo di voce. «Non ho più una famiglia.»

«Coraggio, Passalenti» disse allora il colonnello, battendogli una mano sulla spalla. «Non sei solo, ci siamo noi.»

22

Davanti ai magazzini della caserma, ancora intatti, avevano allestito una distribuzione improvvisata di pane e acqua, di latte in bottiglia, di caffè fumante, di formaggi tagliati a pezzi grossolani, perfino di miele in barattoli già aperti, come se quella dolcezza potesse alleviare anche solo per un attimo l'amarezza che gravava su ogni cosa. Tra i mucchi ordinati di vettovaglie, le persone si muovevano in silenzio, con un parlare sommesso che si confondeva con il rumore stanco delle mandibole.

Rocco si accontentò di un panino che si sbriciolava tra le dita e una tazza di caffè bollente, che inghiottì a sorsi piccoli e rapidi, senza badare al sapore. Le mani gli tremavano, eppure dentro di sé si sentiva insieme frastornato e paradossalmente lucido, come se lo stordimento e la chiarezza si fossero intrecciati in uno stato nuovo, estraneo eppure necessario.

La luce cruda del giorno non permetteva illusioni, illuminava le rovine con ferocia, ravvivava lo sconcerto e insieme scacciava ogni residua speranza di inganno, obbligava a guardare, a prendere atto, a non voltarsi. E dopo lo schiaffo dello sguardo, imponeva la reazione, spingeva ad agire con più accanimento. Essere vivi appariva un miracolo e nello stesso tempo diventava un compito gravoso, un dovere che non ammetteva esitazioni. C'era solo da scavare, sgomberare, fingere di non vedere le mani ferite, le bende improvvisate attorno a fronti insanguinate, i vestiti strappati sulle cosce pallide, i bambini che piangevano con strilli acuti in braccio a madri disfatte dalla paura.

Tutti si gettavano sopra le macerie, sui ricordi persi per sempre, su quello che restava da salvare di una vita interrotta, senza riuscire però a nominare l'orrore. Perché nessuno, in quella prima mattina dopo il terremoto, voleva smettere di sperare. Neppure quando un muro crollava di colpo, quando mani tremanti passavano con cautela il corpo senza vita di un bambino, neppure quando una voce, flebile sotto i cumuli, si spegneva lenta fino a dissolversi nel silenzio, nemmeno allora i vivi si lasciavano andare allo sconforto, nemmeno allora ammettevano di poter cedere.

Così era anche per Rocco che, nonostante le insistenze del colonnello, non volle andare a riposare. Gli bastarono pochi minuti seduto sull'erba per sentirsi in colpa, quasi indecente, come se fermarsi fosse un insulto verso chi aveva perso tutto o chi aspettava sotto i detriti. Balzò in piedi e saltò sul pianale di un autocarro che portava uomini, attrezzi e viveri verso il cuore di Gemona. Il comandante della spedizione scrisse in fondo alla lista anche il suo nome e Cassotta lo guardò andarsene senza protestare.

Il paesaggio che gli si aprì davanti agli occhi lo gelò: la città era diventata irriconoscibile, sfigurata. Il cielo pareva più ampio dietro le montagne che sovrastavano case ormai appiattite, castelli ridotti a ruderi, tetti pericolanti, palazzi squarciati. Le rovine si estendevano a perdita d'occhio, un groviglio macabro e confuso, tutto ricoperto da una polvere bianca che pareva calce. Le fabbriche giacevano decapitate e persino le costruzioni rimaste in piedi mostravano ferite enormi, finestre diventate buchi spalancati, strade ridotte a corridoi angusti, quasi inaccessibili.

E intanto, qua e là, qualcuno allineava sul marciapiede o

in un giardino minuscoli resti di vita salvata – una sedia, un cuscino, un cassetto – come zattere malinconiche in un mare di distruzione, isole fragili di un naufragio ancora in corso.

Rocco fissò un uomo che copriva con un lenzuolo sporco il corpo esile di un'anziana, forse sua madre, e subito dopo un altro che, salendo su un tetto pericolante, ricomponeva con ostinata precisione le tegole sconquassate dalle scosse: disperazioni diverse ma ugualmente lancinanti. Accanto, i carri armati dell'esercito procedevano lenti, e nello stesso spazio si faceva largo un vecchio che spingeva una carriola con dentro due galline stordite. Si incrociavano alpini e pompieri, donne ancora in vestaglia che stringevano bambini al petto, senza curarsi di chi fossero figli, come se il gesto di cullare fosse l'unico modo per trattenere un po' di vita in mezzo al disastro.

Quando l'autocarro si fermò, il comandante diede ai soldati l'ordine di darsi da fare ovunque ci fosse bisogno, intervenire senza intralciare, restare efficaci senza smarrire la misura dell'umano, tentare persino miracoli se occorreva, ma senza mai mettere in pericolo la propria vita né quella degli altri. Rocco allora saltò giù e si allontanò di poche decine di metri, dirigendosi verso la via dove ricordava abitasse la famiglia Vidoni.

Non ne era affatto sicuro. Giada l'aveva accompagnata a casa una sola volta, era buio, erano in tanti, e lui non aveva avuto occhi che per lei, mentre lei teneva lo sguardo ostinatamente a terra. Ora, a ogni passo, lo stomaco gli si contraeva in spasmi dolorosi, gli occhi frugavano febbrili tra i volti dei sopravvissuti, le gambe correvano e nello stesso tempo si facevano di piombo, rallentavano, poi cedevano molli, quasi incapaci di avanzare.

Non sapeva se Giada fosse viva. I compagni tornati dalla libera uscita avevano detto che il cinema era crollato, insieme al campanile e alla sacrestia, e lui aveva respinto quel pensiero con tutte le forze, incapace di ricostruire con ordine la serata, le scosse, l'ora precisa del disastro, aggrappandosi a ogni margine di incertezza e ripetendo sommessamente le preghiere imparate da bambino.

E d'un tratto la vide. Era lì, pallida, la maglietta macchiata di sangue, le labbra livide, gli occhi fissi su un gruppetto di pompieri che scavavano senza tregua. Rocco le si avvicinò e lei lo guardò come se non lo riconoscesse, o come se non fosse affatto stupita di trovarselo improvvisamente accanto. Lui si perse in quel viso sottile, perfetto, e provò un sollievo così cristallino, uno slancio di gioia così puro che un sorriso gli fiorì sulle labbra, ma restò muto, incredulo e grato.

«Giada...» riuscì a sussurrare.

«C'è mio fratello là sotto» disse lei con voce spenta.

Accanto, Franco aveva lo sguardo esausto, mentre Nora non staccava gli occhi dal lavoro ostinato dei soccorritori. Tra le gambe di tutti, il gattino che Franco aveva raccolto dalle macerie si muoveva cauto ma tenace, strusciandosi qua e là, deciso a non lasciare la sua nuova famiglia.

«Però è vivo!» aggiunse Giada, cogliendo l'ombra di tristezza che stava offuscando il volto di Rocco.

«Sì!» ripeté Franco, con un tono che tradiva rabbia più che speranza. «Ma stanno lavorando da ore... Dicono che io non posso andare lassù, che intralcio, che ci pensano loro...»

«Ah, è vivo! Sia lode al Signore!» incalzò una voce alle loro spalle.

Era don Pietro, la tonaca strappata in più punti, il breviario stretto sotto il braccio, e due occhi agitati e tristi, che parevano scusarsi ancor prima di parlare.

«Cosa ci fa qui, don Pietro?» chiese Franco.

«Eh, cosa ci faccio...» balbettò lui, aprendo le braccia in

un gesto smarrito. «Porto una parola di conforto, una preghiera... e soprattutto l'estrema unzione.»

«Ma se sono già morti!» disse Nora interdetta.

«L'estrema unzione *sub condicione*» spiegò don Pietro, rapido. «In quel momento tragico hanno avuto paura e nel loro cuore hanno certamente pregato il Signore e si sono pentiti. Dio lo sa e perdona.»

«Loris è vivo» ripeté Franco a bassa voce.

«Bene, allora io vado dove hanno bisogno di me.»

Don Pietro salutò appena con un gesto vago della mano e si allontanò lento.

Rocco non riusciva a restare fermo, gli pareva che l'attesa fosse insopportabile. Guardò Giada, cercò nei suoi occhi un consenso muto e poi, senza più indugi, con due salti si gettò in avanti e si ritrovò accanto ai soccorritori piegati sulle rovine. Nessuno gli disse nulla: la divisa che indossava era, in quell'inferno, il lasciapassare più eloquente, un segno che apriva varchi dove altrimenti ci sarebbero stati solo divieti. Anzi, lo accolsero come un alleato prezioso, nella speranza che oltre alle braccia giovani e riposate potesse arrivare da lui quell'idea risolutiva che loro, da ore, faticavano a trovare.

«Il bambino è incastrato tra due lastre di cemento» spiegò quello che pareva il caposquadra, un uomo robusto, che tutti chiamavano Nico. «È steso, ma così non riusciamo ad aprirgli una via d'uscita: rimane imprigionato. La lastra che gli sta sopra sembra sospesa in equilibrio e se tentiamo di spostarla anche solo un poco ci crolla tutto addosso, a noi e a lui.»

Rocco ascoltava con attenzione, il viso contratto, e intanto lasciava scorrere lo sguardo intorno: cumuli di calcinacci, travi spezzate, polvere che si insinuava ovunque.

«Abbiamo deciso di creare un varco dai piedi» riprese

Nico. «Scaviamo un tunnel, stretto ma sicuro, che ci permetta di farlo scivolare fuori. Lo puntelliamo a mano a mano, proviamo la resistenza pezzo dopo pezzo. Poi lo spingeremo con cautela dalle spalle, fino a liberarlo.»

Rocco annuì convinto.

«Ci vorrà tempo, però» concluse Nico, «bisogna muovere tutto a mano.»

«Andiamo piano, allora!» ribatté Rocco, ma la sua energia si smorzò vedendo la gravità nello sguardo dell'altro.

«Il ragazzino è debole» aggiunse Nico, abbassando la voce.

«Lo tengo sveglio io, tu *nun ce penzà*!» rispose Rocco, e si stese sulla montagna di detriti, avvicinando il viso a un'apertura tra i massi.

Nico esitò un istante, poi gli concesse fiducia e tornò a guidare i compagni nello scavo lento e faticoso.

«Loris!» chiamò forte Rocco, con il cuore che martellava. «Mi senti?»

«Sì. Ti sento!» arrivò, flebile ma chiara, la voce spaventata di Loris.

«Sono Rocco» disse piano, forzando la voce a una calma che non aveva. «Ti ricordi di me? Ci siamo già visti qualche volta nel campetto di calcio accanto alla chiesa.»

«Ciao, Rocco» mormorò Loris, e quel saluto aveva dentro tutta la fragile fiducia di un bambino che si aggrappa a un nome.

«Fatti coraggio, *guagliò*, che adesso ti tiriamo fuori.»

«Ho sete» confessò Loris.

«E c'hai ragione! Quando esci ti bevi tutto il Tagliamento, parola mia» rispose Rocco, cercando di mascherare la commozione con una battuta.

«Non posso muovere la testa» aggiunse Loris dopo un attimo.

«Allora facciamo così» improvvisò Rocco. «Tu adesso sei una spia, capito? Devi stare immobile a sorvegliare il nemico. Se muovi una foglia ti scoprono, se ti sposti di un centimetro ti scoprono, se respiri troppo forte ti scoprono.»

«E posso parlare?»

«Puoi parlare con me» rispose Rocco con un sorriso che lui non poteva vedere, ma che passava nella voce. «Perché io sono invisibile, e se ti scoprono io ti avverto.»

«Rocco?»

«Dimmi, Loris.»

«Ho paura.»

Rocco chiuse un istante gli occhi, sentì il peso di quella confessione che si mescolava alla propria.

«Ce l'ho anch'io» disse piano. «Ma non ti mollo, e nemmeno tu molli. Noi continuiamo la nostra missione, insieme. Capito?»

Nico guardava Rocco e annuiva, poi con le mani lo incitava a continuare a parlare perché, più del cedimento delle macerie, temeva il silenzio: che Loris, stremato, si assopisse, e con il sonno smettesse di rispondere, lasciandoli privi di quel filo vitale che permetteva di orientare lo scavo, di indovinare con precisione il punto da raggiungere. Ma i minuti scivolarono lenti, si sommarono alle ore e il sole, indifferente, compì il suo giro intorno alla devastazione, picchiando sulle teste e sulle schiene curve, mutando la luce in un biancore feroce che accorciava le ombre e cancellava i lineamenti dei volti.

Alla fine Loris si assopì, la voce si spense nel buio del cunicolo. Rocco, con la fronte sudata, chiese sottovoce ai pompieri di lasciarlo riposare: se il bambino non avesse avuto un briciolo di forza al momento giusto, non ce l'avrebbero fatta a tirarlo fuori.

«Riposati anche tu» gli disse Nico, ma Rocco si accontentò di bere un bicchiere d'acqua e di sciogliere un po' di zucchero sotto la lingua, come un atto furtivo di resistenza, badando bene che Loris non udisse né il gorgoglio dell'acqua né il fruscio della carta.

Ai piedi di quel monticciolo, schierati come sentinelle, stavano Giada con le mani serrate sul petto, Franco con il volto scavato e duro, Nora immobile nello sforzo di trattenere l'ansia, Delia con gli occhi lucidi e il fazzoletto stretto tra le dita. Dietro di loro, una folla crescente tratteneva il fiato: uomini e donne che osservavano ogni movimento, che rabbrividivano a ogni piccolo scricchiolio del terreno, come se anche il loro respiro potesse far crollare tutto.

C'erano anche Stefano e Massimo. Erano arrivati a Gemona di prima mattina. Avevano percorso le vie sconvolte della città, l'uno annotando sul taccuino impressioni, parole udite al volo, dettagli che restituivano la misura del disastro; l'altro fermandosi a ogni angolo, sollevando la macchina fotografica per catturare i crolli, i volti segnati dalla polvere, i gesti minimi di chi ancora scavava a mani nude. Passo dopo passo la cittadina li aveva assorbiti e li aveva condotti verso il cuore della tragedia, fino al luogo dove anche loro, infine, si trovarono ad attendere il destino di Loris.

I soccorritori tenevano tutti a distanza, per non compromettere la delicata operazione. Stefano cercava di decifrare la logica nascosta nei movimenti dei vigili del fuoco, l'intrico di leve e puntelli che reggeva quella fragile speranza. Nico aveva tracciato un disegno grossolano sul terreno, e vi aggiungeva frecce, segni concitati, mentre spiegava dove scavare e dove, invece, non toccare nulla.

«Rocco?» la voce di Loris riemerse dalle macerie.

«Sì, Loris, sono qui!»

«Mi fa male il collo.»

«Stai tranquillo, manca poco» improvvisò Rocco.

«Anche prima hai detto che manca poco...»

«Ho detto che andiamo avanti, ed è così» rispose Rocco, gettando al comandante uno sguardo impaziente.

Nico ricominciò a scavare con lena.

Per un po' la determinazione parve tenere lontana la stanchezza: i pompieri scavavano con ritmo lento ma costante, Rocco continuava a parlare a Loris, a inventare giochi e storie pur di tenerlo desto.

Passarono altre tre ore, eppure il bambino era ancora là sotto, irraggiungibile, il varco avanzava appena di qualche palmo, e a ogni passo sembrava di rischiare il crollo.

Fu allora che Nico, alzando lo sguardo su Rocco, lo vide piegato dalla fatica, le labbra secche, gli occhi rossi che non smettevano di fissare il cunicolo.

«Riposati un po'» gli disse, con una calma che era quasi un ordine.

«No!» rispose Rocco d'istinto.

Nico fece cenno a un giovane pompiere di sostituirlo, un ragazzo con il viso ancora da adolescente, un ciuffo di capelli sulla fronte.

«No!» ripeté Rocco, alzando lo sguardo severo su di lui. «Non me ne vado.»

Dal buio, la voce di Loris si levò sottile.

«Rocco, non mi lasciare!»

«Non preoccuparti, Loris, io resto qui» gridò quasi Rocco, piegandosi sulle pietre. «Finché non sei fuori, io non me ne vado.»

«E dopo? Anche dopo resti?» incalzò il bambino, e per la prima volta, dopo ore, la sua voce tremò, incrinata dal dubbio.

«Certo! Anche dopo» rispose Rocco con prontezza. Poi deglutì, strinse i pugni e cercò di dare alla propria voce il calore di una promessa. «Io resto con te!»

Il comandante, vedendo l'ostinazione di Rocco, non insistette più, si limitò a roteare nervosamente l'avambraccio nell'aria, un ordine muto ma inequivocabile ad accelerare le operazioni.

Eppure, nonostante quell'urgenza, il tempo continuò a scorrere lento, scandito solo dal respiro affannoso degli uomini e dal dialogo frammentario tra Rocco e Loris, che non si interruppe mai. Per due ore ancora la galleria fu percorsa da parole spezzate, da incoraggiamenti che si alternavano a piccoli scherzi improvvisati, subito soffocati dall'ansia che riaffiorava inesorabile.

Poi, d'improvviso, Nico alzò entrambe le braccia e gridò un ordine secco, grave. La folla si zittì, Massimo abbassò l'obiettivo, Stefano trattenne in aria la penna.

Rocco, steso a terra, spostò l'uno dopo l'altro gli ultimi sassi, allargando millimetro per millimetro lo spazio attorno alla testa di Loris. Entrò lui stesso nel varco stretto: prima la testa, poi il collo, le spalle. Accanto a lui, un giovane pompiere si sdraiò a imitazione dei suoi movimenti. In piedi non ci si poteva azzardare, ogni gesto brusco avrebbe fatto franare quelle pareti fragili che stavano su per miracolo.

Non si dissero nulla. I loro movimenti erano lenti, cauti, come se una sostanza viscosa li avvolgesse e loro opponessero resistenza. Poi, quando finalmente giunse il momento, Rocco smise di scavare e l'intera squadra si mise in allerta. Insieme al compagno accanto prese a spingere con delicatezza le spalle di Loris, mentre gli altri, dal passaggio appena aperto, lo afferravano per i piedi, poi per le caviglie, infine per i polpacci, tirandolo piano, con movimenti misurati, quasi impercettibili. Prima Rocco spingeva, poi gli altri tiravano, in una cadenza incerta e ostinata.

La galleria era stata puntellata alla meglio, ma nessuno sapeva davvero se il peso del corpo avrebbe sconvolto gli equilibri di quell'ammasso precario. Per questo Rocco non smise mai di parlare a Loris, ogni gesto era anticipato, spiegato, rassicurato. E anche quando il bambino gli sfuggì dalle mani e attraversò il punto più stretto, strisciando tra detriti che gli lambivano il viso, con le spalle nude graffiate, la schiena contratta dal dolore, Rocco restò disteso, allungato verso di lui, come se la sua voce fosse l'unico legame rimasto.

Poi, all'improvviso, Loris fu fuori.

Un grido soffocato corse tra la folla. Massimo scattò una fotografia che avrebbe custodito a lungo: il corpo del bambino coperto di polvere impastata con sangue e lacrime, i capelli incrostati di calcinacci, gli occhi tumefatti, estratto vivo dalle macerie dopo più di venti ore dal sisma.

Rocco si avvicinò alla barella.

«Rocco?» mormorò Loris, con un filo di voce.

«Sì, Loris, sono qui.»

Loris gli sorrise, senza riuscire a dire altro, e Rocco restò a guardarlo mentre veniva caricato sull'ambulanza, seguito da Franco e Nora, e dietro di loro da un codazzo di gente che applaudiva o piangeva di gratitudine e sollievo.

Delia, che fino a quel momento si era tenuta in disparte, si chinò a raccogliere il gattino che era rimasto sempre accanto a loro, e lo strinse al petto, come se anche quella piccola creatura avesse diritto al suo posto tra i sopravvissuti.

Rocco restò lì, piantato davanti alle rovine, con le spalle indolenzite, la testa di piombo, stordito da una fatica che paradossalmente gli pareva leggerezza, da una gioia piena che però non era completa: nel cuore restava conficcato il pensiero dei compagni di camerata dispersi sotto altri crolli. Gli occhi bruciavano e un peso gli gravava sul petto, che il sorriso di Loris aveva alleviato ma non cancellato.

«Sei stato coraggioso» gli disse Stefano, avvicinandosi.

«Coraggioso?» ripeté Rocco, sinceramente sorpreso, stringendosi nelle spalle. «Perché? Era lui che rischiava di morire, non io.»

Stefano lo guardò affascinato. In quelle venti ore di orrore aveva visto gesti di disperazione sconsiderata, mani insanguinate che scavavano, corpi ricomposti sotto lenzuoli bianchi, oggetti minuti di vite interrotte sparsi tra le rovine. Non aveva solo osservato, aveva partecipato e ora era stremato come tutti loro.

«Ma è un tuo parente?» chiese ancora.

«No, lo conosco solo di vista» rispose Rocco, lanciando un'occhiata furtiva a Giada.

«Adesso di sicuro vi conoscete meglio» replicò Stefano con un sorriso, poi insistette: «Ma perché non hai voluto farti sostituire? Sei rimasto dieci ore lì sopra.»

«Perché Loris si fidava di me» disse Rocco con calma, spalancando le braccia in un gesto semplice, accogliente. «Un altro avrebbe dovuto ricominciare da capo. Meglio così, no?»

Stefano non trovò nulla da obiettare e annuì, soggiogato dallo sguardo limpido e buono di quell'alpino. Nel suo articolo avrebbe scritto degli eroi semplici, degli eroi veri, di coloro che lo erano malgrado tutto.

La piccola folla si disperse per radunarsi altrove, intorno ad altre macerie, a scavare, a spostare, a gridare, a pregare, a piangere o applaudire, come in un ciclo infinito di speranza e disperazione.

Giada allora si avvicinò a Rocco: dapprima gli sfiorò la spalla con una mano leggera, poi, esitante, gli gettò le braccia al collo, sollevandosi sulle punte dei piedi. Rocco, attonito, la cinse piano, con mani timide sui fianchi esili.

Fu un abbraccio breve, quasi inesistente, ma a lui bastò. Finalmente chiuse gli occhi e ricominciò a respirare.

23

8 maggio 1976

Gemona brulicava come un formicaio. Militari, vigili del fuoco, medici, volontari, un'umanità varia e sfinita che non smetteva di correre, spostare, ordinare.

I convogli arrivavano senza tregua, scaricando viveri, sacchi di pane e di farina, taniche d'acqua, latte in polvere, formaggi stagionati che non necessitavano di refrigerazione, tavolette di cioccolato che parevano un conforto superfluo e invece davano forza. E accanto a quei carichi regolari si accatastavano le offerte improvvisate della gente dei paesi meno colpiti: vecchie coperte, indumenti smessi, cassette di frutta, fiaschi di vino, tutto stipato sui camion o persino sui cassoni arrugginiti dei trattori.

L'esercito aveva piantato tende per gli sfollati e per i soccorritori, aveva montato cucine da campo che fumavano in continuazione, aveva distribuito materassi, attrezzature sanitarie e casse di medicinali che parevano sempre insufficienti. Dalle caserme e dai cantieri di tutta Italia affluivano macchinari: escavatori, cingolati, gru che si alzavano come colossi tra le macerie, autocarri di ogni tipo, generatori che ronzavano notte e giorno, cisterne di carburante da cui dipendeva la continuità di ogni sforzo.

Tutti i radioamatori che erano accorsi a Gemona si erano sistemati proprio accanto alla caserma, o a quello che ne restava, sotto una grande tenda che pareva insieme vasta e intima: tavoli allineati, apparecchiature che gracchiavano senza posa, cuffie, microfoni, foglietti bianchi coperti di numeri e messaggi.

Da lì partivano e arrivavano notizie, ordini, richieste di aiuto, e la carta geografica della regione, appesa a una parete, si riempiva di puntini rossi: l'epicentro quasi sotto ai loro piedi e, intorno, cerchi concentrici di distruzione che andavano ad allargarsi come onde sempre più larghe di terrore. Osoppo, Venzone, Magnano, Artegna, Montenars, Colloredo, Trasaghis, Forgaria, Bordano, Tarcento, Taipana, Lusevera... ogni nome inciso in rosso era una ferita. E insieme alle località, arrivavano i numeri, dapprima alla rinfusa, poi con frequenza ossessiva. Morti che si sommavano ai morti, dispersi che crescevano senza controllo. Con il passare delle ore le possibilità di trovare sopravvissuti si affievolivano – lo sapevano tutti – ma insieme a quella certezza, cresceva anche la consapevolezza che nulla, dopo, sarebbe mai tornato come prima.

A volte nelle cuffie passava un frammento di musica triste, poi subito uno sfrigolio e una nuova voce, un appello, una richiesta.

Andrea, con la sua radio appoggiata sul tavolo e le orecchie serrate sotto le cuffie, era lì a fare la sua parte. Sentiva la testa pesante, la schiena dolente, i piedi gelati nonostante la ressa di corpi attorno, ma gli sembrava di non aver mai conosciuto altra vita che quella penombra densa di polvere e di urgenza, mentre i soccorritori andavano e venivano brandendo i foglietti su cui lui e i suoi colleghi annotavano cifre e informazioni.

Dal giorno prima aveva perso di vista Maurizio e Simone che, appena arrivati a Gemona, si erano accodati ai gruppi di volontari.

«Tu sei utile qui, noi vediamo di dare una mano di là» aveva detto Maurizio, febbrile, tirandosi dietro Simone.

Poco dopo Andrea aveva saputo che si erano uniti a una spedizione per l'alta Carnia, organizzata in fretta quando un radioamatore aveva captato un messaggio interrotto bruscamente. Serviva gente che conoscesse quelle montagne. Maurizio le aveva percorse da bambino con uno zio in cerca di reperti della Grande Guerra e, anche se quei ricordi erano gravidi di malinconia, aveva accettato senza esitare. Simone invece non conosceva quei monti, ma era un camminatore instancabile, con un istinto sicuro nel trovare il passo giusto e il sentiero più affidabile. Non c'era stato bisogno di convincere nessuno: in quel frangente chiunque sapesse reggersi in piedi era prezioso.

Quando la terra ricominciava a fremere con scosse brevi e secche, Andrea stringeva gli occhi e tratteneva il fiato, e allora il volto della madre gli si affacciava alla mente come un lampo. Ma subito si costringeva a riaprire le palpebre, a rimettersi in ascolto, a cercare una frequenza chiara, come se dal suo restare vigile dipendesse il filo stesso della speranza.

Radio Alfa Nord trasmise di nuovo lo stesso appello che girava da ore. «A tutti i donatori di sangue: recatevi all'ospedale, c'è bisogno di voi, c'è gente che soffre. Tutte le persone di costituzione sana sopra la maggiore età sono invitate a donare il sangue.»

Andrea tolse le cuffie, deciso a rispondere a quell'appello. Voleva fare di più, non solo annotare, non solo trasmettere, voleva agire, come gli altri. Ed era lo spirito che animava tutti loro, perché la sproporzione tra l'entità del disastro e le capacità del singolo non si poteva colmare, ma ciascun gesto, anche piccolo, poteva dare l'illusione vitale di servire a qualcosa.

Uscendo dalla tenda, fu investito dalla luce abbacinante del mezzogiorno e dal frastuono che non si interrompeva mai, ambulanze che fischiavano, generatori che ruggivano, camion che scaricavano, voci che gridavano ordini. L'aria era satura di polvere e di odori: disinfettante spruzzato sulle macerie, gasolio, legno bruciato, ferro tranciato, e sotto, un sentore indefinibile di morte. La gente camminava con la bocca e il naso coperti da brandelli di stoffa legati dietro la testa, e solo gli occhi restavano nudi, colmi di pena e di sconforto, come gli sguardi smarriti di Andrea.

«*Ven jù*, Toni» diceva una donna anziana con una mano piantata sul fianco e l'altra premuta contro la fronte.

Le gambe sottili e nodose parevano rami secchi, il fazzoletto le stringeva il volto con un nodo sotto il mento, e la blusa, troppo grande, le pendeva ai lati come una veste svuotata. Andrea si fermò, attratto dalla tensione che traspariva da quella voce e, seguendo lo sguardo inquieto della donna, vide, in cima a un mucchio di detriti simile a mille altri, un giovane con la tuta da operaio macchiata di olio scuro e impastata di quella polvere bianca che aveva reso la città un deserto uniforme e spettrale.

«*Ven jù!*» continuava a ripetere lei, dondolandosi da un piede all'altro.

«No!» gridava l'uomo, mentre con gesti furiosi spostava pietre e travi.

Ogni tanto si fermava, colpito da un oggetto che affiorava tra le macerie – una tazza scheggiata, un pezzo di stoffa, un libro mezzo bruciato – e lo guardava smarrito, come se non sapesse più a cosa servisse e poi, in fretta, se lo gettava alle spalle e ricominciava a scavare.

«Basta, Toni!» lo implorava la donna. «Là non la trovi, la tua Paola.»

«*Tâs, mame!*» ribatteva lui senza smettere di scavare.

«Tonino...» mormorava allora la donna, quasi tra sé, come una preghiera che non sapeva più a chi rivolgere.

«Eh, Paola, ti trovo, ti trovo...» sussurrava intanto l'uomo, e nei suoi gesti entrava un'ombra di dolcezza, la voce si faceva carezzevole, come se davvero parlasse a lei, viva e presente, nascosta lì sotto ad attenderlo.

Andrea fece un passo, pronto a correre in aiuto, ma la donna gli afferrò il braccio con una presa sorprendentemente salda.

«No!» esclamò, scuotendo il capo.

Andrea la fissò, sgomento, senza capire.

«La sua Paola è morta» spiegò lei. «L'abbiamo già portata all'obitorio.»

«Ma...» balbettò Andrea, guardando incredulo l'uomo che continuava a scavare come se nulla fosse.

«L'abbiamo trovata lì dove doveva essere» disse la donna, alzando il fazzoletto sulla fronte madida. «Tutti l'hanno riconosciuta, tutti tranne lui. Per lui non è lei. Per lui la Paola è ancora sotto. Sono due ore che scava senza sosta.» Indicò con un dito tremante quel che restava della casa, poi abbassò la voce fino al sussurro. «Era incinta, la Paola... Quanto erano felici!»

Le parole le morirono in gola, e con esse parve spegnersi anche il suo corpo.

Andrea rimase paralizzato. Un'ondata di sconforto gli salì dallo stomaco, nauseante. Capì che lì non c'era nulla che potesse fare. Non sangue da donare, non forza da prestare, non affetto né compassione che potessero servire. Non vendetta, non giustizia. Nessuna riparazione, nessuna speranza. La traiettoria di quella vita si era spezzata irrimediabilmente, e lui non poteva fare altro che assistere a un dolore che lo superava.

Il sole filtrava tra le nuvole, un pettirosso lanciava il suo canto da un ramo solitario e una brezza tiepida sollevava la tendina strappata di una casa sventrata, lasciandola poi ricadere lenta. Andrea sentì le lacrime pungergli gli occhi, e si allontanò da quella scena come se non avesse il diritto di guardare tanta disperazione.

Tutto attorno la frenesia dei soccorsi continuava, ma dentro di sé Andrea sentì crescere un sentimento lacerante di impotenza. Era una guerra senza nemico, una punizione senza colpa, uno sconvolgimento che aveva reciso in un attimo il filo di migliaia di vite: da una parte quelle che erano rimaste sepolte e dall'altra quelle che, nel salvarsi, portavano addosso la condanna di dover continuare a vivere.

Anche davanti all'ospedale si raccoglieva un'umanità sospesa tra speranza e disperazione, e il brusio sommesso che percorreva lo spiazzo era fatto di racconti increduli, di miracoli inverosimili e di tragedie improvvise, di attese interminabili che si scioglievano, a volte, in verdetti senza appello. Il cielo, limpido e bianco, stendeva una luce crudele che illuminava i corpi e i volti, ne accentuava le rughe e gli sguardi, senza lasciare scampo.

Una grande tenda era stata allestita per smistare i feriti che arrivavano da ogni direzione: c'era chi giungeva in ambulanza, chi su automobili rattoppate alla meglio, chi ancora su barelle improvvisate fatte con porte scardinate, coperte tese, assi di legno; e c'erano corpi portati a braccia, caricati sulle spalle, soprattutto bambini stretti come fardelli preziosi.

I feriti erano ovunque: distesi sull'asfalto, appoggiati ai muri, seduti su sedie di recupero disposte in file disordinate, lasciando corridoi stretti per il passaggio frenetico di medici, infermieri e volontari. I più gravi sparivano di corsa nei reparti, mentre i feriti lievi si rialzavano in fretta, quasi vergognosi, e si allontanavano con il capo chino, come a chiedere scusa per aver rubato spazio a chi stava peggio. L'aria era impregnata di un odore acre di paura e disinfettante, e il mormorio delle voci era continuamente interrotto da gemiti, colpi di tosse, parole cullanti pronunciate piano per calmare un bambino, o spasmi di dolore che laceravano la calma precaria.

Andrea osservava la folla e ne distingueva i volti: c'erano gli sguardi perduti, gli occhi spalancati di chi aveva perso tutto e non sapeva più dove posare la speranza; e poi c'erano i volti duri, concentrati, di chi stringeva i pugni e continuava a muoversi, a reggere, a soccorrere. Lui non aveva casa lì, né parenti sepolti sotto quelle macerie, era arrivato volontariamente, con l'unico scopo di aiutare. Per questo si costrinse a non confondere il dolore degli altri con il proprio smarrimento, a non lasciarsi travolgere dallo sconforto, ma a restare saldo dalla parte di chi si mette al servizio, di chi si espone, di chi sceglie di agire anche quando tutto sembra vano.

«Sono qui per donare il sangue» disse, avvicinandosi al medico che raccoglieva i volontari davanti a una seconda tenda, montata poco distante dalla prima.

«Non puoi, sei un bambino» rispose l'uomo con voce secca, senza alzare gli occhi dal foglio che teneva tra le mani.

Non c'era disprezzo nelle sue parole, solo la durezza di chi deve dire no a centinaia di richieste. Era alto e ossuto, più vicino ai settant'anni che ai sessanta, con mani grandi e nodose, percorse da vene sporgenti.

«Non sono un bambino» ribatté Andrea con un coraggio improvviso. «Sono maggiorenne.»

«Maggiorenne?» ripeté il medico, senza cedere. «Possono pure abbassare la maggiore età a diciotto anni, ma il tuo corpo è troppo giovane.»

«Io di medicina non ne so niente» disse Andrea, arrossendo ma senza abbassare lo sguardo. «Quello che so è che sono venuto qui per aiutare. Lo sto facendo da due giorni, dalla mia postazione radio. Ma voglio farlo anche adesso, donando un po' di sangue.»

Il medico lo osservò meglio, finalmente.

«Sei un radioamatore?» chiese, e la voce si era fatta diversa.

«Sì, signore. Vengo da Cortina. Resterò qui finché le comunicazioni non saranno ripristinate e non avrete più bisogno di noi.»

Un lampo, quasi un sorriso, attraversò il volto scavato del medico.

«Bravo, ragazzo!» disse piano, e senza aggiungere altro si spostò di lato, lasciando che Andrea varcasse la soglia della tenda alle sue spalle.

«E noi ci volete?»

Il medico alzò gli occhi su Stefano e Massimo, e rispose loro con un sorriso stanco, facendoli passare.

Stefano seguì Andrea e subito lo affiancò.

«Ciao, io sono Stefano Riva» si presentò con tono quasi solenne. «Sono un giornalista. Scrivo per una testata di Milano, il *Corriere d'Informazione*.»

Andrea lo guardava con attenzione, come se volesse misurare la distanza che separava quel nome altisonante dalla polvere che aveva addosso.

Poi, con semplicità, disse soltanto: «Io sono Andrea Zanella.»

Sedettero vicini, con il braccio teso in attesa che l'infermiere preparasse il prelievo.

«Ho sentito che sei un radioamatore. Credo che tu possa aiutarmi» riprese Stefano, inclinando appena il capo verso di lui.

Andrea lo fissò curioso e fece un piccolo cenno con il mento per invitarlo a continuare.

«Sai bene che le telecomunicazioni civili sono interrotte.

Telefono, telegrammi, tutto fuori uso. Siamo isolati. L'esercito è preso a organizzare i soccorsi e non c'è verso che dia anche a noi l'accesso alle sue linee.»

Andrea lo interruppe appena: «Noi?»

«Noi giornalisti» precisò Stefano. «Dobbiamo far arrivare i nostri articoli in redazione. Ieri, per farlo, ho dovuto tornare giù fino a Udine, per dettare un pezzo al telefono. Ma le strade sono sconvolte, interrotte da frane o da crolli, e naturalmente la precedenza è data ai soccorsi. Per coprire quel tragitto mi ci sono volute più di sei ore tra andare e tornare.»

Andrea lo seguiva senza fiatare. Non era solo l'ignoto mestiere del giornalista a trattenerlo, ma anche quella parola – "Milano" – che evocava in lui immagini di una città lontana e temibile, a cui guardava con diffidenza e allo stesso tempo con fascinazione.

«La gente, gli italiani» insistette Stefano, e gli occhi si accesero per un istante, «devono sapere cosa accade qui.»

Le parole si spensero in un silenzio che si riempì da sé: le immagini delle ultime ore, i corpi estratti, i crolli improvvisi, le voci spezzate nella radio, il fracasso sordo delle pietre, il buio della notte interrotto dalle scosse, tutto tornò a premere dentro di loro, muto e insieme assordante.

«Vuoi che ti aiuti con la radio?» disse infine Andrea.

Stefano annuì serio e Andrea gli sorrise appena. Quel patto tra loro non aveva bisogno di altre parole.

24

Andrea e Stefano non avevano percorso che pochi passi quando un movimento disordinato li costrinse a fermarsi.

Davanti a loro un gruppo di uomini serrava in un angolo un ragazzo, lo tenevano in quattro, schiacciato contro un muro come un animale colto in trappola.

Massimo, che avrebbe potuto scattare qualche foto, non c'era più: si era allontanato poco prima, parlando di una pista da seguire, di un segno che lo aveva attratto chissà dove, e con la promessa rapida che si sarebbero rivisti presto.

Stefano e Andrea restarono lì, colpiti da quella scena che aveva un che di diverso, di anomalo: non la disperazione composta e muta che avevano imparato a riconoscere in quelle ore, ma un'agitazione rabbiosa e scomposta.

«Cosa succede? Cos'ha fatto?» domandò Stefano, fissando il ragazzo che si divincolava.

Avrà avuto vent'anni appena, con due occhi neri, feroci, che sprizzavano lampi di collera; i capelli rasati, la fronte bassa e il naso aquilino.

Indossava una maglietta con lo stemma dei boy scout e un fazzoletto rosso e blu legato al collo, pantaloni corti infangati, e una sacca a tracolla che un uomo stava cercando di strappargli via con brutalità.

«È uno sciacallo» rispose secco l'uomo.

Dalla sacca sventrata cadde allora un bottino che non lasciava dubbi: monete sparse, catenine d'oro intrecciate, anelli che rotolarono nella polvere, marchi tedeschi stropicciati, biglietti da dieci e ventimila lire.

«Svuotategli le tasche!» gridò una donna.

Subito un altro gli ficcò la mano nei pantaloni, tirando fuori un mazzetto di vecchie AM-Lire, che agitò davanti al suo naso.

«Pure queste, eh?» gli urlò in faccia. «Neanche eri nato quando giravano queste!»

La rabbia della folla montava.

«Li hai rubati ai morti, bastardo!» inveì qualcuno.

«È venuto dal Sud, si sente dall'accento!»

«Si è travestito da boy scout per far finta di aiutare!»

«Sì, voleva aiutare solo sé stesso...»

«Ruba nelle case diroccate!»

Il cerchio si fece più stretto, minaccioso, e più lo spintonavano più il ragazzo scalciava, grugniva, con la furia di chi non ha più scampo.

«Lo prendo io!»

La voce di Rocco ruppe l'assembramento.

Si fece largo con due commilitoni, la divisa che imponeva rispetto più ancora dei gesti. La folla esitò, la tensione si allentò appena e l'uomo che teneva stretto il ragazzo, a malincuore, mollò la presa.

«Questo ruba tra le macerie» accusò una donna con un bimbo in braccio.

«Ruba a chi ha già perso tutto» aggiunse un uomo.

«E noi lo portiamo dentro» rispose Rocco con voce grave, afferrando il ragazzo per un braccio.

Lui non oppose resistenza, la testa china, le spalle contratte.

«*Ma si' proprio nu disgraziatu*» mormorò Rocco, cercando i suoi occhi.

Il ragazzo trasalì: quel dialetto lo colpì come uno schiaffo familiare, come il rimprovero di una madre, e per un istante il suo sguardo tremò. Ma subito rialzò il muro della diffidenza, serrandosi dentro una corazza di provocazione.

«Ne stanno portando via tanti come te, sai?» intervenne Stefano, rivolgendosi al ragazzo. «E vi portano subito in tribunale. Processi per direttissima.»

«Giusto! Bene!» La folla annuiva convinta.

«Lo capisci che *te si' 'nguajatu*?» disse Rocco al ragazzo.

«*E mo' vedimmo*» ringhiò il ragazzo con occhi di sfida.

«Guarda che i giudici non sono clementi» continuò Stefano. «C'è stato uno, a Udine, poche ore dopo la scossa, l'hanno beccato mentre strappava la dentiera d'oro dalla bocca di un morto.»

«Che schifezza!» commentò Rocco, dando uno strattone al giovane.

«La gente lo voleva linciare» riprese a raccontare Stefano, «e i carabinieri l'hanno salvato a fatica. Ma poi hanno dovuto salvarlo anche in carcere, perché non ha fatto tempo a mettere piede in cella che i compagni l'hanno massacrato di botte.»

Il mento del giovane tremava, ma lo sguardo restava ostinato.

«Nessuno ha pietà di chi ruba ai morti» concluse Stefano.

«Che Dio t'accompagni, *guagliò*» disse Rocco al ragazzo.

Subito i due commilitoni sollevarono il giovane quasi di peso e lo trascinarono verso l'autocarro, che attendeva con il motore acceso.

Andrea, che fino a quel momento era rimasto a osservare in silenzio, scosse la testa, amareggiato: non era soltanto il gesto vile a indignarlo, ma lo squallore che stava dietro a quel gesto, la miseria interiore di una vita sbilenca che portava un ragazzo così giovane a misurarsi con il dolore degli altri non per condividerlo, ma per saccheggiarlo.

Stefano gli batté una mano sulla spalla e i due ripresero a camminare in silenzio, con l'eco della folla ancora nelle orecchie.

Arrivati alla tenda dei radioamatori, Andrea fu il primo a scostare il telo ed entrare, mentre Stefano lo seguì e rimase per un istante immobile, quasi disorientato, davanti a quel formicaio di uomini piegati sui tavoli, fili elettrici che correvano da una parte all'altra, posti radio affollati, cuffie che scivolavano da una testa all'altra e il ticchettio nervoso e costante della telescrivente.

«Arrivano messaggi in continuazione» spiegò Andrea, e la sua voce si fece improvvisamente più distesa. «Ci scrivono da Roma, dalle altre parti d'Italia, dall'estero. E naturalmente dalle province qui attorno. Ci coordiniamo con l'ospedale e con i centri dei soccorsi. Ci stiamo organizzando, piano piano, ma il più resta da fare.»

Stefano colse in quelle parole una sfumatura di scoraggiamento, la modestia sincera di chi, pur lavorando senza tregua, aveva l'impressione di accumulare solo briciole quando bisognava spostare montagne.

«Ma niente telefoni» aggiunse Andrea e aprì le braccia, quasi a scusarsi. Poi indicò la sua postazione radio, con un gesto semplice, insieme dimostrativo e impotente. «Ho solo questa. Posso trasmettere e ricevere.»

«E a me basta!» esclamò Stefano con slancio. «La redazione ha una ricetrasmittente per seguire le comunicazioni delle forze dell'ordine. Cosa dici, si può fare?»

Andrea si illuminò in volto. «Certo!»

E pochi minuti dopo Stefano era seduto accanto a lui, il microfono davanti e il taccuino con le pagine fitte di una scrittura minuta e nervosa.

«Ciao, Luisa, sei pronta? Ecco il pezzo di oggi.»

Le vittime accertate dal Comando dei Carabinieri sono 292.

La provincia più colpita è Udine, con 17 centri sconvolti dal terremoto e 282 morti. Nella provincia di Pordenone i morti sono 10. Ai 292 civili si aggiungono 30 militari, periti o dispersi.

I senza tetto sono circa 50.000. A Majano il numero più alto: due condomini di sei piani, costruiti solo dieci anni fa come promessa di futuro, sono crollati come panna montata, uccidendo più di 70 persone…

«Riva!»

Stefano sobbalzò sulla sedia. Era la voce del direttore, netta, secca, quasi urlata.

«Riva!» tuonò Ravelli. «Questi numeri ce li hanno tutti i giornali. Non voglio un comunicato ANSA, voglio un articolo vero, con notizie vere.»

«Queste sono notizie vere» replicò Stefano, con una punta d'offesa.

«Ma le so già! Visto che hai voluto andare "in prima linea", come dici tu, almeno renditi utile, dimmi cose che non so.»

«Ma io…» Stefano rimase per un attimo senza parole.

Sentiva l'irritazione del direttore, che non gli aveva perdonato la partenza senza autorizzazione ma, anche dentro quell'ira, percepiva qualcosa di vero: gli articoli che aveva mandato non erano diversi da quelli di decine di colleghi, italiani e stranieri, e a mancargli era stato forse proprio quel sangue freddo che serve per guardare l'orrore da un'angolatura originale, senza farsene schiacciare.

«Mi rompi sempre i coglioni con le tue analisi sulla realtà» continuò Ravelli, «allora raccontamela, questa realtà. Raccontami la gente, la disperazione, la paura. Delle cifre non so che farmene. Se servono, me le trovo da solo. Quello che voglio da te sono storie commoventi, storie che facciano piangere tutta Italia, così come piangono in Friuli.»

Tutti i presenti nella tenda si voltarono verso Stefano, lanciandogli occhiate indignate.

«Ma qui nessuno piange» rispose lui, aggrappandosi alla trasmittente.

«Come no!» sbraitò Ravelli. «E cosa fa la gente allora, se non piange?»

«Qui la gente lavora. E scava. Per trovare un vivo, o per dare sepoltura a un morto. Ma non parla con i giornalisti, non si lamenta, non se la prende con chi non ha colpe.»

«Non è possibile! Uno perde casa, famiglia, lavoro… a due giorni dal disastro, e non piange? È ridicolo! Sei tu che non sai dove andare a cercare le storie!»

«E invece è così» ribatté Stefano. «I friulani sono così. Tu non li conosci.»

«Ah, perché, tu sì?» rise sarcastico Ravelli. «Non dire stronzate, Riva. Tu non sei mai andato oltre il Naviglio!»

Stefano si guardò intorno: nella tenda e fuori era tutto un fermento.

«Hai ragione, ma adesso sono qui e sto imparando a conoscerli.»

«Ma non sei in vacanza studio!» urlò Ravelli. «Fai il tuo mestiere e mandami delle storie interessanti. Altrimenti trovati un altro giornale!»

La comunicazione si interruppe con uno schianto secco e Stefano rimase immobile davanti alla ricetrasmittente. Non sentiva nemmeno la rabbia che di solito gli saliva allo stomaco nei battibecchi con il direttore. Stavolta era come svuotato, umiliato, e insieme attraversato da un senso di vergogna. Ogni parola spesa in quelle discussioni gli parve improvvisamente futile. Fuori da quell'inferno nessuno, davvero nessuno, poteva immaginare cosa significasse vivere tra le macerie, respirarne la polvere, guardare i corpi estratti a uno a uno.

Andrea lo fissava in silenzio e nei suoi occhi Stefano lesse la stessa intuizione che lo stava ferendo: quei numeri che lui aveva appena dettato, e che Ravelli pretendeva di trasformare in storie strappalacrime, erano in realtà carne, sangue, famiglie distrutte. Come potevano chiedergli di trovare parole commoventi, quando il dolore che aveva davanti era muto, ostinato, e non si prestava ad alcuna retorica? Come potevano pretendere di trarre profitto da quella disgrazia, di trasformare in merce la morte e la paura?

Stefano si passò una mano sulla fronte e con l'altra tracciò una croce rapida sul testo che non aveva finito di dettare.

«Eccoti!»

La voce di Massimo lo fece trasalire.

Stefano lo guardò con un'apatia insolita, ma non ebbe nemmeno il tempo di raccontargli l'alterco con Ravelli.

«Sbrigati» lo incalzò Massimo, «ci portano su un elicottero della Guardia di Finanza. Sorvoliamo tutta la zona.»

E prima ancora che avesse finito la frase, Stefano aveva stretto la mano di Andrea e già correva dietro a Massimo, con il cuore che batteva forte per la vergogna, per la rabbia, e per la necessità di non fermarsi.

25

Massimo osservava attraverso l'obiettivo come se quel cerchio di vetro fosse l'unico filtro tollerabile tra lui e l'orrore. Scattava, poi si fermava un istante, spingeva lo sguardo lontano, quasi a chiedere respiro, e subito tornava a premere l'otturatore, con il fiato sospeso e una concentrazione dura, inscalfibile. Nulla poteva distrarlo dall'urgenza di testimoniare.

Stefano invece aveva la fronte appoggiata al finestrino dell'elicottero e beveva con gli occhi il paesaggio che scivolava sotto di loro, nel frastuono cadenzato delle pale che sembrava martellargli dentro il petto. Provava un'emozione che era angoscia e nausea insieme, e nello stesso tempo un senso acuto di impotenza e inutilità: che cosa valeva, il suo mestiere di scrivere, di fronte a quello spettacolo smisurato?

Sorvolarono a bassa quota gran parte della zona colpita. Una sequenza interminabile di distruzione: case dimezzate come gusci svuotati, pareti ridotte all'osso, interi borghi spazzati via, campanili mozzati come colli recisi, paesi sfigurati, fabbriche schiacciate a terra, casolari sventrati, lembi interi di bosco abbattuti da colate di pietra. Ovunque macchine escavatrici che avanzavano lente tra le macerie, sollevando nubi dense di polvere che il vento non riusciva a disperdere.

E se dall'alto il crollo verticale degli edifici pareva attenuato, perché i tetti, per assurdo, restavano a volte intatti, bastava abbassare lo sguardo per capire che quelle case, anche se dritte, erano ormai inagibili, pronte a inginocchiarsi alla prossima scossa.

L'ampiezza della sciagura lasciava senza fiato: centri abitati ridotti in frantumi come da un bombardamento improvviso, strade sbarrate da frane di sassi e tronchi, tendopoli in via di costruzione e altre già gremite di gente, ghirlande colorate di vestiti estratti dalle rovine e stesi al vento per liberarli dalla polvere e dall'odore di morte, fagotti di coperte e pile di materassi, carriole cariche di masserizie raccolte alla rinfusa. E talvolta, a tradire la persistenza della vita, minuscole figure di bambini che correvano sui prati, belli da far male agli occhi.

A mezza costa, in un campo spoglio, Stefano scorse decine di bare disposte in ordine, tutte uguali, di un legno chiaro, aperte, equidistanti l'una dall'altra. Aspettavano, pazienti e silenziose.

Stefano si chiese come fosse possibile, con le sole parole che aveva a disposizione, lui che pure con le parole ci lavorava, rendere davvero conto di quel disastro. Percepiva l'insufficienza, la viltà quasi, di ridurre a cifre ciò che vedeva, di improvvisarsi sismologo riempiendosi la bocca – come facevano tutti ormai – di tecnicismi: epicentro, ipocentro, scosse ondulatorie o sussultorie, scala Mercalli e scala Richter, edilizia antisismica. Come se bastasse quello per spiegare, descrivere, senza rendersi conto che quello sfoggio di scienza era solo un tentativo vano di contenere l'incontenibile, dare forma a ciò che invece sfuggiva del tutto all'intelletto.

E Ravelli, a modo suo, aveva ragione: i suoi articoli non dicevano nulla di quell'inferno. Non perché, come pretendeva il direttore, non riuscissero a strappare le lacrime al lettore lontano, che poi avrebbe richiuso il giornale e sarebbe tornato alla sua vita intatta. Ma perché forse non esistevano parole giuste, non c'erano combinazioni di frasi capaci di raccontare fino in fondo la forza, la dignità, l'eroismo muto dei friulani, che continuavano a scavare sapendo di aver perso tutto.

Ravelli voleva lo scoop, i titoli che facevano vendere copie; ma quello non era un reportage di guerra, non era una corsa a chi arrivava primo, era piuttosto una prova di resistenza, come quelle gare di fondo in cui non conta lo scatto, ma la capacità di rimanere in piedi quando tutti gli altri hanno già ceduto. E Stefano, con la fronte ancora premuta sul vetro, capì che forse il suo compito non era trovare parole che commuovessero, ma semplicemente avere il coraggio di osservare e tacere abbastanza a lungo da permettere a quelle immagini di sedimentarsi dentro di lui, fino a diventare racconto.

L'elicottero tornò alla caserma e atterrò sul piazzale sollevando un mulinello di polvere. Nessuno parlava. Il capitano della Guardia di Finanza, appena rimesso piede a terra, si piegò su una carta orografica della regione, tracciando linee e frecce, riempiendo in fretta una tabella di cifre e annotazioni fitte, quasi a volersi rifugiare in quel compito tecnico che proteggeva dalla brutalità del visibile.

Dentro la caserma le operazioni non si erano mai fermate: camion che entravano e uscivano, squadre che si davano il cambio con il volto stanco e annerito, ordini secchi che rimbalzavano da un capannone all'altro.

E soprattutto, sempre, il lavoro lento e cocciuto intorno alle macerie.

«Mancano ancora dei ragazzi all'appello» disse il capitano a Stefano e Massimo. «Almeno cinque erano nelle camerate. Là sotto.»

«Sono passati già due giorni» mormorò Stefano.

«Nessuna speranza» rispose piano l'ufficiale, e il volto si fece ancora più scuro. «Ma bisogna trovarli, e presto. Le famiglie aspettano.»

Mentre parlava, i suoi occhi si spostarono su un uomo che se ne stava ai margini della zona di scavo. Era di statura minuta, con i baffi neri che coprivano del tutto le labbra serrate. Non piangeva, solo la mandibola tradiva, con un tremore impercettibile, la tensione del corpo. Le braccia erano abbandonate lungo i fianchi, le mani grosse, callose, pendevano inerti, come morte. Sulla fronte, un solco orizzontale dava al volto un'espressione fissa di stupore e incredulità.

«Questa mattina ne abbiamo tirato fuori uno» continuò il capitano, abbassando il tono. «Gli restava mezza faccia, il resto era irriconoscibile.»

Un trambusto improvviso scosse l'aria: voci concitate, un correre di passi, la richiesta urgente di sacchi e barelle. Un altro corpo era stato localizzato. Stefano vide l'uomo muoversi appena, uno sbilanciamento minimo, come se una forza invisibile lo spingesse avanti e subito lui la ricacciasse indietro. Le mani si strinsero a pugno, deglutì con fatica, e solo gli occhi, per un attimo, si accesero di una luce viva, prima di ricadere nel buio del suo dolore muto.

«Molti soldati erano in libera uscita» spiegò il capitano con voce grave. «Ma altri sono rimasti in caserma. Alcuni giocavano a carte, altri scrivevano alle fidanzate, alle famiglie. Qualcuno dormiva. E alcuni...» aggiunse, volgendo di nuovo lo sguardo verso l'uomo che non si staccava dalle macerie, «alcuni si sarebbero congedati proprio oggi.»

Stefano fissava quel cantiere brulicante: soldati con le braccia indurite dalla fatica, che si asciugavano la fronte con il dorso della mano, che aggiustavano il fazzoletto sulla bocca, che chiamavano a gesti altri rinforzi. E in mezzo a loro quel padre, immobile, come pietrificato, incapace di distogliere lo sguardo dal cumulo di detriti.

«Qui il dolore si manda giù in silenzio» disse l'ufficiale, e la frase aveva il tono di una constatazione amara. «Io sono siciliano. Ho visto il Belice. Lì la disperazione si grida, è pubblica, obbligatoria. La gente piange, urla, si dispera davanti a tutti...»

«Qui no» lo anticipò Stefano, e gli tornò alla mente l'ottusità di Ravelli, il suo pretendere storie di lacrime.

«Qui no» confermò il capitano. «Qui la gente si mette a lavorare. Ti aiuta. Ti chiede se hai bisogno di qualcosa. Senza piangere. Senza inveire contro nessuno. Non è rassegnazione, non è cuore di pietra.»

«No» fece eco Stefano.

«Ieri mattina, a poche ore dal sisma, abbiamo fatto il primo giro di ricognizione e non sai quante donne abbiamo visto con la scopa in mano, che spazzavano la strada davanti a casa» continuò il militare.

«E neanche una lacrima» disse Massimo, piano.

Il capitano annuì poi, con un breve cenno di saluto, li lasciò soli sul piazzale.

In quel momento dalle rovine si levò un richiamo, non forte ma deciso, e i soldati, con gesti larghi e solenni, fecero segno all'uomo di avvicinarsi. Per un istante rimase fermo, come se non avesse compreso, poi mosse un passo esitante e subito un altro, e già in quel breve tragitto il corpo gli si incrinò in un tremito che non riuscì più a contenere. Le mani si sollevarono a mezz'aria, indecise, come a cercare un appoggio invisibile.

Era arrivato il momento che aveva temuto e insieme invocato da ore: riconoscere il corpo di suo figlio.

26

9 maggio 1976

Nora continuava a guardare Loris con uno stupore che non si scioglieva, incredula che fosse davvero lì, vivo, con la pelle ancora chiara e intatta, e che di quelle ore interminabili passate sotto le macerie non rimanesse altro che una doppia frattura alla tibia e una sbucciatura superficiale sulla spalla destra. Le pareva un miracolo, uno di quei segni che non si osano chiedere ma che, quando si compiono, fanno vacillare le convinzioni di una vita.

«Sono solo due graffi» aveva detto lei con un sorriso teso, quasi di sfida, al medico che insisteva per tenerlo ricoverato almeno una notte. «Lo curo io, non vi preoccupate. Voi avete già abbastanza da fare.»

E Franco si era caricato il figlio in braccio, rifiutando perfino la sedia a rotelle che gli porgevano. Erano usciti in fretta dall'ospedale, come per non dare disturbo, ma anche perché quel sollievo insperato li spingeva a respirare aria nuova, a tornare subito tra gli altri, senza il timore di vedersi riprendere ciò che era stato loro restituito.

Franco aveva l'impressione di avere nelle braccia la forza di mille uomini e stringeva Loris a sé con una gratitudine muta, mentre il figlio si aggrappava con tale intensità che i due parevano un unico corpo, un unico respiro.

Ora, nella tenda da campo che era la loro nuova casa,

Nora osservava suo figlio e dentro di sé si diceva che aveva avuto ragione: Loris non aveva bisogno di un letto bianco né di mani estranee che lo vegliassero, ma della vicinanza dei suoi, del calore familiare che già lo stava riportando ai suoi colori, ai suoi occhi vivaci, alle mani che non sapevano restare ferme.

E a fargli compagnia c'era sempre Terry, il gattino trovato da Franco nel pollaio della Ninetta, che non si era più staccato da loro. Era rimasto accucciato durante tutto il salvataggio, aveva vegliato a pochi passi dall'apertura da cui Loris era riemerso, e alla fine Delia, con un sorriso allegro e leggero come non se ne vedevano da giorni, aveva decretato che ormai apparteneva anche lui alla famiglia. Loris aveva deciso di chiamarlo Terremoto e i due erano diventati inseparabili.

«Terry! Vieni qua!» lo chiamava Loris, e il gattino non tardava mai a farsi vivo.

Si avvicinava con cautela curiosa e poi finiva sempre per strusciarsi contro la mano tesa del bambino. Solo quando la terra riprendeva a tremare, Terremoto spariva per un po', rintanandosi tra il telone della tenda e il terrapieno retrostante, e lì restava nascosto, fino a quando il silenzio tornava a ristabilirsi.

Le scosse di assestamento terrorizzavano tutti: Loris rimaneva zitto e smarrito, Delia si copriva le orecchie come se sentisse un fragore assordante. Non era solo il ricordo vivo della notte di pochi giorni prima a spaventarli, né il timore di altri crolli – che tanto ormai le case pericolanti erano state evacuate e la tendopoli offriva un rifugio sicuro – ma l'impressione insopportabile che l'incubo non avesse fine, che quello che era stato distrutto potesse disfarsi di nuovo, che la ricostruzione si trasformasse in un infinito ricominciare.

La tendopoli si stendeva su uno spiazzo aperto, battuto dal sole e dal pulviscolo che restava sospeso nell'aria, inasprendo il respiro e velando i colori. Dalla loro casa, Franco e Nora non avevano recuperato quasi nulla: qualche pentola, due sgabelli, la panchina di ferro del giardino, e poco altro. Il resto l'avevano ricevuto: coperte e brande dell'esercito, biancheria, taniche d'acqua, viveri, un fornello da campo, indumenti, pezzi di sapone.

La vita, ridotta all'essenziale, era tutta lì, in quell'accampamento di fortuna.

Nella tenda accanto, Luigi e Marco dividevano lo spazio con una coppia di anziani che non smettevano di guardare il bambino con occhi lucidi. Nora aveva voluto che fratello e nipote stessero vicino a loro, soprattutto dopo che, già nella prima notte, si era saputo che Maddalena era tra le operaie rimaste sotto il crollo della fabbrica.

Quella sera Luigi aveva caricato Marco mezzo addormentato sulla bicicletta e si era precipitato a cercare la moglie. Le sirene suonavano assordanti, Marco si lamentava, ma Luigi pedalava furioso, il fiato corto, il cuore che batteva in gola, fendendo la folla che si accalcava ai bordi delle strade o fuggiva verso le piazze.

Davanti alla manifattura aveva trovato un assembramento di operaie che spiegavano ai soccorritori la disposizione interna: dov'erano i magazzini, le macchine, gli uffici, la sala di riposo, i servizi. Luigi si era convinto di aver sentito la voce di Maddalena, quel suo accento cantilenante, le esse che correvano via veloci, e soprattutto la risata che le scappava con la testa rovesciata all'indietro e gli occhi semichiusi. Era certo che fosse lei, e allora si era messo a correre tra i gruppetti di operaie, nella luce dei fari che illuminavano le macerie, aggrappato a quella certezza. Poi qualcuno lo aveva fermato, afferrandolo per un braccio. Luigi si era voltato e aveva riconosciuto Adriana, l'amica di sempre di Maddalena. In un attimo aveva rivisto le due donne pedalare insieme verso la fabbrica, ridere di cuore al ritorno, fermarsi sul sagrato dopo la messa della domenica, una rapida visita all'edicola per comprare la *Settimana enigmistica* – la grande passione di Adriana – e poi i saluti frettolosi, perché ognuna aveva un pranzo da preparare.

Adriana aveva gli occhi rossi e gonfi, ma fermi, e non servì una parola: Luigi capì subito. Maddalena era tra le vittime. Il suo corpo era stato estratto in fretta, tra i primi ritrovati. Era intatta, ma un pezzo enorme del macchinario sotto il quale lavorava l'aveva colpita in pieno, schiacciandola senza lasciarle scampo.

Marco, aggrappato al braccio di Luigi, fissava il corpo immobile della madre senza capire del tutto. Non c'era pianto, non c'era grido, solo quegli occhi grandi e sconcertati che cercavano invano un gesto, un respiro, una voce familiare. Sentiva però le mani del padre sulle spalle farsi più pesanti e il suo respiro scendere lento, sempre più lontano.

Quella notte Adriana aveva preso Marco con sé, mentre Luigi era rimasto a scavare con i soccorritori e non si era staccato dalle rovine fino a quando non erano stati estratti tutti gli operai mancanti all'appello. Solo allora se n'era andato e aveva vagato per Gemona, offrendo braccia e forza dove serviva, terrorizzato all'idea di tornare a casa e incrociare lo sguardo vuoto di Marco, dello stesso azzurro degli occhi di Maddalena.

Anche il giorno seguente padre e figlio avevano scambiato poche parole. Luigi non era uomo da discorsi lunghi, e la sua ironia schietta, quella che Maddalena amava perché sapeva alleggerire anche i momenti più pesanti, sembrava essersi inabissata con lei. Non era incapacità di amare, né indifferenza, era che Maddalena aveva sempre tenuto le fila della loro vita, ed era stata lei a farlo parlare, a spingerlo a restare sveglio fino a notte fonda quando bisognava decidere qualcosa di importante. E Marco era in cima alle preoccupazioni della madre, non per ambizioni smodate o aspettative eccessive; Maddalena non si illudeva, non gonfiava i talenti di suo figlio, né drammatizzava i suoi difetti, ma conosceva la sua fragilità e ne soffriva.

Così, in quei primi giorni dopo il sisma, solo Loris era riuscito ad avvicinarsi a Marco. Luigi e Nora gliene erano grati, anche se non lo dicevano.

Non c'era in lui nessuna posa da salvatore, nessuna compassione ostentata, nessun imbarazzo. Loris intuiva la profondità insondabile e gravissima del dolore del cugino, ma non gli si rivolgeva con eccessive precauzioni, accettava il suo mutismo senza mettersi a parlare per due, lo coinvolgeva in piccoli giochi senza pretendere nulla, e se Marco scuoteva la testa e rimaneva a disegnare linee nella polvere con un dito, Loris non insisteva.

In verità, nessuno dei due aveva gli strumenti per scalare la montagna improvvisa di quel dolore, per capire fino in fondo che cosa significasse davvero la morte di una madre. Restavano nel presente assoluto che solo i bambini conoscono, senza orizzonti futuri, senza domande né risposte. Eppure qualcosa intuivano, senza riuscire a dirlo: che intorno a loro nulla era più come prima.

Perché in quel terremoto il lutto non era come negli altri tempi. I morti non avevano lasciato solo un vuoto fatto di oggetti e di abitudini – il profumo negli armadi, la forma della testa sul cuscino, la sedia vuota a tavola – ma si erano portati via anche le case che li contenevano, le strade che percorrevano, i luoghi che frequentavano. Non restava nulla con cui tenere viva la memoria, erano svaniti loro, e insieme a loro il mondo che avevano abitato.

«Vieni» disse Loris quel pomeriggio, sfiorando con la punta della stampella il piede del cugino.

Marco, che fino a quel momento era rimasto rintanato nel suo silenzio, per una volta cedette. Seguì Loris e insieme andarono a sedersi nel cerchio di bambini radunati davanti a un gruppo di anziani. Lì, sotto la luce pallida che filtrava tra le tende, prendevano vita le storie delle valli, i racconti dei terremoti passati, le memorie che scivolavano di bocca in bocca con un tono grave, antico, come se custodissero un segreto. Tutti a dire che neanche nel '28, neanche nel '59, si era vista una distruzione simile.

«*L'Orcolat al à vût fam*» disse Delia. «Ve la racconto la storia?» chiese poi, piegandosi un poco in avanti, le mani ossute posate sulle ginocchia.

Gli occhi dei bambini si accesero e si misero in silenzio ad ascoltare.

«L'Orcolat è un orco dormiglione» cominciò Delia, spalancando le mani. «Vive sulla cima del monte San Simeone. È un orco grande, grandissimo, così grosso che a ogni passo la terra trema.» La sua voce si abbassò e con essa le mani sospese. I bambini trattennero il fiato. «Allora tutti si spaventano: gli uomini, gli animali, persino gli alberi. Ma quando dorme, l'Orcolat lascia in pace il mondo.»

«E se si sveglia?» chiese un bambino con gli occhi spalancati.

«Ogni tanto, quando ha fame, si agita, esce dalla grotta, sposta la montagna e va a cercare da mangiare» continuò Delia, con un tono che pareva cantilenare.

«Come l'altra sera?» domandò una bambina, stringendosi le ginocchia al petto.

«*Sì, ve!*» annuì Delia, con solennità. «Dormiva da tanti anni, ma si è svegliato affamato, affamatissimo! È uscito correndo, ha cominciato a saltare, a guardare, a cercare, e non si è accorto che a ogni passo la terra tremava, le case crollavano, le montagne franavano, portandosi dietro i boschi, le tane, i nidi.»

«E adesso dorme?» chiese ancora la bambina, e la sua voce era un filo.

«Sì, è tornato nella sua grotta» disse Delia piano, con dolcezza. «Adesso si è rimesso sotto la coperta, ma si sta sistemando ancora un po'. Si gratta il naso, si gira su un fianco. E pian piano vedrai che si riaddormenta.»

La bambina sorrise finalmente, liberando un respiro trattenuto. Anche altri bambini, a poco a poco, si rilassarono.

Più in fondo al cerchio, però, c'era Giada. Non ascoltava davvero, le parole di Delia le scivolavano addosso come una nenia lontana. La tristezza che le pesava sul petto restava intatta, feroce. Non riusciva a darsi pace per la sorte di Vanessa. Continuava a rivivere quella sera con una nitidezza dolorosa: il buio nel cinema, il profumo di vaniglia dello shampoo di Vanessa, l'ultimo sguardo malizioso che l'amica le aveva lanciato correndo verso Filippo, e poi la sua risata nervosa alla prima scossa, quel parlottare concitato due sedie più in là. Lei invece, ostinata nel proprio malumore, era uscita. E si era salvata.

Ora si ritrovava tra le mani un groviglio insopportabile di sentimenti contrastanti e spesso irragionevoli: il senso di colpa, la nostalgia, il risentimento cieco e, sopra ogni cosa, un desiderio assurdo di rivalsa su quell'ingiustizia senza nome.

I genitori di Vanessa l'avevano cercata e, trovando lei, avevano creduto di ritrovare anche la figlia. Era durato solo un attimo, quello che c'era voluto perché i loro sguardi si incrociassero e ogni parola diventasse inutile. Non erano serviti dettagli, non erano servito spiegare come mai Giada fosse viva e Vanessa invece dispersa sotto le macerie del cinema. Non glielo avevano chiesto e Giada, sentendo addosso il vuoto di quegli occhi che non la vedevano, aveva capito che non importava più, che niente importava più. Li aveva guardati allontanarsi piano, con un passo esitante tra i detriti, piegati da un fardello che era insieme pena, rimpianto e colpa.

A Giada era tornata alla mente la voce limpida di Vanessa: "Tanto mia madre, qualsiasi cosa succeda, dà la colpa a mio padre!"

Giada ricordò il sorriso beffardo con cui lo diceva, quel modo di alleggerire con una battuta anche le verità più pesanti, e le parve impossibile che quella voce fosse spenta per sempre.

Vedendo Giada sprofondata in quel mutismo, Nora cercava di scuoterla, ma ogni sforzo si rivelava vano ed erano entrambe stremate sia dalla ricerca ostinata di dare un senso a quello che non ne aveva, sia dal tentativo prematuro di farsene una ragione.

Certo, tra madre e figlia pesava ancora la malcelata ostilità che Nora aveva provato nei confronti di Vanessa negli ultimi tempi, e ora Giada avrebbe potuto attaccarsi a quel giudizio nel disperato bisogno di prendersela con qualcuno. E invece non fu così, perché entrambe capivano che quello sarebbe stato un punto di non ritorno e si fermavano un passo prima.

Allora Nora, ostinata a modo suo, provò a coinvolgerla nelle attività che stava tentando di mettere in piedi con le altre maestre. Volevano occuparsi dei bambini della tendopoli, dare forma alle loro giornate, che scorrevano altrimenti in un vuoto pericoloso. Il ministro dell'Istruzione Malfatti aveva dichiarato chiuso l'anno scolastico per le scuole friulane, in nome di un apparente buon senso, che rischiava però di trasformarsi in abbandono. Così Nora aveva preso contatto con il Provveditorato di Udine, chiedendo di rendere disponibili alcuni locali agibili, di ricostruire almeno un embrione di scuola, per ridare un appiglio ai più piccoli. Ma le risposte non arrivavano, l'organizzazione pareva difficile da attuare e intanto le urgenze dei soccorsi e le priorità della ricostruzione schiacciavano ogni progetto.

«Facciamolo qui» aveva detto Nora.

E aveva allargato le braccia a indicare lo spiazzo libero che si apriva tra le tende, dove l'erba era stata schiacciata dal continuo passaggio e si intravedevano ancora, come cicatrici, le tracce dei furgoni militari. Attorno a lei, le maestre e la direttrice della scuola annuivano.

«Ma sì» fece un'altra, «ci mettiamo delle panche, recuperiamo una lavagna, un po' di carta, dei pennarelli. Cosa ci vuole.»

Per un attimo, con il sole tiepido che carezzava la pelle, il cielo terso che non lasciava presagire tempeste e il verde quieto del bosco che incorniciava lo spiazzo, parve davvero che tutto fosse di nuovo possibile. Ma sapevano bene che non bastava un'idea: servivano mani, materiali, tempo. E il paese era ancora in ginocchio.

«Vieni ad aiutarci!» disse Nora a Giada.

E in quel gesto non c'era soltanto la richiesta concreta di una collaborazione, ma il bisogno profondo di offrire alla figlia un appiglio, un'occasione per ritrovarsi, per cucire insieme almeno un filo di speranza. Giada, però, resisteva. Il dolore la avvolgeva ora dopo ora in un guscio spesso, impenetrabile, e dentro quel bozzolo non faceva che rimuginare, soffrire, piegarsi al peso della perdita.

«Non so aiutarvi» rispose infatti, senza slancio.

«Come no!» esclamò Nora, con un'enfasi quasi forzata. «Manca un mese e hai finito le magistrali. Sei una maestra a tutti gli effetti.»

«Mah» replicò Giada, scrollando appena le spalle. «Non proprio a tutti gli effetti. Ci vuole il diploma. E chissà se ci fanno fare gli esami.»

«Diploma o non diploma, sei una maestra anche tu» insistette Nora.

«Io non voglio fare la maestra» tagliò corto Giada.

«Non vuoi fare la maestra?» ripeté Nora, confusa. «E allora perché hai scelto le magistrali?»

«Perché c'era solo questo, ma non è il mio sogno. Non è quello che voglio per il mio futuro.»

Giada abbassava lo sguardo mentre parlava e le dita giocavano nervose con i braccialetti colorati che portava al polso, stringendo soprattutto quello che aveva intrecciato con Vanessa qualche settimana prima.

"Devi esprimere un desiderio quando si rompe" le aveva detto l'amica, e a quel ricordo un nodo le serrò la gola.

Pensò fugacemente ai suoi progetti di partire, andare all'università, e tutto le sembrò lontano e difficilissimo. Si chiese se dovesse qualcosa a Vanessa, se il destino l'avesse risparmiata per consegnarle un debito invisibile. E se fosse stata lei, quella sera, a restare sotto le macerie, cosa avrebbe fatto Vanessa?

«Non so cosa vedi nel tuo futuro» si irrigidì Nora, cogliendo l'irrequietezza che covava nella figlia e che minacciava di esplodere, «ma per ora questo è quello che abbiamo.»

Poi tacque, rendendosi conto di quanto quella discussione rischiasse di diventare sterile, una di quelle fratture che scavano solchi senza rimedio. Giada, dal canto suo, aveva già lasciato cadere la questione. Non replicò e si chiuse di nuovo nel suo silenzio.

«Giada!»

La voce di Rocco arrivò dalla soglia della tenda.

Lei alzò la testa di scatto.

«Vieni a darci una mano per la distribuzione dei pasti?»

Rocco sorrise, cercando di domare il sussulto che gli scuoteva il cuore. Ogni volta che la vedeva era così, come se un respiro improvviso lo liberasse e nello stesso istante un pugno secco lo colpisse al petto, chiudendogli lo stomaco e spalancandogli i polmoni in un paradosso che non sapeva controllare.

«Sì, arrivo» rispose Giada, senza esitare. Poi si voltò verso la madre, lanciandole un'occhiata obliqua. «Io vado.»

E Nora non poté fare altro che guardarla mentre si allontanava, con la consapevolezza amara di non poterla più trattenere.

27

Franco se ne accorse subito: quell'automobile parcheggiata davanti al municipio non era del posto. Un uomo, sulla quarantina, camminava lì accanto avanti e indietro fumando nervosamente. A Franco parve vestito "come nei giornali" – così avrebbe raccontato più tardi a Nora – incapace però di precisare meglio quella sua impressione, come se in quell'abito stirato e in quella camicia chiara vi fosse qualcosa di estraneo e fuori luogo rispetto al disordine polveroso che li circondava.

Quando Franco gli si avvicinò chiedendo se poteva essere d'aiuto, l'uomo indicò un cartello poggiato al lunotto: cercava suo padre. La voce gli usciva in un italiano incolore, senza più dialetto, senza radici, e tuttavia con accenti strani, sbilanciati, che spostavano il peso delle parole come su un piano inclinato. Disse che viveva in Germania da trent'anni e che non aveva esitato a partire non appena aveva saputo del disastro, perché le comunicazioni erano interrotte e non c'era altro modo di avere notizie di suo padre che venire di persona. Così aveva viaggiato quindici ore di seguito e, giunto in paese, aveva trovato la casa di famiglia crollata, ridotta a un cumulo di macerie, ma del padre nessuna notizia. Forse era rimasto sepolto, forse invece si era salvato andando in osteria a giocare a carte.

Franco lo ascoltò con attenzione, cercando nel fondo della memoria se conosceva quel nome, se lo aveva mai incontrato in Comune, o tra i coristi, o magari da Babette. Ma anche qualora avesse ricordato, che cosa avrebbe potuto fare? Come riportare un vecchio disperso tra le braccia del figlio? Allargò le braccia, un gesto breve che diceva insieme resa e solidarietà, poi si allontanò con il cuore appesantito.

Solo allora si accorse del groviglio di targhe straniere che intasavano la piazza e le strade vicine, automobili arrivate da ogni confine, mescolate a quelle dei soccorritori, agli autocarri militari che arrancavano nelle manovre, ai mezzi delle famiglie che fuggivano dalle valli. Ogni macchina raccontava un esodo, un ritorno, un legame reciso e improvvisamente riallacciato.

Quando finalmente alzò gli occhi sul municipio, prese atto dei danni incommensurabili subiti dall'edificio e soprattutto delle conseguenze che ne derivavano. Vide non soltanto le crepe e i crolli, ma soprattutto ciò che sotto quelle rovine era andato perduto: archivi, atti, registri, planimetrie, documenti di anni di amministrazione, carte uniche e irripetibili che nessun lavoro avrebbe restituito. Gli sembrò un vuoto incolmabile, una nuova forma di lutto che si sommava agli altri.

«Franco!» Gabriella lo raggiunse correndo.

Si guardarono e subito si abbracciarono per la gioia di ritrovarsi.

«Oggi dovevi sposarti» mormorò Franco, con voce smorzata, quasi aggiungesse una nuova riga alla lunga lista delle perdite, consapevole che dietro a quell'occasione mancata potevano nascondersi danni più gravi.

«Il matrimonio è saltato, sì, ma gli sposi sono vivi» rispose Gabriella con prontezza, come per rassicurarlo prima ancora che la domanda le fosse rivolta. «La casa dei genitori di Renato ha resistito, e io sono riuscita a scappare in tempo dalla mia, che invece è crollata del tutto.»

«Eh! Almeno siete vivi!»

«Già. Tutto il resto è andato perduto: il vestito, le bomboniere… Ma quelli sono solo oggetti» disse con un tono che oscillava tra fierezza e smarrimento. «Quello che conta siamo io e Renato, il resto è superfluo.»

Franco le posò una mano sulla spalla, gesto semplice e istintivo, ma le parole gli rimasero bloccate in gola.

«Ma adesso basta parlare di me» disse Gabriella, sollevando entrambi dall'imbarazzo. «Mettiamoci al lavoro. La gente qua ha bisogno di noi.»

Ed entrambi guardarono il municipio. Metà della facciata era crollata, trascinando con sé i cornicioni e una delle tre grandi arcate. La sala del primo piano si apriva sulla piazza come il palcoscenico di un teatro sventrato, mentre ai piedi dell'edificio si accatastavano mattoni, travi, mobilio sfasciato e risme di carta che il vento sollevava a brandelli. Le balaustre, incredibilmente, erano rimaste in gran parte intatte, persino quelle del ballatoio della trifora; ma la parte ancora in piedi pendeva minacciosa e i soldati del Genio stavano già lavorando a puntellare muri e solai con travi di legno incrociate e sostegni d'acciaio.

Franco deglutì, esitò un attimo come chi sente sulle proprie spalle un peso che supera le forze, e tuttavia non può sottrarsi.

«Da dove cominciamo?» balbettò.

«Dalle cose più importanti» rispose lei con slancio. «L'anagrafe, gli archivi.»

Si mossero allora, l'uno dietro l'altra, e varcarono l'ingresso che i soccorritori avevano dichiarato praticabile, un varco angusto tra i detriti, un corridoio improvvisamente divenuto sentiero di guerra. Le pareti erano crepate, il soffitto puntellato, l'aria satura di polvere sottile che pizzicava la gola. Gabriella riconobbe quel corridoio: solo due giorni prima lo aveva percorso con i pensieri occupati dalle nozze imminenti, dal vestito bianco e dai fiori che l'avrebbero attesa; ora lo stesso cammino era cosparso di calcinacci, vetri spezzati e fogli sparpagliati come colombe cadute dal cielo.

Gettò uno sguardo rapido al proprio ufficio, devastato: le scrivanie ammucchiate contro il muro, le sedie riversate come corpi privi di vita, un tappeto di documenti e di schegge che scricchiolava sotto i passi. La porta che dava sul retro non aveva più infissi e si apriva su una piazzetta insolitamente fresca, dove il sole filtrava attraverso il pulviscolo.

«Se la strada è libera, da là si arriva dritti all'asilo nuovo» osservò Gabriella, più a sé stessa che a Franco.

«È aperta» si affrettò a confermare un ragazzo che stava appena fuori, il volto scavato dalla fatica, una sigaretta tremante all'angolo della bocca.

Accanto a lui altri tre, poco più che adolescenti, fissavano Franco e Gabriella come in attesa di un ordine.

«Perfetto» disse Gabriella, senza perdere tempo. «L'asilo è agibile: ci basta una stanza. Noi smistiamo, vi passiamo i pacchi, voi li portate là. Vi scrivo un foglio, così sapranno che vi mandiamo noi.»

Non c'era bisogno di altre parole. Bastò il gesto di Franco che apparve subito con una scatola pesante, ricoperta di polvere, e si mise in moto una catena muta di pacchi che passavano di mano in mano.

Fuori, il ronzio ininterrotto dei generatori, il brontolio dei motori, lo scavare delle ruspe, il picchiare dei martelli, le urla dei soccorritori che si scambiavano ordini; dentro, invece, un silenzio sospeso, rotto soltanto dal fruscio dei calcinacci che scendevano ancora dai solai, dal tintinnio casuale di un vetro che si assestava, dal crepitio secco di qualche trave che cedeva impercettibilmente.

Fu allora che, come una fenditura nel silenzio operoso, squillò il telefono, un trillo nitido e fuori posto che tagliò l'aria e li fece sobbalzare. Rimasero un attimo sospesi, increduli, con gli sguardi che si cercavano senza trovare parole. Ma non era un miraggio, il Genio Civile aveva ridato vita a qualche linea telefonica e quell'apparecchio, all'improvviso, tornava a collegarli con il resto del mondo.

Gabriella si avvicinò al telefono grigio, esitante come chi si accosta a un oggetto sacro, e sollevò la cornetta con una timidezza che non le apparteneva.

«Municipio di Gemona» disse, e la voce le tremò.

«Ah... finalmente! Sono Joe Pascolo, chiamo da Vancouver, Canada. Com'è mio cugino Renzo? Renzo Pascolo. È nelle liste?»

«Quali liste?» balbettò Gabriella, già frugando sulla scrivania in cerca di una penna.

Annotò quel nome in fretta e rispose che avrebbero fatto le opportune ricerche. Ma appena riappoggiò la cornetta, il telefono riprese a squillare e l'ansia del mondo si riversò su di loro.

Erano per lo più voci dall'estero, dal Belgio, dalla Svizzera, dalla Germania, ma anche dagli Stati Uniti, dal Canada, dall'Argentina, parenti che non vedevano i loro cari da anni e che ora, appresa la notizia del terremoto, volevano sapere se erano vivi o morti. Ogni squillo era un sussulto, ogni voce un carico di dolore che attraversava mari e continenti per precipitare in quella stanza devastata.

Gabriella, con la mano che correva veloce, annotava nomi su fogli strappati, scriveva indirizzi, domande, frammenti di vite che da lontano cercavano risposte. Franco, accanto a lei, cercava di dare un ordine a quell'ondata di richieste, incrociando le liste provvisorie dei dispersi con i registri dell'ospedale, con i foglietti compilati a mano dai volontari. Ma presto fu chiaro che non bastava improvvisare, non si poteva più continuare a inseguire le notizie sparse come schegge, occorreva un censimento, rigoroso e puntuale, che stabilisse chi c'era ancora e chi non sarebbe più tornato, dove si trovavano i sopravvissuti, quali famiglie avevano perso la casa e quali invece erano riuscite a salvarla.

La consapevolezza cadde su entrambi come una necessità urgente, quasi brutale. Senza un elenco certo, senza un registro unico, non ci sarebbe stato modo di rispondere a quelle telefonate che si moltiplicavano di ora in ora, né di consolare i parenti che affollavano il municipio, con gli occhi pieni di terrore e le mani che stringevano fotografie stropicciate.

Il colonnello Cassotta, con la divisa impolverata, entrò nella stanza e si rivolse a Franco con tono perentorio.

«Bisogna organizzare il flusso, prendere nota di tutte le richieste.»

«Sì, certo» rispose Franco trafelato.

«Gli aiuti stanno arrivando da Udine, e presto da tutta Italia» continuò il colonnello. «Ma dobbiamo sapere come distribuirli. Dove manca il pane non basta mandare vestiti. Dove servono coperte è inutile mandare scarpe.»

«Nelle tendopoli ci si aiuta come si può» replicò Franco, «ma c'è chi non ha più nulla, e chi spera di tornare presto a casa.»

«Allora installiamo un punto di raccolta qui» ordinò il colonnello. «Segnate: famiglia, numero di tenda, persone presenti, bambini, situazioni particolari. Tutto ciò che può guidare la distribuzione.»

Franco si diede subito da fare. Trascinò nell'atrio una scrivania rimasta quasi intatta, la ripulì alla meglio, vi pose dietro una sedia e chiamò a raccolta Gabriella e i giovani volontari.

«Qui deve esserci sempre qualcuno» spiegò con calma. «Scrivete ogni richiesta, ogni dettaglio. Chiedete se ci sono bambini, anziani, malati. Gabriella raccoglierà e porterà le informazioni all'esercito. Gli aiuti arriveranno in quantità, ma non dobbiamo sprecare neppure una briciola.»

Mentre parlava, già il suo sguardo si spostava oltre la spalla di Gabriella. Una donna era appena entrata nell'edificio e avanzava verso il tavolo, i passi esitanti, lo sguardo smarrito, i capelli cortissimi, di quel biondo quasi bianco, per cui in tanti la chiamavano ancora "la forestiera".

«Babette!» esclamò Franco allungando la mano per salutarla.

«Egidio è morto» disse lei subito, senza lasciare spazio a preamboli. «Lui era in casa, io invece ero in osteria.»

«L'osteria ha tenuto?» mormorò Franco, quasi incredulo.

«Ha tenuto, sì...» annuì Babette, e nel suo tono c'era una rassegnazione che non cedeva al pianto. «Forse i lavori di rinforzo, forse la parte interrata, chissà... La casa invece è venuta giù come pastafrolla. E sotto c'era lui.»

«Lo avete tirato fuori?» chiese Franco.

«I soccorritori hanno scavato dieci ore di fila, senza fermarsi mai. Era una squadra francese, venivano da Grenoble, pensa! Avevano un apparecchio sofisticato che sente i battiti anche a due metri di profondità... Egidio avrebbe riso di gusto, lo sai com'era: per le novità aveva sempre l'occhio vivo.»

«E la macchina non ha sentito niente?»

«Ha sentito, sì. Per quello continuavano a scavare. Ma non era lui, era il battito di Victor, il canarino. Lo tenevamo in cucina ed Egidio era proprio lì vicino. Sono sicura che voleva salvarlo, e invece...»

«Babette, mi dispiace così tanto! E adesso? Te ne torni a Charleroi?»

«È arrivato mio figlio, sì. Vuole portarmi via» rispose lei, stringendosi nelle spalle. «Ma Egidio è qui. Io… io voglio restare. E poi ho l'osteria, ed è per quella che sono venuta qui da te oggi: vorrei sapere se posso tenere aperto. Tutte le carte, le autorizzazioni, le fatture erano a casa, e ora sono perdute. Non so come farò con la banca, con le imposte, con la denuncia dei redditi…»

«L'ufficio imposte capirà e anche i fornitori capiranno, se ci saranno dei ritardi nei pagamenti» cercò di rincuorarla Franco.

«Macché ritardi!» sbottò lei, improvvisamente animata. «Tutto pagato in anticipo, sempre. Lo sai com'era Egidio. "Si spende solo quello che si ha." Mi sembra ancora di sentirlo!»

Franco sorrise appena. Pareva anche a lui di sentirlo, Egidio, con la sua onestà d'altri tempi, quando diceva di non avere mai avuto debiti.

«Sono venuta per chiedere se posso riaprire» insistette Babette, decisa a non perdersi dietro i ricordi. «Così almeno lavoro, e la roba non si butta via.»

Franco la strinse a sé, goffamente, non per cercare le lacrime che lei ostinatamente tratteneva, ma perché gli parve ingiusto che la vita le chiedesse ancora un tributo tanto crudele. Fu un gesto breve, quasi inutile, ma che voleva essere un conforto, un modo per dire senza parole che di un poco di quel dolore poteva farsene carico lui.

«Se vuoi lavorare, lavora» le disse, tenendola per le spalle. «E se ti serve qualunque cosa, vieni qui: il Comune resta aperto.»

«Franco, vieni!» li interruppe Gabriella, avvicinandosi.

Un giovane soldato, accanto a lei, irrigidì le spalle prima di parlare.

«Signor Vidoni, dovreste aiutarci nell'identificazione dei

corpi estratti dalle macerie. Servono testimoni per i riconoscimenti e per le pratiche necessarie.»

Franco lo guardò e gli parve di vederci ancora il ragazzo che era, un bambino appena uscito dall'adolescenza, con la voce grave impastata di dovere e il mento che tremava sotto lo sforzo di sembrare saldo. Gli occhi, però, erano quelli impauriti di chi non ha mai conosciuto l'inferno e vi è stato catapultato suo malgrado.

«Eccomi» rispose Franco piano. E si mosse per seguirli.

28

Don Pietro non era più quello che tutti conoscevano, o forse lo era nel modo più autentico, spogliato di ciò che prima ne velava la sostanza. Non c'era più il gesto stanco di alzare gli occhi al cielo come a cercare una risposta rapida e indulgente dalla Provvidenza quando i problemi della comunità parevano insolubili. Non c'era più quel suo modo di insistere, quasi con ostinazione, nel voler ricondurre in chiesa i riottosi, urtando contro la tenace diffidenza di chi la chiesa la guardava da lontano, e finendo così per apparire intransigente perfino con i più devoti. Tutto questo, che spesso lo rendeva sbrigativo e distante, era stato spazzato via dalla tragedia, come se sotto l'abito del prete fosse rimasto solo un uomo, e quell'uomo si muoveva ora spinto da una compassione senza fondo, umile e sconfinata.

Ed era proprio perché conosceva tutti – i presenti e gli assenti alle funzioni, quelli che lo salutavano con deferenza e quelli che voltavano il capo fingendo di non vederlo – che da ore don Pietro stava nella palestra comunale accanto a Franco e Gabriella, per accompagnarli nella penosa procedura di riconoscimento delle salme.

I militari incaricati di ricomporre i corpi avevano i volti lividi, irrigiditi da un compito che li superava, oscillanti in una lotta interiore che non trovava risoluzione: da un lato il dovere, dall'altro la pietà e insieme il disgusto. Non erano soldati temprati dal fronte, non conoscevano l'abitudine di chi ha visto morire compagni di trincea, erano ragazzi catapultati in una guerra che non era guerra, che pure li obbligava a indossare una divisa troppo pesante e che chiedeva loro una fermezza sovrumana davanti a resti che di umano avevano ormai ben poco.

Così, nel gesto finale di chiusura della bara, provavano un sollievo pietoso, per sé, per la persona morta di cui restava poco o niente, per i familiari che da lì in poi avrebbero dovuto convivere con il ricordo di quell'ultima immagine terrificante del figlio, del marito, della madre.

Forse quei ragazzi pensavano che don Pietro fosse più avvezzo di loro alla morte, lui che tante volte era stato chiamato a notte fonda per dare l'estrema unzione a un malato agonizzante, lui che aveva accompagnato funerali minuscoli davanti a bare bianche di bambini, che aveva stretto mani disperate di padri e madri a cui un figlio era stato strappato da un incidente assurdo, da una valanga improvvisa, da una strada maledetta. Ma nulla, nulla di tutto ciò che il parroco aveva visto, si avvicinava al massacro che ora gli stava davanti: corpi mutilati, sfigurati, ridotti a brandelli irriconoscibili. E soprattutto quell'odore che impregnava ogni fibra dell'aria, più violento delle immagini stesse, un miasma acre di carne bruciata, di capelli arsi, di sangue rappreso, di legno e ferro consumati, di putrefazione che cominciava a corrompere, mescolata a escrementi e disinfettanti.

Don Pietro allora chiudeva gli occhi e, invece di guardare, toccava: metteva una mano sulla testa piegata di una madre, stringeva il braccio senza forze di un padre, sollevava un bambino per proteggerlo almeno un istante da quella vista. Per ciascuno aveva una preghiera breve, sommessa, che non aveva la pretesa di consolare ma di avvolgere, e con la gravità di un rito benediceva ogni feretro, pensando non al corpo straziato che conteneva, ma alla persona intera che quel corpo aveva custodito, e al dolore infinito di chi l'aveva amata e ora l'aveva perduta.

Franco e Gabriella assistevano senza parole al lavoro lento e macabro dei soldati, che cercavano di ricomporre le salme e riempire le bare come potevano, con gesti impacciati e rapidi, quasi a fuggire dallo spettacolo che pure non potevano evitare. Ogni volta distoglievano lo sguardo in fretta, per il ribrezzo che li invadeva e per la vergogna di provarlo, come se quel sentimento li rendesse colpevoli di fronte ai morti.

Gabriella teneva le labbra serrate, tese come una ferita, e i suoi occhi si velavano non tanto per l'orrore dei corpi, quanto per quei dettagli minimi che restituivano improvvisamente a quei resti martoriati tutta la loro verità di persone: una fede nuziale ancora infilata al dito annerito, l'alone chiaro lasciato dall'orologio sul polso abbronzato di un uomo, la camicetta a fiori che pareva dissonare con la polvere grigia che la ricopriva, un orsacchiotto posato dentro una bara troppo grande per la bambina che vi giaceva.

Franco le stava vicino, quasi a sostenerla in silenzio, e intanto compilava con scrupolo i moduli, scriveva i nomi con grafia ordinata, netta, senza esitazioni. Gli sembrava un dovere solenne, un tributo ultimo a quei morti che ormai non potevano più parlare. E quando non c'era nome da registrare e bisognava scrivere "sconosciuto", allora il suo viso si induriva, come se quella mancanza fosse una sua colpa personale, e aggiungeva note minuziose, un vestito di cotone blu, scarpe consunte numero quarantadue, una cicatrice sul polpaccio, piccoli segni che avrebbero forse aiutato un riconoscimento futuro.

Don Pietro intanto benediceva e pregava senza interruzione, anche quando non c'era famiglia a piangere, anche quando nessuno si fermava accanto a quelle bare senza nome.

La palestra si riempiva via via di casse allineate in attesa del funerale collettivo che il sindaco aveva ordinato di organizzare senza indugi. I militari chiudevano le bare con un tonfo sordo, le caricavano a spalla e le disponevano l'una accanto all'altra, tutte uguali e tutte diverse, senza croci né fiori, se non qualche margherita o papavero di campo raccolto all'ultimo momento.

Don Pietro vacillò, gli occhi appannati, davanti all'abbraccio irrigidito di due sorelline rimaste strette l'una all'altra nello stesso letto e che fu necessario dividere con fatica per dare a ciascuna una sepoltura; vacillò davanti alla salma intatta di una donna incinta, immobile con il ventre che parlava di una vita interrotta; vacillò davanti alla ragazza superstite che, con le braccia spalancate, sembrava voler unire in un unico cerchio le tre bare che contenevano tutta la sua famiglia.

Una giornalista straniera, vedendolo da lontano, gli si avvicinò a grandi passi e gli mise il registratore davanti alla faccia senza riguardo.

«Lei è un prete. Crede ancora in Dio?» gli chiese a bruciapelo.

Don Pietro, stremato, senza alzare lo sguardo, mormorò soltanto: «Non lo so.»

E subito tornò a pregare a occhi chiusi, lasciando che la sua incertezza rimanesse sospesa, come se potesse riguardare tanto Dio quanto la sua stessa vocazione.

Un furgone si fece largo nel piazzale davanti alla palestra e Gabriella corse ad accoglierlo. Lì portavano solo i cadaveri e occorreva decidere dove disporli, ma lo spazio ormai si esauriva insieme alle bare disponibili. Alla guida del mezzo c'era una donna. Gabriella la riconobbe, anche se con esitazione: era Rosina, la moglie di Adelmo, il meccanico, una donna grande, dalla risata pronta, chiacchierona, sempre con i capelli raccolti in una crocchia lucida e un fazzoletto colorato al collo. In quel momento, però, aveva i capelli sciolti e imbrattati di sangue, una camicia del marito addosso, troppo larga, e ai piedi solo un paio di ciabatte di plastica che lasciavano vedere piedi grandi, nudi, impolverati. La sua figura, un tempo così ordinata, sembrava ora il ritratto stesso dello smarrimento.

Rosina scese dal furgone e aprì la sponda del cassone. Un giovane soldato le fu subito a lato per aiutarla, ma lei lo scansò.

«Ho scavato io, l'ho tirato fuori io dalle lamiere, e lo seppellisco io.»

Gabriella la osservò mentre, senza esitazione, faceva scivolare il cadavere di Adelmo dal pianale e poi, piegandosi con un'agilità sorprendente, se lo caricava sulla spalla come un fantoccio spezzato.

I militari la lasciarono fare, e non per incuria o per stanchezza, ma per un sentimento che teneva insieme il rispetto e la pietà, perché avevano presto compreso che nel dolore ciascuno voleva restare accanto ai propri morti finché gli era concesso, indugiare su quei corpi, rimandare il più possibile l'inevitabile separazione.

E avevano anche capito – loro, che in gran parte venivano dal Sud, richiamati in fretta da caserme lontane – che i friulani erano gente abituata a fare da sé, a non chiedere se non l'indispensabile, a voler portare con le proprie mani il peso insopportabile della perdita.

«Le posso dare una bara» disse il soldato che la seguiva, facendo un cenno ai commilitoni.

Subito quelli accorsero portando una cassa di pino chiaro, semplice, senza ornamenti, e la posarono ai piedi di Rosina. Lei si chinò e vi depose dentro il marito, gli sistemò la testa e le braccia con la delicatezza assorta di una madre che mette a dormire un bambino. Poi si voltò, prese dal mucchio poco distante una margherita, la più piccola, e la depose sul petto dell'uomo. Rimase un istante a guardarlo con occhi asciutti e senza tremiti, gli sfiorò la guancia con la punta delle dita in un saluto breve, poi si raddrizzò e se ne andò senza una parola e senza voltarsi. I militari chiusero la bara con un colpo sordo, e Franco, con la mano che gli tremava appena, scrisse sopra il nome di Adelmo.

Intorno a loro le casse continuavano a riempirsi, a chiudersi, talvolta a riaprirsi quando qualcuno arrivava trafelato con una fotografia stropicciata, con un nome gridato, con un'ombra di speranza che si infrangeva contro il legno dei coperchi. Le mani cercavano tra le liste e tra i volti sfigurati, tra i brandelli di vestiti, tra ciò che restava. Era uno strazio senza misura che Gabriella tentava di contenere come poteva. Il suo temperamento, portato al pragmatismo, che a volte appariva brusco, si rivelava ora l'unico modo per reggere l'urto delle emozioni, per trasformare il pianto in compito, il bisogno disperato di un miracolo in piccoli gesti concreti, organizzati, necessari.

Così, quando vide un uomo aggirarsi senza pace tra i feretri, lo raggiunse stringendo nelle mani le liste dei morti.

«Sono Bruno Zorzin. Mio figlio Alberto non c'è» disse l'uomo, fissandola con occhi tristi e fermi.

Gabriella tacque, lo lasciò proseguire.

«All'ospedale mi hanno detto di cercare qui, ma non c'è. Ho guardato tutte le bare bianche» continuò lui con voce incrinata.

«Alcuni bambini li abbiamo messi nelle bare grandi» rispose Gabriella. «Di quelle piccole non ne abbiamo abbastanza.»

E lo guidò con delicatezza verso la fila più corta, quella dei bambini. L'uomo non si mostrò sorpreso, né indignato, né chiese spiegazioni, né mostrò ribrezzo davanti allo scempio di quei resti martoriati. E alla fine lo vide: un corpo minuto, senza braccia, rivestito da un pigiama di cotone, i pantaloni strappati sulle ginocchia magre e scorticate fino all'osso. Si avvicinò come temendo di svegliarlo, sistemò piano il pigiama sulle gambe del figlio, chiuse l'ultimo bottone rimasto, esitò con la mano sul volto martoriato, sulle spalle monche, poi ritrasse le dita e abbassò la testa, piegato dal dolore.

«Alberto… Albertino…» disse piano, quasi in un sussurro.

Gabriella lo seguì con lo sguardo mentre si allontanava lento e chiamò Franco per registrare il riconoscimento.

«Non siamo pronti per i funerali di domani» mormorò Franco. «Ci sono ancora tanti morti da identificare nei sacchi di plastica. Ma non ci sono più bare.»

«Lo so» rispose Gabriella e lanciò un'ultima occhiata al corpicino di Alberto che i militari stavano già sigillando sotto il coperchio. «Non ce ne sono più in tutto il Friuli. E anche quelle arrivate dal Veneto non bastano.»

«Non si può aspettare?» tentò Franco, quasi un appello.

«No» replicò Gabriella. «Dobbiamo seppellirli al più presto. Lo sai.»

Franco annuì in silenzio e i suoi occhi seguirono i soldati che sollevavano la bara leggera del bambino e la deponevano accanto alle altre: tutte uguali, eppure ciascuna segnata da una storia che non si poteva confondere con nessun'altra.

Gabriella aveva ragione, e dentro di sé Franco lo sapeva bene: non c'era più tempo. Il prefetto aveva imposto di procedere al più presto con i funerali, non per scelta ma per necessità, perché la decomposizione avanzava inesorabile, le salme erano esposte all'ingiuria del caldo e della polvere già da due giorni e nessun disinfettante riusciva più a mascherare il fetore che impregnava l'aria. La terra reclamava ciò che la morte aveva raccolto, gli uomini chiedevano che fosse chiuso in fretta quell'abisso.

E in quell'urgenza, che cancellava ogni possibilità di veglia, ogni rito antico di saluto, Franco percepì una nuova forma di violenza inflitta ai sopravvissuti. Non bastava aver perduto le case, i ricordi, i legami più cari, bisognava ora rinunciare anche al gesto antico di riordinare un corpo, di ricomporre un volto, di posare le mani sul legno della bara per un'ultima carezza, di piangere insieme per tutta una notte come si era sempre fatto. Il terremoto, pensò, non aveva solo abbattuto muri e spezzato famiglie, ma aveva sottratto ai vivi il conforto del commiato e negato ai morti il diritto alla pietà.

29

10 maggio 1976

Loris e Marco stavano in prima fila, fermi e silenziosi, e l'aria intorno a loro sembrava rarefatta. Luigi, con passo esitante, si era avvicinato al figlio e, senza dire una parola, gli aveva indicato con il dito il foglio fissato con lo scotch sulla bara di legno chiaro che stava a pochi metri da loro: *Maddalena Bartolucci (1942-1976).*

Il gesto era stato breve, pudico, e subito la mano pesante era ricaduta sulla spalla di Marco. Quello era tutto ciò che Luigi riusciva a dare a suo figlio. Incapace di governare la pena che lo opprimeva, di formulare pensieri sul domani, e ancor più di mettere parole su un lutto che restava indicibile, si rifugiava in gesti muti che contenevano insieme sgomento e disperazione.

Marco aveva gli occhi asciutti, ma nello sguardo c'era un'assenza dolorosa, uno smarrimento che lo separava da tutto ciò che lo circondava. Non si aspettava nulla dal padre, di cui percepiva la fragilità, e in ogni situazione gli pareva di boccheggiare in un'atmosfera nauseante, priva d'aria, che non lasciava spazio al pensiero.

Loris, al suo fianco, si sentiva febbrile, confusamente preoccupato per il cugino. Avrebbe voluto scuoterlo, strapparlo a quell'immobilità che lo teneva prigioniero, ridargli una voce, un movimento, ma non trovava la via.

Accanto a loro, Nora e Franco faticavano a dominare emozioni contrastanti, che andavano dal sollievo inconfessabile di essere vivi al senso di colpa che immediatamente lo seguiva, un'oscillazione continua che li consumava dentro. E, più in là, Delia si perdeva in pensieri sterili, spinta dalla necessità di interrogare l'ingiustizia: perché i vecchi sopravvivevano e i bambini morivano? Quale logica spietata imponeva a chi si era salvato il peso enorme di dover vivere ancora? E come era possibile continuare a vivere quando tutto intorno era devastazione? Lei, che aveva sempre avuto la propensione a sdrammatizzare, a osservare con distacco gli affanni della vita, lei che aveva raggiunto un'età in cui il campo del possibile si restringe e il pensiero della morte si fa più assiduo, lei che a giusto titolo poteva dire di aver molto vissuto e molto visto, ora, davanti a quella distesa di bare coperte dal tricolore, provava uno sgomento dolente e un senso acutissimo di impotenza e inutilità.

Dietro di loro la folla si ammassava compatta e l'unico rumore era lo scalpiccio smorzato sulla ghiaia sottile del cimitero. Non c'era il suono delle campane ad annunciare il rito perché i campanili erano crollati, o restavano in bilico come castelli di carte. Le persone arrivavano a gruppi, a coppie, da sole, con il cappello stretto tra le mani, il fazzoletto annodato sotto il mento. Famiglie dimezzate, decimate, annientate, bambini storditi che seguivano senza capire, madri sole che reggevano figli e disperazione.

In mezzo alla calca, Giada scorse i genitori di Vanessa. La madre, che un tempo aveva un piglio autoritario e deciso, pareva ora rimpicciolita, aggrappata al braccio del marito che camminava lento, assorto. Si tenevano in disparte, perché il corpo della figlia non era ancora stato trovato e figurava tra i dispersi del cinema. Giada li osservò quasi di nascosto, cercando in loro qualche segno dell'amica – il colore dei capelli ereditato dalla madre, il mento appuntito del padre – ma quell'esercizio penoso non le restituiva nulla, e il volto di Vanessa, invece di emergere più nitido, le sfuggiva irrimediabilmente, lasciandole solo un nodo in gola che non andava giù.

I camion avanzavano lenti, con i pianali colmi degli ultimi feretri portati dalla palestra, quelle dei paesi vicini, e subito dopo una fila interminabile di bare bianche, leggere, deposte a terra con una cura che contrastava con l'orrore.

Si fece largo tra di loro un uomo giovane, con il volto scavato e lo sguardo perso, che teneva tra le braccia una di quelle casse minuscole, sul coperchio una coroncina di margherite fresche. La reggeva come fosse una culla, e pareva davvero che non pesasse niente. Camminava piano, mormorando parole indistinte, e a tratti la sua voce si faceva nenia, una melodia sommessa che apparteneva al mondo dei bambini.

Ai margini della fossa comune, scavata all'alba dalle ruspe dell'esercito e larga abbastanza da contenere un'intera generazione, i militari si misero sull'attenti, in ranghi serrati, quasi che quella compostezza riuscisse a dare l'illusione che nessuno mancasse all'appello. Rocco lanciò un'occhiata a Giada e avrebbe voluto stringerla, o farsi stringere, tanto era il peso che gli opprimeva il petto per gli amici ridotti a corpi spezzati dentro le bare, e per gli altri che non erano ancora stati ritrovati.

Accanto a lui, Gianni Passalenti, dritto come un chiodo, sembrava cercare un aggancio nel cielo, per la paura di crollare, trasformandosi in una nuvola di polvere, uguale a quella che aveva inghiottito case e vite.

«Almeno io posso seppellirli» aveva detto a Rocco la sera prima. «Domani buttano la calce, e ci sono famiglie che non hanno nemmeno la consolazione di chiudere una bara.»

Il cielo basso, opaco e lattiginoso, schiacciava su di loro un caldo anomalo. L'aria era greve di un odore pestilenziale che non risparmiava nessuno, un misto insostenibile di decomposizione, disinfettanti, esalazioni stagnanti che penetravano ovunque e riempivano ormai ogni interstizio del paese. Molti indossavano mascherine di garza, altri si erano stretti un fazzoletto al volto, alcune donne tenevano premute sul naso pezze intrise di colonia, ma l'odore vinceva su ogni difesa e l'unico modo per sopravvivere era assuefarsi, esercizio crudele e senza riuscita.

«...Noi crediamo infatti che Gesù è morto e risuscitato; così anche quelli che sono morti, Dio li radunerà per mezzo di Gesù insieme con lui...» Don Pietro leggeva lentamente, lasciando cadere le parole come gocce viscose sulle teste chine della folla.

Al suo fianco, dietro un altare di fortuna costruito con una lamiera e due cavalletti da cantiere, una decina di preti dei paesi vicini ascoltavano annuendo piano, le mani giunte in preghiera, le fronti imperlate di sudore.

Finito il breve sermone, don Pietro chiuse lentamente il foglio e alzò lo sguardo sulla platea silenziosa.

Allora, in friulano, con la voce più vicina a un canto che a una predica, con parole semplici e potenti, disse che avrebbero trovato la fede per ricostruire, che erano uniti nella pena e nel coraggio, nella forza e nella dignità. L'Italia e il mondo avrebbero guardato il Friuli rimettersi in piedi.

Il silenzio era assoluto, interrotto solo da rari gemiti soffocati, subito coperti da una mano o da un abbraccio improvviso.

«Shh, fai piano» mormorò un uomo tirando la moglie a sé, e lei subito tacque e abbandonò la testa sulla sua spalla.

Ai margini della folla, accanto al sindaco e ai consiglieri comunali, alcune personalità venute da Udine o da Trieste, e altre perfino da Roma, si distinguevano per i loro abiti eleganti e le scarpe pulite, ma la corona di fiori che avevano portato, troppo piccola e composta, stonava come un oggetto estraneo in quel paesaggio fatto solo di terra smossa e cielo grigio.

Quando la cerimonia si concluse, il tempo si fermò, sospeso in un silenzio che nessuno osava infrangere.

Stefano, fermo al lato della fossa comune, osservava quella folla immobile e gli pareva di non riuscire più a respirare.

Nessuno avanzava, nessuno si piegava a toccare le bare: rimanevano lì, ferme e inavvicinabili, come se quell'allineamento fosse sacro e invalicabile. Stefano provò a contarle, quelle di legno scuro e quelle bianche, quelle che avevano un nome scritto su un foglio e quelle che recavano soltanto un codice, condannate a un'ulteriore solitudine. Ma presto il suo sguardo si offuscò, le immagini si fusero in una vertigine che lo fece vacillare. Non riusciva più a distinguere, non riusciva a tenere insieme il dolore che gli saliva in gola e i pensieri che avrebbero dovuto sostenerlo. Sentiva in tasca il peso del taccuino, ma non trovava la forza di estrarlo. Qualcosa lo tratteneva, un pudore forse, o la coscienza che nessuna parola avrebbe saputo restituire il silenzio dei vivi e dei morti, e che lì, in quell'istante, non aveva diritto di essere testimone, ma soltanto uomo spoglio davanti a un dolore che non si lasciava raccontare.

Accanto a lui, Massimo fissava lo stesso spettacolo, e quando la folla finalmente si mosse, non come una marcia ordinata ma come acqua che lentamente filtra dentro una terra arida, impugnò la macchina fotografica, regolò il mirino e si chinò pronto a catturare i volti chiusi e gli sguardi assenti. Ma un uomo, con gesto deciso, gli afferrò il braccio e lo abbassò.

«*Lasse stâ*» disse soltanto. «Questo dolore resta qui. Non è cosa da mettere sui giornali.»

Massimo obbedì docile e, per la prima volta da tre giorni, guardò senza lenti né obiettivi, senza tempi di esposizione, guardò soltanto con gli occhi, nudi e vulnerabili, mentre il cielo si abbassava cupo, le montagne si scurivano all'orizzonte, e il nero dei vestiti a lutto si faceva ancora più nero.

Intanto la gente si muoveva intorno alle bare a piccoli gruppi, stringendosi per mano, chiamandosi con gesti impercettibili, chinandosi a leggere i nomi scritti sui fogli tremolanti. Ogni tanto qualcuno si arrestava e un lamento straziante spezzava il silenzio, un pianto subito soffocato. Altri si scambiavano uno sguardo muto, scuotevano la testa e poi si allontanavano con passi stanchi, trascinando i bambini per mano, sorreggendo le madri accasciate, i corpi tremanti stretti gli uni agli altri. Una bambina piangeva, chiamava il padre disperso a voce alta, come se davvero potesse risponderle, e il suono della sua voce si perdeva nel vuoto. Gli sguardi si svuotavano, le gambe parevano cedere, e quel defluire aveva la cadenza di una risacca, lenta e inesorabile.

Quando il cimitero si svuotò, restarono soltanto i militari, il personale del Comune e le file di bare, mute e immobili. Dal paese giungevano ovattati i rumori delle pale meccaniche che continuavano a spostare detriti, delle ambulanze che arrivavano con sirene acute e ripartivano in silenzio, dei calcinacci che franavano nei cassoni metallici dei camion. Poi, all'improvviso, si alzò un vento burrascoso, che portava con sé gocce di pioggia, prima grandi e rade, poi via via più fitte.

I profili delle cime, che fino a poco prima resistevano netti, sfumarono in veli di pioggia e di nebbia; i campi appena smossi dalle ruspe si fecero fanghiglia, le strade polverose si tramutarono in rivoli scuri che correvano verso valle.

Un odore acre di terra bagnata si mescolò a quello ancora persistente delle macerie e l'aria, che nei giorni precedenti era rimasta immobile come un sudario, prese a vibrare di correnti improvvise, portando con sé fogli volanti, lembi di plastica, fiori di campo strappati dal vento. La pioggia lavò via tutto e il paesaggio, solidale con gli uomini, si lasciò sciogliere in un pianto muto.

30

Stefano pensò che quella che aveva avuto davanti agli occhi durante la cerimonia funebre fosse una devozione sincera. I preti che avevano letto i salmi e innalzato le loro voci sulla folla non avevano dovuto convincere nessuno a rivolgersi a Dio, non c'erano state esortazioni né appelli. La fede si manifestava da sé, naturale, palpabile, come un respiro comune che saliva dalle file compatte dei presenti. Le teste chinate, le mani intrecciate sotto il mento, le preghiere mormorate a occhi chiusi erano il segno tangibile di un popolo che chiedeva aiuto allo stesso Dio che, con cieca ferocia, aveva abbattuto le case, ucciso i figli, schiacciato i genitori, spazzato via vicini e compagni di una vita.

Stefano osservava con stupore come il dolore più profondo potesse convivere con la compostezza, come la disperazione più cupa potesse stare accanto alla dignità, e come il temperamento granitico di quella gente sapesse reggere disgrazie innominabili senza cedere a clamori o lamenti.

Pensò che nel suo nuovo articolo avrebbe scritto proprio così, avrebbe reso omaggio alla capacità dei friulani di reagire, alla parsimonia delle loro richieste, alla solidarietà concreta che si esprimeva in gesti semplici, all'operosità che non conosceva tregua. Avrebbe descritto con precisione e senza enfasi la scena, avrebbe cercato parole giuste, oneste, capaci di restituire la realtà senza indulgere nella retorica.

Ma sentiva, nel profondo, che qualcosa sarebbe rimasto inevitabilmente nascosto, inespresso: quella modestia che, suo malgrado, diventava grandezza, quella docilità che conteneva in sé la forza di un argine, quella capacità di trattenere il dolore dentro i corpi, renderlo intimo e collettivo insieme, senza che trapelasse in pianti scomposti o in lamenti sterili.

I tre giorni trascorsi tra i terremotati gli erano sembrati un'eternità, un tempo fuori dal tempo, dilatato e insieme consumato. Aveva visto la devastazione colpire in modo cieco e arbitrario, cancellare vite e cose senza misura, e subito dopo aveva visto le persone abbassare la testa e rimettersi in cammino, il corpo mutilato e le mani vuote, ma con un contegno silenzioso che non chiedeva spiegazioni. Pregare, raccogliere i resti, ricomporre ciò che poteva ancora essere salvato: questo soltanto rimaneva, come ultimo gesto di rispetto verso chi non aveva avuto scampo.

Aggirandosi tra le strade ridotte a macerie, Stefano pensava di trovarsi in una città di guerra, ma senza armi, senza nemici né trincee, solo uomini e donne disciplinati come soldati, obbedienti a ordini mai pronunciati, instancabili e muti come chi non ha forze da sprecare.

Riconobbe tra loro un uomo con i capelli biondo cenere, la tempia fasciata da una benda insanguinata. Poco prima lo aveva visto al cimitero, immobile, con lo sguardo fisso su una bara e le mani serrate dietro la schiena; ora lo trovava a scavare tra le rovine, la testa china, mentre raccoglieva con pazienza minuscole suppellettili, depositandole in una vecchia carriola con la cura di un archeologo che ricostruisce un passato lontano.

E fu allora che Stefano si scoprì impigliato in un pensiero più profondo: quell'assenza di sbigottimento, quella rassegnazione composta non erano soltanto il frutto della tragedia, ma appartenevano a quelle terre stesse, che da secoli conoscevano terremoti, alluvioni, invasioni, confini contesi. Una rassegnazione silenziosa, radicata nel suolo, che si trasmetteva di generazione in generazione come un sapere antico. A quella terra si apparteneva, e per il tempo che era concesso di viverci, la si accettava con tutto ciò che dava e toglieva.

«'Sto Dio è peggio dei tedeschi» gli disse un vecchio, la sigaretta che si consumava lenta tra le dita callose, il gomito appoggiato al manico di una pala. «Ha fatto in un giorno quello che i nazisti hanno fatto in anni di guerra.»

Poi lo fissò un attimo con un sorriso amaro, privo di astio, quasi rassegnato e, senza aggiungere altro, riprese a scavare. Stefano non trovò parole, e forse non ce n'erano. Quella bestemmia senza odio, pronunciata come un dato di fatto, era simile alle preghiere recitate al camposanto con la testa china e le mani giunte sul petto, uguale nella sua necessità, uguale nella sua impotenza.

Camminando verso la tenda di Andrea per trasmettere l'articolo del giorno, Stefano si accorse che i suoi passi si facevano sempre più rapidi, come se il ritmo del corpo volesse accordarsi a quello incessante che pulsava intorno. Lì, in quelle strade che fino a poco prima erano cumuli di macerie e ora venivano sgomberate, in quell'andirivieni di camion che caricavano detriti e ruspe che aprivano varchi, si avvertiva un mutamento.

Lo slancio convulso dei primi giorni lasciava il posto a un movimento più ordinato, una cadenza metodica che non aveva niente di improvvisato e che era pronta a sostenere uno sforzo duraturo, a organizzarsi per arrivare fino in fondo, come la marcia lenta e ostinata di chi sa che la fatica non finirà domani, ma andrà sostenuta fino all'ultimo mattone. Gli uomini spingevano, sollevavano, scavavano, come se volessero strappare il paese alle sabbie mobili, tirandolo fuori con la forza del corpo intero. E insieme a loro Stefano si sentì percorrere da una tensione nuova, un'energia che non era sua e che tuttavia lo invadeva.

Era irrequieto, incapace di trovare quella distanza che il mestiere di giornalista gli imponeva, e più cercava di restare osservatore lucido, più si sentiva trascinato in una corrente che non lasciava margini. Non cercava lacrime, non inseguiva i gesti teatrali che Ravelli gli aveva chiesto, scopriva invece crescere dentro di sé una comprensione diversa, una solidarietà che era quasi un desiderio di appartenenza, il bisogno di condividere la stessa fatica, la volontà di prendere parte in qualche modo a quella ricostruzione.

Accelerò ancora il passo e, quasi di corsa, raggiunse la tenda dei radioamatori.

«Ho il mio pezzo» disse senza fiato.

Andrea gli cedette il posto, regolò la frequenza della trasmittente e Stefano cominciò a dettare il testo a Luisa, che dall'altra parte rispondeva con monosillabi di assenso.

E le parole, una dopo l'altra, gli uscirono come ispirate da ciò che aveva visto e respirato.

...Questa tragedia indicibile ci ha svelato un Friuli sbalorditivo, che molti di noi avevano incontrato solo nei manuali di storia, al capitolo della ritirata di Caporetto.

È una terra che appare lunare, lontana, quasi incomprensibile. I suoi abitanti sembrano venuti da un altro pianeta: disperati, eppure senza lacrime, privati di tutto ma senza clamori, senza accuse, senza pianti scomposti sulle rovine.

Non lo fanno per durezza, ma per pudore, per rispetto degli altri, perché la loro pena non diventi peso aggiunto; e anche per non cedere allo scoraggiamento, perché sanno che l'emergenza non è finita e richiede ancora forza.

In questa terra non c'è spazio per il pietismo miserabile, né per le urla isteriche, né per la carità che umilia, e ancor meno per il vittimismo o le ruberie sugli aiuti.
Estranei alla logica della rabbia, i friulani ci mostrano che una reazione diversa è possibile ed è quella della pietà silenziosa, della dignità umile, della laboriosità onesta e instancabile.

Poi tacque. All'altro capo della linea anche Luisa rimase muta, come se faticasse a riprendere fiato.

«Molto bene» disse infine, la voce incrinata dall'emozione.

«Bene, sì. Bravo» si intromise Ravelli.

Massimo, che era arrivato da poco nella tenda e aveva ascoltato il pezzo, diede due colpetti sulla spalla dell'amico. A Stefano sfuggì un sorriso, ma lo spense subito.

Gli parve una vittoria misera quella di avere convinto Ravelli, e per un attimo dubitò persino di aver ceduto troppo all'enfasi delle parole, proprio mentre voleva raccontare la sobrietà dei friulani.

«Adesso però tornate a Milano» tagliò corto Ravelli, «non siamo più nell'emergenza e mi servite altrove.»

«Come, non siamo più nell'emergenza?» sbottò Stefano incredulo.

«L'hai detto tu» ribatté Ravelli, «la ricostruzione è avviata, tutti si sono messi al lavoro. Potrai tornare tra qualche mese per vedere come vanno le cose.»

«Ma sono passati solo tre giorni!» replicò Stefano, quasi ansimando. «Le liste dei dispersi sono ancora lunghe, le bare si accatastano negli obitori improvvisati. E anche se la gente si è rimboccata le maniche, tutto è ancora da fare!»

«E chi dice il contrario?» rispose Ravelli. «Ma tu non sei un muratore, sei un giornalista. E sei pagato per seguire le notizie, non i cantieri.» La comunicazione si interruppe di colpo, senza neppure un saluto, e lasciò Stefano con la sensazione di essere stato scacciato via con una scrollata di spalle.

«Io torno a Milano» disse Massimo piano.

Stefano lo guardò con occhi fissi, senza davvero vederlo.

«Ho fatto decine di rullini» insistette Massimo, «ho fotografato quello che potevo. Adesso la gente deve vedere. Deve, lo capisci?»

Stefano annuì lentamente, come stordito.

«Anch'io torno a casa» intervenne Andrea.

«Anche tu?» trasalì Stefano, quasi spaventato dall'idea che uno dopo l'altro tutti lo stessero lasciando solo.

«Sì. I militari hanno preso in mano la situazione, coordinano i soccorsi, hanno ripristinato gran parte delle linee. Noi radioamatori qui non serviamo più» spiegò Andrea. «Perché occupare una tenda o togliere cibo a chi ne ha davvero bisogno? Anche Simone e Maurizio tornano con me. Devono rientrare al lavoro.»

Stefano li guardava attonito, e cominciò a farfugliare proteste sconnesse: che era troppo presto per andarsene, che c'era ancora molto da fare, che certo non bisognava essere d'intralcio ma che pure un posto lo si poteva trovare. Diceva che capiva, sì, capiva che Massimo dovesse portare a compimento il suo lavoro di fotografo, e che Andrea avesse l'urgenza di finire la scuola e prendersi il diploma, capiva l'uno e l'altro, ma di sé stesso non sapeva che dire.

«Dopo quello che ho visto...» esitava, la voce che si spezzava, «non posso tornare a seguire i politici nei ristoranti di provincia, ad aspettare i comunicati dei sindacati, a osservare da lontano uno sciopero. Non posso, ecco, non posso.»

«Volevi essere nel cuore di un evento, in prima linea. Ed è quello che hai fatto» lo consolò Massimo. «Hai visto, hai raccontato. Ti sei dannato per spedire i tuoi articoli al giornale, perché in Italia la gente sapesse.»

«Non basta!» scattò Stefano, con una severità che sorprese lui stesso. «Con le parole non si ricostruiscono case o fabbriche, non si dà sepoltura ai morti. Sono i muratori, i falegnami, i carpentieri… i friulani… sono loro che ricostruiscono. Io non so fare niente. Ha ragione Ravelli.»

Il volto si incupì, gli occhi si persero in una frustrazione confusa, e restò in bilico tra la ragionevolezza che lo spingeva a partire e un bisogno viscerale di restare. Non trovava appiglio né giustificazione, ma sentiva dentro di sé che un posto lo avrebbe potuto occupare.

«Non so fare niente» ripeté, come per fissare un punto fermo.

«Tu sai scrivere» gli rispose Massimo con un sorriso appena accennato.

«Sì, questo lo so fare» ammise Stefano.

«Bene! Allora se vuoi fare qualcosa di utile per i friulani, resta e racconta questa ricostruzione!»

Stefano si illuminò, quasi sorpreso dalla semplicità della soluzione.

«Farò in modo che niente si perda» disse, e subito avvertì che quelle parole non erano un semplice proposito ma l'inizio di un impegno che guardava avanti.

Non si trattava più di descrivere il dolore e la distruzione, ma di seguire il lento risorgere, di stare accanto a quella gente nel tempo che sarebbe venuto, quando la fatica quotidiana, i calli alle mani, i muri rialzati uno sopra l'altro avrebbero preso il posto delle lacrime e dei funerali. Si immaginava i cantieri che avrebbero punteggiato la pianura e le valli, le ruspe sostituite dagli scalpelli, le carriole piene di calce, le travi issate con corde improvvisate, i tetti che a poco a poco sarebbero tornati a coprire le case. E lui voleva esserci, non per aiutare con mattoni e cazzuole, che non era il suo mestiere, ma per trattenere nelle parole lo sforzo e la dignità, l'ostinazione muta con cui i friulani avrebbero ricostruito ogni strada, ogni casa, ogni stalla.

Stefano sentiva che la sua responsabilità non era più soltanto professionale, ma quasi sacra: impedire che il silenzio inghiottisse le storie, che il pudore dei friulani, la loro resistenza tenace, cancellassero la traccia di quel lavoro ostinato che li aspettava. Si impose di ascoltare con più attenzione, di guardare più a fondo, di trovare parole capaci non di abbellire o consolare, ma di restituire fedelmente la verità di quelle giornate a venire.

«Farò in modo che niente si perda» ripeté a bassa voce, e sentì che la sfida era proprio quella: non permettere che la grandezza di quel lavoro silenzioso svanisse inosservata.

Scrivere perché il tempo, un domani, non riducesse tutto a una statistica, a un trafiletto, a un ricordo confuso. Scrivere perché gli italiani non dimenticassero i friulani, e i friulani non dimenticassero di cosa erano stati capaci.

Massimo lo guardò a lungo, poi aggiunse con gravità: «Ci sono tanti modi per dire le cose, ma a volte anche le parole non bastano. O sono troppe o non sono abbastanza.»

E, senza indugi, gli tese la sua Nikon.

Stefano allungò le mani incredulo: era quella a cui Massimo era più affezionato, la sua vecchia signora, la macchina fotografica con cui aveva fatto il Belice.

Stefano la prese e in quell'attimo stesso sentì un passaggio netto, uno di quei gradini che segnano un'esistenza. L'orizzonte si apriva, le opportunità si moltiplicavano, e una sensazione potente, quasi fisica, lo attraversò: aveva trovato il proprio ruolo, aveva trovato il posto giusto.

Oltre le macerie, oltre il dolore, oltre la polvere.

Contenuti Extra

Polvere è un romanzo storico e come tale presenta personaggi di fantasia accanto a personaggi realmente esistiti, tutti collocati all'interno di un contesto documentato, che ho cercato di ricreare nel modo più fedele possibile.

Se vuoi conoscere meglio gli eventi che fanno da sfondo e si intrecciano alle azioni dei personaggi, **guarda i contenuti extra** che ho preparato per te, inquadrando il codice qui sotto:

Troverai la sintesi degli avvenimenti principali, molte foto d'epoca e una ricca bibliografia **per scoprire "la Storia dietro la storia".**

Puoi guardare i contenuti extra **anche prima di leggere il romanzo.** Anzi, possono aiutarti a rinfrescare quello che sai già sul terremoto che ha colpito il Friuli nel maggio del 1976 e sull'incredibile ondata di solidarietà che questo tragico evento ha stimolato in tutta Italia nei mesi a seguire.

Note

Per le frasi in friulano, riportate nella varietà di Gemona, ci si è avvalsi della consulenza dell'ARLeF - Agjenzie regjonâl pe lenghe furlane.

I versi citati nel cap. 8 sono tratti dalla canzone *Margherita* di Riccardo Cocciante e Marco Luberti, pubblicata nel 1976.

Ringraziamenti

Scrivere è un atto che si compie in solitudine, ma nessun libro nasce davvero da una sola mano. Questo romanzo, come gli altri e più degli altri, è il frutto del lavoro, della pazienza e della cura di molte persone che hanno creduto in questa storia prima ancora che fosse compiuta. A tutte loro va la mia riconoscenza.

In particolare:

Grazie a Linda Picco, esperta linguista, che ha ascoltato con pazienza e risolto con perizia tutti i miei dubbi sull'uso della lingua friulana, restituendo autenticità alle voci dei personaggi.

Grazie ad Angela, Laura, Lina e Micaela, appassionate lettrici e preziose compagne di viaggio, che hanno seguito questo romanzo fin dalla prima stesura, offrendomi sguardi attenti, domande necessarie e quella fiducia che ogni autore cerca quando il testo è ancora fragile.

Grazie a Giulia, infaticabile cacciatrice di refusi, che ha perlustrato ogni pagina con attenzione, salvando il testo da piccoli inciampi e distrazioni.

Grazie a mia madre, che continua a leggermi con la stessa attenzione di sempre e mi ricorda ogni volta perché vale la pena raccontare storie.

E grazie a Claudio, sempre, perché ha ascoltato ogni mia incertezza e sostenuto ogni mia scelta, rendendo possibile questo viaggio nella polvere e nella luce.

Restiamo in contatto

Grazie per aver letto questo libro!

Se ti è piaciuto, spargi la voce e dillo ai tuoi amici. Se puoi, **lascia una recensione,** anche breve, sulla piattaforma dove l'hai acquistato, o sui tuoi canali social.

In questo modo **aiuterai gli altri lettori** a scoprire un libro interessante.

Bastano davvero poche parole per fare una grande differenza.

Se poi vuoi restare in contatto con me, iscriviti a ***Contromano,*** la Newsletter di Libroza, inquadrando il codice qui sotto:

Riceverai subito un mio ebook in omaggio!

Libri di Carmen Laterza

Narrativa storica

- *I ricordi non fanno rumore*, saga in 4 volumi
  Vol.1 *La perfezione della memoria*
  Vol.2 *La perfezione dell'amore*
  Vol.3 *La perfezione del destino*
  Racconti
- *L'ultima spiaggia*
- *Sete di vento*
- *Polvere*, romanzo in due atti

Cozy mystery – Serie *Le indagini di Agata Cornero*

- Vol.1 *L'anello mancante*
- Vol.2 *Gioco di sponda*
- Vol.3 *Il falò delle verità*
- Vol.4 *La donna in rosso*

Narrativa contemporanea

- *L'amore conta*
- *Alice non lo sa*
- *Il caffè degli addii*

Storie del melodramma – Collana *L'amore è un dardo*

- Vol.1 *Violetta*
- Vol.2 *Tosca*
- Vol.3 *Norma*
- Vol.4 *Leonora*
- Vol.5 *Butterfly*
- Vol.6 *Lucia*
- Vol.7 *Aida*
- Vol.8 *Turandot*

Biografie femminili – Collana *Donne Intrepide*

- Vol.1 *Regine & Imperatrici*
- Vol.2 *Scienziate & Dottoresse*
- Vol.3 *Scrittrici & Poetesse*
- Vol.4 *Attiviste & Femministe*
- Vol.5 *Insegnanti & Infermiere*
- Vol.6 *Artiste & Architette*
- Vol.7 *Esploratrici & Viaggiatrici*
- Vol.8 *Attrici & Registe*
- Vol.9 *Ambientaliste & Animaliste*
- Vol.10 *Amanti & Concubine*

Per restare aggiornato sui nuovi libri pubblicati, visita il sito **Libroza.com**

www.ingramcontent.com/pod-product-compliance
Lightning Source LLC
LaVergne TN
LVHW091125080826
845145LV00008B/2052
* 9 7 8 1 8 0 3 3 1 0 9 7 8 *